FELIX HUBY
Der Patriarch

WAHRHEITSKAMPF Sieben Jahre hat Sven Hartung gesessen. Unschuldig. Stellvertretend für einen anderen. Er hat sich geopfert, um die Firma und die Familie zu retten. Dafür sollte er reichlich belohnt werden. Doch nach seiner Entlassung kommt alles ganz anders. In seiner ersten Nacht in Freiheit wird seine einstige Verlobte tot aufgefunden. Laut Zeugen kann nur er den Mord begangen haben. Kriminalhauptkommissar Peter Heiland, der mit seinen unkonventionellen Methoden schon erstaunliche Erfolge erzielte, nimmt die Ermittlungen auf. Seine Menschenkenntnis sagt ihm, dass schon die erste Verurteilung Hartungs ein Justizirrtum gewesen sein könnte, auch wenn der vermeintliche Täter sich damals zu dem Totschlag bekannt hatte. Diesmal gibt es allerdings kein Schuldeingeständnis von Sven Hartung, sondern nur eine unkontrollierte, wütende Reaktion. Kommissar Heiland ist der Einzige, der ihm glaubt und der alles daran setzt, die Wahrheit ans Licht zu bringen.

Felix Huby, bürgerlich Eberhard Hungerbühler, 1938 im schwäbischen Dettenhausen geboren, arbeitete zunächst als Reporter und Redakteur bei einer Tageszeitung, wurde dann Korrespondent des SPIEGEL für Baden-Württemberg und schrieb 1976 seinen ersten Kriminalroman. Es folgten 19 weitere Romane um Kommissar Bienzle. Dazu insgesamt 34 ARD-Tatorte mit den Kommissaren Schimanski, Palü und Stöver. Aus seiner Feder stammen über 20 Hörspiele, zahlreiche Fernsehserien und acht Theaterstücke. Er wurde unter anderem ausgezeichnet mit dem »Ehrenglauser« für sein Gesamtwerk, mit der »Goldenen Romy« für das beste Drehbuch des Jahres 2007. Für seine Fernsehserie »Oh Gott, Herr Pfarrer«, erhielt er den renommierten Robert-Geisendörfer-Preis. Huby ist verheiratet, hat zwei erwachsene Söhne und lebt in Berlin.

Bisherige Veröffentlichungen im Gmeiner-Verlag:
Nichts ist so fein gesponnen – Kriminalgeschichten aus erlesener Feder (2011, Hrsg. zusammen mit Horst Bosetzky)

FELIX HUBY

Der Patriarch

Kriminalroman

GMEINER SPANNUNG

Besuchen Sie uns im Internet:
www.gmeiner-verlag.de

© 2016 – Gmeiner-Verlag GmbH
Im Ehnried 5, 88605 Meßkirch
Telefon 07575/2095-0
info@gmeiner-verlag.de
Alle Rechte vorbehalten
1. Auflage 2016

Lektorat: Claudia Senghaas, Kirchardt
Herstellung: Mirjam Hecht
Umschlaggestaltung: U.O.R.G. Lutz Eberle, Stuttgart
unter Verwendung eines Fotos von: © jock+scott / photocase.de
Druck: CPI books GmbH, Leck
Printed in Germany
ISBN 978-3-8392-1945-4

Personen und Handlung sind frei erfunden.
Ähnlichkeiten mit lebenden oder toten Personen
sind rein zufällig und nicht beabsichtigt.

1. KAPITEL

»Hoffentlich hält er sich dran«, sagte Stefanie Zimmermann, die am Fenster des Verwaltungstraktes der Justizvollzugsanstalt Moabit in Berlin stand. »An was?«, fragte der Vollzugsbeamte Rolf Hoffmann, der dicht hinter sie getreten war. Überrascht sah sie sich um. Sie hatte ihn nicht kommen hören. Die Nähe des Kollegen war ihr unangenehm, weshalb sie noch einen Schritt näher ans Fenster trat. »Ich hab ihm gesagt, er soll sich nicht umdrehen!« Das schwere Stahltor mit den messerscharfen Spitzen an der oberen Kante öffnete sich geräuschlos.

»Ist doch egal, ob sich einer umdreht. Die meisten kommen so oder so wieder!«, sagte Hoffmann.

»Der nicht!«

Der Mann drunten im Hof trat durch das Tor und entschwand ihren Blicken. Stefanie ging den kahlen Gang hinunter, ohne Hoffmann noch einmal anzusehen. Als sie die Treppe aus Eisenrosten hinabstieg, wischte sie sich die Tränen aus den Augen.

Sven Hartung wendete sich erst um, als sich das schwere Tor hinter ihm mit einem leisen Klack geschlossen hatte. Fünf Jahre hatte er hinter diesen dicken ockerfarbenen Mauern zugebracht. Eingesperrt. Von draußen, vor den vergitterten Fenstern, konnte man Tag und Nacht den Lärm der Stadt hören.

Nur 50 oder 100 Meter entfernt bewegten sich die Menschen frei, unterhielten sich fröhlich oder auch im Streit, strebten in Restaurants oder Kneipen, trafen Freunde, beobachteten Fremde, gingen, wohin sie wollten, oder verbrachten den ganzen Abend am gleichen Tisch, jeder, wie es ihm beliebte. Er würde das alles wieder lernen müssen.

Die Luft schien stillzustehen. Über der Stadt lag eine brütende Hitze. Die Menschen flohen die Straßen und Plätze. Sven Hartung wischte sich mit dem Handrücken den Schweiß von der Stirn. Plötzlich riss ihn eine Autohupe aus seinen Gedanken. Auf der anderen Straßenseite stand eine schwarze Limousine. Die Fahrertür öffnete sich. Eduard, wie immer in der makellosen Uniform des Chauffeurs, stieg aus und nahm die Mütze vom Kopf. »Herr Hartung!« Sven überquerte die Fahrbahn. »Ich darf Sie nach Hause fahren.« Der Fahrer deutete eine Verbeugung an und öffnete die Tür zum Fonds des Wagens. Sven stieg ein, ohne etwas zu sagen. Er hatte einen Bruder, eine Mutter, einen Vater, einen Großvater und eine Großmutter. Es war ihnen also allesamt peinlich gewesen, ihn vom Knast abzuholen.

Die Fahrt von Moabit bis zum Roseneck im Grunewald dauerte 20 Minuten. Eduard fuhr über die Leibnitzstraße. Kurz hinter dem Kurfürstendamm bog er in die Paulsborner Straße ein. Er hätte gerne mit dem jungen Herrn geredet, aber mit allen Sätzen, die er sich überlegt hatte, hätte er einen Fehler machen können.

Wie sprach man mit einem Chef, den man nach fünf Jahren Haft aus dem Gefängnis abholte? Man konnte doch nicht sagen: »Wie war's?« Aber auch »War's sehr schlimm, Herr Hartung?«, wäre sicher falsch gewesen. Und so war am Ende das leise gesprochene »Danke« von Sven, das einzige Wort, das auf der Fahrt gefallen war.

Der Tisch war in dem großzügigen Wohnzimmer, das in der Familie als Salon bezeichnet wurde, gedeckt. Durch die große Panoramascheibe hatte man einen Blick in den parkähnlichen Garten. In der Mitte des Tisches stand ein silberner Leuchter. Svens Mutter war gerade dabei, die Kerzen anzuzünden, als ihr Sohn das Zimmer betrat. Aus dem Lehnsessel neben einer ausladenden Zimmerlinde erhob sich sein Großvater. Er trug wie immer einen dunklen Anzug mit Weste, eine akkurat gebundene Krawatte in gedeckten Farben und ein Einstecktuch aus dem gleichen Stoff im Brusttäschchen seines Jacketts. »Willkommen daheim«, sagte er feierlich. Er hatte sich in den fünf Jahren kaum verändert, so, als ob der Alterungsprozess ihm als Einzigem nichts anhaben könnte. Er war jetzt 83 Jahre alt, und wahrscheinlich ging er nach wie vor jeden Morgen um sieben Uhr ins Büro, nachdem er um halb sechs Uhr aufgestanden war, vier Minuten kalt geduscht und sich danach sorgfältig angekleidet hatte. Vermutlich bestand sein Frühstück nach wie vor nur aus einem Bircher Müsli und einem Glas warmem Wasser. Friedhelm Hartung reichte seinem Enkel die Hand. »Ich hoffe, du hast alles gut überstanden. Du wirst ahnen, mit wie viel Respekt ich deine Haltung zur Kenntnis genommen habe.«

Sven antwortete nicht darauf. Er ging zu seiner Mutter hinüber, nahm ihr die Streichhölzer aus der Hand, bemerkte, dass ihre Hände zitterten und küsste sie auf beide Wangen. Sie war die Einzige gewesen, die ihn in der Strafvollzugsanstalt regelmäßig besucht hatte, und er war überzeugt davon, dass sie dies heimlich getan hatte. Ihr Mann Gregor betrat den Raum, entschuldigte sich für seine Verspätung, sagte zu seinem Sohn »da bist du ja«, und nachdem er ihm kurz die Hand gegeben hatte, setzte er sich an den Tisch. »Verdammt wenig Wind, um in den Hafen zu kommen. Karsten lehnt es ja ab, den Motor als Flautenschieber einzusetzen.«

Karsten, Svens drei Jahre älterer Bruder, betrat kurz nach dem Vater den Wintergarten. Er ging sofort auf Sven zu, schloss ihn in die Arme und hielt ihn lange fest. »Mensch, bin ich froh«, sagte er. Zu Svens Überraschung klang es ziemlich echt. »Sylvia hat Vorstellung. La Traviata. Ist ausgesprochen interessant für sie, weil der Chor eine Menge zu spielen hat. Du weißt schon, die Salonszene am Anfang, dieses wilde Fest. Der Chor stellt die ganze morbide Gesellschaft dar. Ist klasse geworden. Richtig gute Inszenierung.«

2. KAPITEL

Stefanie Zimmermann hatte sich in ihr Büro zurückgezogen, nachdem Sven Hartung das Gefängnis verlassen hatte. Sie kannte ihn nun seit vier Jahren, seit gut zweieinhalb waren sie heimlich ein Paar. Sven hatte eine Musikband gegründet und zu erstaunlichen Leistungen geführt. Nach Kräften vom Direktor der Vollzugsanstalt unterstützt, hatten schon bald nicht nur Gefangene, sondern auch Mitarbeiter des Strafvollzugs mitgespielt. Stefanie war dem Bandleader durch ihre schöne Stimme aufgefallen. Anders als seine Mitgefangenen glaubten, hatte es nicht an ihrer Schönheit und ihrem frechen Charme gelegen, dass er sie unbedingt in der Musikgruppe haben wollte und bald schon die schönsten Songs für sie schrieb, sondern zunächst tatsächlich nur an ihrer ungewöhnlichen Musikalität und dieser Stimme, von der er sagte, sie könnte Eisberge zum Schmelzen bringen. Aber natürlich war ihm ihr hübsches Gesicht mit den hohen Wangenknochen, der kleinen geraden Nase, den vollen Lippen und den dunklen braunen Augen unter der kurzen schwarzen Ponyfrisur nicht entgangen. Genauso wenig wie ihre zauberhafte Figur. Und so hatte es nicht lange gedauert bis zu ihrer ersten Umarmung und ihrem ersten Kuss. Sobald er in Freiheit sein würde, hatte er ihr immer gesagt, werde sich ihr beider Leben verändern. Genauer war er nie geworden, aber für Stefanie hatte es immer wie ein großes Versprechen geklungen.

Am Tag vor seiner Entlassung hatten sie sich noch einmal im Probenraum getroffen. Sie hatte wissen wollen, wie denn nun alles werde, wenn er endlich wieder frei sei.

»Dann muss ich ein paar Dinge endgültig klären«, hatte er geantwortet.

»Und was sind das für Dinge?«

»Lass gut sein!«

»Kannst du's mir denn nicht sagen?«

»Nicht jetzt, aber bald.« Alle weiteren Fragen hatte er mit seinen Küssen erstickt.

Um die Mittagszeit, als er das Gefängnis verlassen durfte, war sie ihm auf ihrem Weg zu einer Abteilungsbesprechung begegnet. Er sah anders aus in den Kleidern, in denen er einst eingeliefert worden war. Er hatte seitdem weder ab- noch zugenommen. Die Jeans und die schicke Lederjacke saßen wie angegossen. Ihre Blicke trafen sich. Stefanie blieb stehen. Er ging ohne seine Schritte anzuhalten oder auch nur zu verlangsamen an ihr vorbei. Zwar lächelte er ihr kurz zu, aber das war ein fremdes, ein distanziertes Lächeln. Sie war dann über die Eisentreppe einen Stock höher gestiegen, um dort ans Fenster zu treten und ihm nachzuschauen. Dass der Vollzugsbeamte Hoffmann sie beobachtete und ihr folgte, hatte sie nicht bemerkt.

3. KAPITEL

Peter Heiland saß weit zurückgelehnt auf seinem Bürostuhl. Die Beine hatte er auf den Papierkorb gestellt. Auf dem Schreibtisch türmten sich in mehreren Stapeln die Akten. Dazwischen stand ein Schachbrett. Auf einem der Aktenstapel thronte eine bunte Tasse, die er einmal an einer Losbude auf dem Cannstatter Volksfest gewonnen hatte, und auf der in einer verschnörkelten Schrift stand: »Das Leben ist zu kurz für lange Weile.« Der Pfefferminztee darin dampfte noch ein wenig. »Das Beste gegen die Hitze ist immer noch ein heißes Getränk«, sagte er. Kriminaldirektor Ron Wischnewski saß auf der anderen Seite des Tisches, weit über die Schachfiguren gebeugt, auf der vorderen Kante des Besucherstuhls. Seine Teetasse hielt er dabei in der linken Hand leicht über die Tischplatte angehoben. Er gab einen unartikulierten Laut von sich und setzte seinen weißen Läufer auf G7.

Es war ihnen zur Gewohnheit geworden, während des nächtlichen Bereitschaftsdienstes eine Partie Schach zu spielen. Heiland machte sich dann jedes Mal ein so genanntes Gottesurteil. Wenn ich die Partie gewinne, passiert heute nichts, und wir werden von einem neuen Fall verschont. Er zog seinen Turm zwei Felder nach rechts.

Seit drei Monaten war Peter Heiland Leiter der 4. Mordkommission und damit Nachfolger Wischnewskis, der zum Direktor aufgerückt war. Mit beiden Beförderungen hatte niemand im Landeskriminalamt gerechnet, ja, jeder hätte darauf gewettet, dass weder Heiland noch Wischnewski irgendwelche Aufstiegschancen hatten. Wischnewski galt als labil und alkoholgefährdet und Heiland als zu unorthodox, ja skurril. Aber die neue Justizsenatorin liebte überraschende Entscheidungen.

Peter Heiland hatte sich richtig vor der neuen Aufgabe gefürchtet, aber Ron Wischnewski hatte ihn nur angeraunzt. »Weiß man doch: Der Mensch wächst mit seinen Aufgaben.«

»Schach und Matt!«, sagte Peter Heiland. Tatsächlich hatte der Jüngere gewonnen.

Wischnewski war richtig sauer. »Ich hab gleich zwei Fehler hintereinander gemacht!« Es war absolut ungewöhnlich, dass er eine Partie verlor. »Revanche?«, fragte er jetzt.

»Gerne!«, antwortete Peter Heiland.

Wischnewski hatte schon damit begonnen, die Figuren wieder aufzustellen.

4. KAPITEL

Stefanie Zimmermann verließ kurz vor neun Uhr am Abend ihre kleine Wohnung in der Pestalozzistraße. Als sie auf die Straße hinaustrat, schlug ihr die dumpfe Abendhitze entgegen. Ein erster Lufthauch brachte kaum Erleichterung. Die junge Frau trug nur ein leichtes Kleid und kam trotzdem schon nach den ersten Schritten ins Schwitzen. Ihr Blick ging zum Himmel hinauf. Schwarze Wolkenstreifen schoben sich von Westen her über die Dächer Charlottenburgs. Eine heftige Windböe wirbelte plötzlich Staub und Papierfetzen hoch und trieb sie wirbelnd über die Straße. Stefanie beschleunigte ihre Schritte. Am Adenauerplatz stieg sie in einen Bus Richtung Hagenplatz.

5. KAPITEL

»Zu Tisch!«, rief Anneliese Hartung, Svens und Karstens Mutter. »Ich sage Agnjeschka Bescheid, dass sie servieren kann.«

»Tut mir leid«, sagte Sven, »ich kann jetzt nichts essen. Seid mir nicht böse, aber ich will unbedingt noch für ein, zwei Stunden in die Stadt, sehen, was sich verändert hat.«

Die anderen blickten ihn verständnislos an.

»Ihr könnt euch das nicht vorstellen, wenn man fünf Jahre nur eine Zelle mit neun Quadratmetern hat und die einzige Bewegungsmöglichkeit der Freigang im Hof ist.«

»Armer Junge«, sagte seine Mutter mit brüchiger Stimme.

»Brauchst du Geld?«, fragte der Großvater.

»Danke nein. Ich hab ja im Knast verdient. 1,10 Euro die Stunde, und weil ich weder rauche noch trinke noch Rauschgift kaufen musste, hab ich noch was übrig.« Er zog die Tür hinter sich zu.

»Er ist ganz schön verbittert«, sagte Karsten.

»Wundert dich das?«, fragte der Großvater und folgte seinem Enkel Sven schnell in die Diele des Hauses. »Warte einen Moment«, rief er, »Wo willst du hin?«

»Vielleicht gehe ich in die Oper«, antwortete der Jüngere.

»Mach jetzt keinen Fehler, Sven!«, rief der alte Hartung fast flehentlich. Aber da fiel die Haustür schon ins Schloss.

Karsten trat aus dem Wohnzimmer. »Hat er gesagt, was er vorhat?«

»Er will in die Oper. Du weißt, was das bedeutet«, sagte der Großvater kurz angebunden. Der alte Hartung unterbrach sich, weil er erst jetzt Gregor bemerkte, der von der Toilette kam.

»Ich geh auch noch mal weg.« Karsten nahm seine Jacke von der Garderobe. »Vielleicht hole ich Sylvia ab.«

»Mir musst du doch nichts erzählen.« Der Großvater kehrte ins Zimmer zurück und schlug die Tür laut hinter sich zu. Gregor sah Karsten an. »Jeder weiß doch, wo du hingehst!«

6. KAPITEL

Es war schon nach 21 Uhr. Die Hitze hatte etwas nachgelassen, aber die Luft lastete dumpf und stickig auf der Stadt. Von Westen her schob sich eine schwarze Wol-

kenwand über den Himmel, deren gezackte Abriss-
kante ein giftiges Gelb aufwies. Ein heraufziehendes
Gewitter schickte in immer schnellerer Folge kurze
heftige Sturmböen voraus. Sven Hartung ging schnell.
Zwischendurch schaute er immer wieder auf die Uhr.
Wenn die Oper um 19 Uhr begonnen hatte – das war
die übliche Zeit – dann musste sie kurz vor 22 Uhr zu
Ende sein. Am S-Bahnhof Halensee winkte er ein Taxi
ab. Viertel vor zehn Uhr stieg er vor der Deutschen
Oper in der Bismarckstraße aus.

Die ersten Besucher verließen das Gebäude. Sven
bahnte sich einen Weg gegen den Strom ins Innere
des Opernhauses. Früher war er oft hier gewesen,
um Sylvia abzuholen oder, wenn sie Probe hatte, in
den Pausen mit ihr einen Kaffee zu trinken oder eine
Kleinigkeit zu essen. Er hatte jeden Augenblick mit
ihr genossen. Seinen Großvater hatte das wütend
gemacht. »Du vergeudest deine Zeit!«, hatte er ihn
eins ums andere Mal angeherrscht. Aber Sylvia und
Sven lebten für die Musik, wenn auch auf ganz verschiedene Weise. Er spielte in seiner Band Schlagzeug
und Klarinette, sie hatte eine klassische Gesangsaus-
bildung hinter sich, die freilich nicht für eine Solo-
karriere gereicht hatte. Aber sie bekam ein Engagement beim Staatsopernchor und war durchaus damit
zufrieden. Mindestens war sie es vor fünf Jahren gewesen, als die beiden sich das letzte Mal gesehen und
umarmt hatten.

Den Weg in die Kantine kannte Sven. Er ging zum
Tresen und kaufte sich einen Milchkaffee. Dabei sah

er sich neugierig um und spürte eine leichte Enttäuschung. Was hatte er erwartet? Dass ihn jemand erkennen würde? Nach und nach kamen einige Musiker, Bühnenarbeiter und Sänger herein. Man sah den meisten von ihnen an, dass die Anspannung des Auftritts noch nicht ganz von ihnen abgefallen war. Sie bewegten sich hektischer und redeten schneller, als es eigentlich normal war. Sven, der sich an einen kleinen Tisch weit hinten in einer Ecke zurückgezogen hatte, hörte nur Sprachfetzen. »Den Einsatz vermasselt« … »Der dirigiert einfach zu schnell!« … »Wenn's hoch geht, drückt der Valletta, als sitze er auf dem Klo« … »Langsam aber sicher geht die Disziplin verloren …«

Und dann kam sie. Gemeinsam mit ein paar Kolleginnen und Kollegen aus dem Chor, die alle gleichzeitig zu reden schienen. Doch als sie plötzlich erstarrte, stehen blieb und laut »Nein!« rief, versickerten die Gespräche um sie herum. Dann hörte Sven, wie sie sagte: »Entschuldigt mich bitte!« Mit langsamen Schritten kam sie auf ihn zu. Sven erhob sich. Neugierig beobachteten die anderen, wie die beiden sich zögernd in die Arme nahmen.

»Das ist doch dieser Sven Hartung«, sagte Giovanna Ricci. »Mit dem war sie mal verlobt.« Giovanna war seit 13 Jahren Mitglied im Chor.

»Ja und?«, fragte eine Kollegin.

»Aber dann hat sie seinen Bruder geheiratet.«

»Das ist ja vielleicht krass!«, staunte Jenny Klein, die über eine schöne Altstimme verfügte und ab und zu mit kleinen Soli betraut und damit aus dem Chor herausgehoben wurde, vor allem von einem jungen Dirigenten, der sich anschickte, eine große Karriere zu machen, und der sich in Jenny verliebt hatte.

»Wie lange bist du denn schon draußen?«, fragte Sylvia, als sich die beiden gesetzt hatten.

Sven sah auf seine Uhr. »Seit sechs Stunden ungefähr.«

»Und was machst du hier?«

»Was ist denn das für eine Frage?«

»Na ja«, sagte Sylvia, »du weißt doch …«

»Ja«, unterbrach er sie. »Aber du weißt nicht, was damals wirklich passiert ist.«

»Bitte nicht, Sven. Bitte rühr das nicht alles wieder auf.«

»Es muss aber sein! Das Schlimmste war, dass du dich genau deswegen von mir abgewendet hast. Und dabei war alles ganz anders. Bist du eigentlich glücklich mit Karsten?«

»Moment, Moment, Moment.« Sylvia drückte beide Fäuste gegen ihre Schläfen. »Langsam, Sven. Was erzählst du mir denn da?«

»Du musst endlich wissen, wie das wirklich gewesen ist …«

»Ich muss an die frische Luft. Ich halte das hier drin nicht aus. Sieh doch mal, wie sie uns alle anstarren.« Ihr Atem ging so schnell, dass Sven befürchtete, sie könne jeden Augenblick kollabieren. Sylvia sprang auf und stürmte wie von Furien gehetzt aus dem Raum, vorbei an ihren Kollegen, die noch immer in einer kleinen Gruppe beisammenstanden. »Was ist denn mit der los?«, fragte Jenny, und als Sven kurz danach an ihnen vorbei rannte: »Was hat sie denn?«

7. KAPITEL

»Das mit dem Turm war ein Fehler«, sagte Wischnewski. »Schach und Matt!« Im gleichen Augenblick begriff Heiland, dass er die Partie verloren hatte. Immerhin hatte er an diesem Abend eine gewonnen, und das hatte es bislang höchsten zwei oder drei Mal gegeben, obwohl sie Hunderte Partien gespielt hatten. Er schob die Figuren zusammen und legte sie in ihr Holzkästchen. Im gleichen Augenblick klingelte das Telefon. Peter Heiland nahm ab, meldete sich, hörte zu, sagte: »Danke, wir kümmern uns darum«, legte auf und sah Wischnewski an. »Fund einer Frauenleiche in der Tiefgarage Zillestraße hinter der Deutschen Oper.«

»Schade, dass Hanna Iglau erst morgen aus ihrem Urlaub zurückkehrt. Sie interessiert sich doch für klassische Musik, oder?«, sagte Wischnewski mit dem ihm eigenen sarkastischen Humor. »Aber ich kann Ihnen

Nadja Zeughoff von der 7. Mordkommission beigeben. Ist 'ne ziemlich ausgeschlafene Kollegin.«

»Ich kenne sie«, sagte Heiland ohne erkennbare Begeisterung. »Eine waschechte Berlinerin, nicht wahr?«

»Ja!« Wischnewski lachte. »Dass Sie als Schwabe damit Probleme haben, kann ich verstehen.«

»Hab ich nicht. Hanna ist auch Berlinerin!«

»Ich komme mit zum Tatort!« Wischnewski stand auf. »Dieses ewige Hocken im Büro macht mich ganz krank.«

Die Spurensicherung war schon da, als sie in die Tiefgarage kamen, in der nur noch vereinzelte Autos standen. Die Tote lag neben ihrem Auto, einem Smart. Ein Gerichtsmediziner, den weder Wischnewski noch Heiland kannten, den Nadja Zeughoff aber mit »Hallo Fred, wie geht's?« begrüßte, hob kurz den Kopf. »Tach auch!«, sagte er und wendete sich wieder der Leiche zu. Dann sagte er, ohne aufzusehen: »Kopfschuss. Sehr präzise. Immerhin aus einiger Entfernung. Der Täter muss was vom Schießen verstehen.« Er hob ein Projektil in die Höhe. »Könnte Jagdmunition sein. Das würde passen.«

»Weiß man schon, wer das Opfer ist?«, fragte Wischnewski.

Ein junger Beamter von der Spurensicherung trat vor den Kriminaldirektor hin, schlug die Hacken zusammen und nahm Haltung an. »Also …«

»Stehen Se bequem, Mann«, herrschte Wischnewski ihn an. »Wir sind hier nicht beim Militär!«

»Jawoll, Herr Kriminaldirektor.« Der Beamte knickte mit dem rechten Knie ein wenig ein. »Wir haben den Personalausweis. Frau Sylvia Hartung, geborene Niedermeier, wohnhaft Wildpfad 127. Das ist im Grunewald. Die Familie Hartung ist …«

»Hoffentlich noch nicht benachrichtigt?«, unterbrach Wischnewski den Beamten.

Ein älterer Mann, ebenfalls im Schutzanzug, kam hinzu. »Nein. Das liegt ja nicht in unserer Kompetenz! Grüß dich, Ron, auch mal wieder an der Front?«

»Ach Arthur, du leitest den Einsatz? Dann ist ja alles bestens!« Wischnewski stieß den Spusi-Mann in die Seite und gab ihm dann die Hand.

»Gratuliere auch noch zur Beförderung«, sagte der. »Umtrunk hat's nich gegeben, wa?«

»Nee. Du weißt doch, ich trinke am liebsten alleine. Aber vielleicht schaffen wir beide ja doch mal 'n Bierchen gemeinsam.«

»Wär schön«, sagte der Mann, den Wischnewski mit Arthur angesprochen hatte.

Peter Heiland war, die Hände auf dem Rücken, den Kopf nach vorne geschoben, die ganze Zeit in konzentrischen Kreisen um den Tatort herumgegangen, wobei er sich mehr und mehr vom Zentrum entfernt hatte. Plötzlich blieb er stehen und rief: »Hartung! Natürlich. Der hat auch im Wildpfad gewohnt.«

»Wovon sprichst du?«, fragte Nadja. Sie hatte den Kollegen vom ersten Augenblick an geduzt und war auch dabei geblieben, als Heiland sie weiter gesiezt hatte.

23

»Von einem Fall, den wir vor ungefähr fünf oder sechs Jahren hatten. Erinnern Sie sich, Herr Wischnewski?«

»Nee!«, sagte der.

»Sven Hartung. Er hat damals ein Geständnis abgelegt, bevor wir begonnen haben, richtig zu ermitteln.«

»Warten Sie mal … Moment, ich muss nachdenken. Augenblick noch. War er nicht Musiker oder so was, Künstler eben. Irgendetwas in der Richtung.«

Peter Heiland verließ seine Kreisbahn und kam auf seinen Chef zu, dabei hob er den rechten Zeigefinger und legte den Kopf leicht in den Nacken. »Sein Anwalt hat allerdings auf Notwehr plädiert.«

»Stimmt. Wie hieß das Opfer noch mal?«

»Oswald Steinhorst. Stellvertretender Geschäftsführer und Chefdesigner der Firma Hartung.«

»Mann, Ihr Gedächtnis müsste man haben, Schwabe!«

Aber Heiland ließ sich nicht mehr unterbrechen. »Die Zeugen haben damals unisono ausgesagt, Sven Hartung habe sich einen Scheiß … also habe sich überhaupt nicht um die Firma gekümmert. Dem sei es immer nur um seine Musik gegangen. Ganz im Unterschied zu seinem Bruder, der die Firma leitete und ein Supermanager gewesen sein muss.«

»Wahrscheinlich ist er es immer noch«, meldete sich Nadja. »Die Firma steht nämlich blendend da.«

»Ach, das wissen Sie?«, fragte Heiland.

»Musste dir merken, Kollege, ick weeß meistens mehr, als man mir zutraut.«

»Dann haben wir gleich zwei von der Sorte.« Wischnewski lachte und deutete auf Heiland. »Er ist nämlich och so ener.« Er sah auf seine Uhr. »Gleich Mitternacht. Morgen ist auch noch ein Tag, sagte die Eintagsfliege. Ich geh nach Hause.«

»Und die Benachrichtigung der Familie?«

»Das übernehmen Sie! Ist ja nicht das erste Mal!« Wischnewski gähnte ungeniert und verließ den Tatort.

Sie fuhren mit Nadjas Dienstwagen. Als sie am Adenauerplatz in den Kurfürstendamm einbogen und Richtung Halensee fuhren, begann es zu regnen.

»Was war denn das für ein Fall damals?«, fragte Nadja.

»Fast sechs Jahre ist das her. Ich war grade von Stuttgart nach Berlin gezogen.«

»Und das haste nie bereut?«

»Da können wir ein anderes Mal drüber reden.« Sie erreichten den Wildpfad. Der Regen war inzwischen noch stärker geworden. »Die Firma Hartung hatte schwere Turbulenzen hinter sich. Der Laden stand praktisch vor dem Aus. Gerettet hat ihn wohl der damals bald 80-jährige Senior, indem er noch mal voll ins Geschäft eingestiegen ist. Die Pläne dazu hatte allerdings einer seiner Enkel entwickelt, der ältere der beiden Brüder. Wie hieß er doch gleich? Karl, nein, warte – Karsten. Ja genau, Karsten Hartung, ein dynamischer, erfolgsorientierter Typ. Von dem stammte der Rettungsplan, und sein Großvater, Friedhelm Hartung, hat ihn rigoros durchgezogen. In den Tagen der

Krise wurde alles verscherbelt – Verkaufsfilialen, Ländereien, Immobilien, das ganze Familiensilber – nur die Villa hat die Familie behalten. Standesgemäßes Wohnen musste sein.« Peter Heiland deutete auf das beeindruckende Gebäude, vor dem Nadja jetzt den Wagen anhielt. »Mit dem Erlös aus all den Verkäufen schaffte es der Junior, eine neue Modedesign-Firma aufzubauen, die auf Anhieb großen Erfolg hatte, und sein Großvater hat ihn bald schon gewähren lassen. Karstens Vater, also seinem eigenen Sohn, hat der Alte nie etwas zugetraut. Der ist in der Firma immer nur so eine Art Frühstücksdirektor gewesen.«

»Du musst ja 'n Gedächtnis haben wie 'n Elefant!«, sagte die Kollegin.

»Na ja, es hat mich halt auch beeindruckt. Wollen wir?« Peter Heiland stieß die Beifahrertür auf und schickte sich an auszusteigen. Aber dann ließ er sich noch einmal in den Sitz zurückfallen. »Dieser Karsten hat übrigens später die Verlobte von Sven geheiratet.«

»Echt? Ist ja irre! Und das ist gut gegangen?«

»Keine Ahnung. Das kam so als Info rein, da hatten wir den Fall längst abgeschlossen.«

Endlich stiegen die beiden aus und rannten mit eingezogenen Köpfen durch den Regen zum Haus. Unter dem ausladenden Vordach verschnauften sie erst einmal. Nadja sah zu ihrem Kollegen auf. »Sag mal, wie groß bist du eigentlich?«

»1,92 morgens, 1,90 abends.«

»So 'n langer Lulatsch!« Nadja drückte auf die Klingel.

8. KAPITEL

Zuerst ging das Licht rund ums Haus an und hüllte den ganzen parkähnlichen Garten in gleißende Helligkeit. Kurz darauf öffnete sich die Haustür, und auf der Schwelle erschien der alte Friedhelm Hartung. Er trug einen roten Morgenmantel aus Samt, auf der linken Brustseite leuchtete in Gold das gestickte Monogramm FH. Der alte Mann stand hoch aufgerichtet da. Mit der rechten Hand hielt er den Türgriff fest. »Ja, was ist?«

»Kriminalpolizei!«, sagte Nadja, »Kriminaloberkommissarin Zeughoff. Das ist mein Kollege, der leitende Hauptkommissar Peter Heiland.«

»Heiland? Wir kennen uns.« Der alte Herr fixierte Peter Heiland mit seinen kalten grauen Augen. Das gebräunte Gesicht war von Falten durchzogen. Unter der großen Hakennase zog sich ein schmaler Mund hin wie ein Strich. Die eisgrauen Haare standen wirr vom Kopf ab. Hartung hatte sich nicht die Mühe gemacht, sich zu kämmen. »Also was gibt's?«

»Dürfen wir reinkommen?«, fragte Peter Heiland dagegen. »Wir haben eine Nachricht, die man nicht zwischen Tür und Angel weitergibt.«

Der alte Mann machte Platz. Die beiden Beamten gingen an ihm vorbei. Nadja nahm den Geruch eines teuren Rasierwassers wahr. Sie traten in eine geräumige Halle, in der zwei Treppen links und rechts in elegantem Bogen zu einer Galerie hinaufführten. Dort oben stand, beide Hände auf das Geländer gestützt, die Schwiegertochter des Patriarchen, Anneliese Hartung. Sie trug ein weißes Kleidungsstück. Peter Heiland fragte sich im Stillen, ob man das ein Negligé nannte. Auf jeden Fall war es mehr als nur ein Nachthemd, denn im Licht der hellen Lampe über der Frau war zu erkennen, dass dieses weiße Etwas in vielen Schichten ihren schmalen Körper umfloss, der darunter gleichwohl noch zu erkennen war.

»Nun reden Sie schon«, sagte der alte Herr. »Etwas Gutes kann es ja nicht bedeuten, wenn Sie zu dieser nachtschlafenden Zeit hier eindringen.« Zu seiner Schwiegertochter rief er hinauf: »Die Herrschaften sind von der Polizei!«

Anneliese Hartung schlug die Hand vor den Mund, sodass man kaum hören konnte, wie sie ausrief. »Um Gottes willen! Doch nicht schon wieder!«

»Sind Ihr Sohn und Ihre Enkelsöhne im Haus?«, fragte Peter Heiland den alten Mann.

»Woher soll ich das wissen?«

»Sven ist noch nicht wieder da«, sagte seine Schwiegertochter, die jetzt die Treppe herabstieg.

Es stellte sich heraus, dass weder Karsten noch Sven im Haus waren. Und als dies geklärt war, fragte der Hausherr noch mal: »Also was ist los?«

»Sylvia, die Frau Ihres Enkels, …« Peter Heiland brach ab.

»Sie ist tot. Ermordet worden. Vermutlich kurz

nach der Vorstellung in der Deutschen Oper!«, übernahm Nadja Zeughoff.

»Nein!« Anneliese Hartung schlug beide Hände vor's Gesicht. Sie stand noch unter der Tür, während sich ihr Schwiegervater gerade in seinen Sessel setzte. Ein paar Augenblicke schien es, als habe der alte Mann nichts von dem, was die Beamten gesagt hatten, verstanden. Er saß nur da und fuhr sich ein paar Mal mit der flachen Hand über die Augen. Schließlich sagte er mit brüchiger Stimme: »Wie kann so etwas passieren?«

»Das versuchen wir grade herauszubekommen«, antwortete Peter Heiland. »Ihr Enkel Sven ist heute aus der Haft entlassen worden. Wissen Sie, wo er sich aufhält?

»Nein. Er wollte noch mal weggehen. Versteht man ja, wenn einer so lange eingesperrt war.«

»Er war mal der Verlobte der Ermordeten.«

»Das ist lange her. Sylvia hat später meinen Enkel Karsten geheiratet.«

»Ja, wir haben das erfahren, und wir waren einigermaßen darüber verwundert«, sagte Peter Heiland.

Frau Hartung, die inzwischen in ihrem Schlafzimmer gewesen war, um sich einen Morgenrock anzuziehen, kam herein. Sie hatte die letzten Sätze gehört. »Das war eine sehr gute Entscheidung«, sagte sie. »Karsten hat lange um sie geworben, schon bevor sie sich Sven zugewendet hatte. Und das Verbrechen, das Sven begangen haben soll, hat Sylvia doch sehr schockiert.«

»Begangen haben *soll*?«, fragte Nadja scharf.

»So sagt man doch, oder?«

»Aber nur, wenn man nicht glaubt, dass er es *war*.«

»Ich kenne meinen Sohn besser als irgendwer anderer. Er ist kein Mörder!«

Der Hausherr griff überraschend ein: »Es geht hier ja wohl nicht um den Mord an Oswald Steinhorst damals, sondern um den an Sylvia!«

Peter Heiland, der sich im Unterschied zu seiner Kollegin nicht hingesetzt hatte, sondern in kleinen Kreisen im Zimmer herumgegangen war, blieb stehen, kratzte sich am Kopf und sagte: »Wer weiß? Vielleicht hätte es ohne den ersten Mord den zweiten nicht gegeben.«

»Was soll denn der Schwachsinn?«, fuhr der alte Hartung auf. »Unsere Familie hat mit dem Verbrechen nichts zu tun.«

Im gleichen Augenblick hörte man die Haustür zuschlagen. Nadja ging schnell aus dem Zimmer und kehrte in Begleitung von Karsten Hartung zurück.

»Was ist denn hier los?«, fragte der.

»Mein Enkel Karsten«, stellte Friedhelm Hartung vor.

Peter Heiland trat auf ihn zu. »Wo waren Sie in den letzten fünf Stunden?«

»Wie bitte? Was?«

Peter zeigte seinen Dienstausweis.

»Nicht nötig«, sagte Karsten Hartung, »Ihre Kollegin hat schon gesagt, dass Sie von der Polizei sind.« Er wollte sich umdrehen, um auf Nadja zu zeigen, und prallte mit ihr zusammen, weil sie ganz dicht hinter ihm stand.

»Hat sie auch schon gesagt, aus welchem Grund wir hier sind?«, fragte Heiland.

»Sylvia ist tot. Sie wurde ermordet!« Die Stimme des Familienpatriarchen klang kalt und barsch.

Karsten Hartung starrte die Anwesenden nacheinander an, als hoffte er, dass jemand dem Alten widersprechen würde. Dann schien das Gesagte sein Hirn zu erreichen. »Sylvia?« Er taumelte, griff nach einer Stuhllehne, aber sie entglitt ihm, und der Stuhl fiel krachend zu Boden. Seine Mutter eilte zu ihm und griff nach seinem Arm. Behutsam führte sie ihren Sohn zu dem Sofa, das dem ausladenden Sessel gegenüberstand, in dem der Chef des Hauses saß.

»Ich muss leider darauf bestehen, dass Sie meine Frage beantworten!« Heiland war hinzugetreten und beugte sich zu Karsten Hartung hinab, so dass ihre Gesichter ganz nahe voreinander waren.

»Welche Frage?«

»Wo Sie in den letzten Stunden waren?«

»Ich … Ich war bis kurz nach elf Uhr in meinem Arbeitszimmer. Wir haben Probleme mit einer Lieferung, und ich habe versucht dahinterzukommen, wie das passieren konnte.«

»Und danach?«

»Bin ich raus an die frische Luft. Das mache ich oft.«

»Ja, das macht er oft«, echote seine Mutter. »Er rennt dann um den Grunewaldsee herum. Manchmal drei Mal.«

»War es heute auch so?«, fragte Nadja.

»Ja. Aber das ist doch überhaupt nicht wichtig! Sie sagen, Sylvia ist tot?«

»Sie sind nicht um den Grunewaldsee gelaufen«, stellte Nadja kühl fest.

»Natürlich!«

»Dann würden Ihre Schuhe anders aussehen. Es hat geregnet. Ich kenne den Weg rund um den See. Der ist jetzt ziemlich tief und verschlammt. Außerdem riechen Sie nicht nach frischer Luft, sondern nach Alkohol, Zigaretten und einem sehr weiblichen Parfum.«

Karsten Hartung starrte die Polizistin an, räusperte sich ein paar Mal und brummte dann: »Sie müssen eine verdammt gute Nase haben.«

»Ja, das stimmt. Ich habe auch gerochen, dass Ihr Großvater, kurz bevor wir gekommen sind, ein Rasierwasser der Marke ›Silverskin‹ aufgetragen hat. Grade so, als ob er sich für unseren Besuch hätte frisch machen wollen.«

»Stimmt!«, sagte der Alte. »Sogar die Marke ist richtig. Aber im Unterschied zu anderen Männern rasiere ich mich am Abend, bevor ich zu Bett gehe, damit ich morgens keine Zeit verliere.«

»Machen wir hier eigentlich Konversation, oder was?«, schrie plötzlich seine Schwiegertochter. »Sylvia ist tot, sagen diese Leute, und ihr …« Sie unterbrach sich und starrte abwechselnd ihren Sohn und ihren Schwiegervater wütend an.

Peter Heiland hob abwehrend beide Hände. »Es ist immer so, Frau Hartung. Ein Mensch kommt ums

Leben, und wir sind gezwungen, ganz banale Fragen zu stellen. Wir werden Sie jetzt in Ruhe lassen. Das heißt, nachdem uns Ihr Sohn gesagt hat, wo er in den letzten fünf Stunden war.«

Karsten Hartung stand vom Sofa auf. »Ich bringe Sie zur Tür.«

Als sie in die Halle hinaustraten, kam Anneliese Hartungs Mann Gregor die rechte Treppe herunter. Er trug einen blauen Blazer, darunter ein weißes Hemd mit einem goldgesprenkelten Einstecktuch, dazu eine weiße Hose und elegante Slipper. »Was ist eigentlich los? Ich höre schon eine ganze Zeit Stimmen im Haus.«

»Lass es dir von Mama erklären«, sagte Karsten. »Sie ist im Wohnzimmer bei Opa.« Er ging voraus zur Haustür und öffnete sie. Als Peter Heiland und Nadja ihn erreichten, begann er: »Ich war bei meiner Geliebten. Wenn es unumgänglich werden sollte, werde ich Ihnen Namen und Adresse geben. Auf Wiedersehen!«

Die beiden Polizeibeamten verließen die Villa. Am Auto blieben sie stehen. »Hast du das wirklich alles gerochen?« Zum ersten Mal duzte Peter Heiland seine Kollegin, die das mit einem Schmunzeln zur Kenntnis nahm.

»Ja, ich bin tatsächlich mit dieser Begabung geschlagen. Nu los, steig ein.«

»Lass mal, ich bleib hier, bis Sven Hartung nach Hause kommt.«

»Und ich?«

33

»Du fährst heim, legst dich aufs Ohr und schnüffelst morgen weiter mit deiner wunderbaren Nase.«

Nadja öffnete die Fahrertür, kam dann aber noch mal um den Dienstwagen herum und gab Peter die Hand. »Weißt du was? Die Kollegen, die alle erzählen, du seist ein komischer Kauz, haben vielleicht recht.«

»Und das riechst du?«

»Nee, riechen tu ich nur, dass du bald mal unter die Dusche solltest.«

9. KAPITEL

Zum Glück hatte der Regen aufgehört. Doch es war nicht viel kühler geworden, als es den Tag über gewesen war. Peter Heiland war zunächst den ganzen Wildpfad entlanggegangen, zuerst bis zum Waldrand, dann zurück zur Hagenstraße. Von den Häusern, die in loser Reihe standen und zum Teil von großen Gärten umgeben waren, verdienten die meisten den Namen Villa. An vielen Eingängen und Briefkästen standen nur Initialen.

Ein kurzer Windstoß schüttelte einzelne Tropfen von den Blättern der Bäume, die zwischen Fahrbahn und Gehsteig standen. Die Wolken waren in der letzten halben Stunde lichter geworden. Jetzt rissen sie auf und gaben den Blick auf einen fahlen Mond frei. Zwischen letzten weißen Wolkenfetzen leuchteten einzelne Sterne auf. Peter Heiland setzte sich auf ein Mäuerchen und lehnte sich gegen den Zaun aus eleganten Metallstelen, die zum Teil verspiegelt waren und aus dem Stein herauszuwachsen schienen. Im gleichen Augenblick heulte eine Sirene los. Licht überflutete das Anwesen. Erschrocken sprang der Kommissar auf und lief rasch den Gehsteig hinunter. Vor dem Grundstück der Familie Hartung blieb er schwer atmend stehen.

Keine drei Minuten später raste ein Polizeiauto mit Blaulicht, aber ohne die Töne des Signalhorns, durch die gepflasterte Straße und stoppte vor dem Gebäude, das noch immer im gleißenden Licht stand. Heiland kniff die Augen zu und sah, wie zwei uniformierte Polizisten aus dem Auto sprangen. Das Alarmsignal verstummte. Ein Mann trat aus dem Haus und kam zum Gartentor. Nach einem kurzen Gespräch zwischen ihm und den Polizisten erlosch das Licht. Die Beamten stiegen wieder in ihr Fahrzeug. Das Polizeiauto fuhr ein Stück und wendete am Ende der Straße. Auf dem Rückweg zur Hagenstraße erfassten die Scheinwerfer Peter Heiland, der breitbeinig, die Hände auf dem Rücken verschränkt, an der Bordsteinkante stand. Das Polizeifahrzeug stoppte dicht neben ihm. Die Beamten sprangen heraus. Beide hatten ihre

Dienstpistolen gezogen. Einer schrie: »Keine Bewegung! Umdrehen!«

»Was denn nun?«, fragte Heiland in aller Ruhe. »Umdrehen oder nicht bewegen.«

»Schnauze!« Der größere der beiden Schutzpolizisten packte ihn an der Schulter, warf ihn gegen das Dienstfahrzeug und durchsuchte ihn. »Leuchte mal«, sagte er zu seinem Kollegen. Der steckte die Pistole weg und zog eine Taschenlampe heraus. In ihrem Licht erschien die rote Plastikkarte, die Peter Heiland als leitenden Hauptkommissar des Landeskriminalamtes auswies. »'tschuldigung«, murmelte sein uniformierter Kollege.

»Kein Problem«, antwortete der Kommissar. »Ihr habt schnell und kompromisslos gehandelt, wie es sich gehört.« Die leise Ironie in seiner Stimme schienen die beiden nicht gehört zu haben.

»Aber was machen Sie hier?«, fragte der kleinere der beiden.

»Ich ermittle in einem Mordfall.« Peter Heiland skizzierte rasch, worum es ging, und bat dann die Kollegen, zu verschwinden. Einer der Hauptverdächtigen könne jeden Moment hier auftauchen.

Aber es dauerte dann noch mehr als drei Stunden, ehe ein Taxi den Wildpfad entlang kam und vor der Villa hielt. Während Sven Hartung den Fahrer bezahlte, verließ Peter Heiland den Schatten eines Baumes. Er wartete, bis das Taxi weggefahren war, und trat dann auf jüngsten Spross der Familie Hartung zu. »Hallo!«

36

Sven Hartung sah den Kommissar mit glasigem Blick an. »Wer sind Sie?«

»Hauptkommissar Peter Heiland vom Landeskriminalamt.« Er zog seinen Ausweis heraus und hielt ihn Hartung unter die Nase.

»Was soll der Scheiß?«

»Ich schlag mir die Nacht auch nicht nur zum Spaß um die Ohren«, sagte der Kommissar.

»Ihr Problem! Lassen Sie mich bitte mal vorbei. Ich muss ins Bett.«

»Haben Sie Ihre Schwägerin Sylvia schon gesehen?«

»Was?«

»Ob Sie …?«

»Jaja, ich hab Sie verstanden. Ich hab Sylvia gesehen. Hab sie nach der Vorstellung in der Oper getroffen, und? Ist das etwa verboten?«

Peter Heiland sah sein Gegenüber nachdenklich an. »Nein, natürlich nicht. Immerhin waren Sie mal verlobt.«

Erst jetzt schien Sven Hartung den Polizeibeamten richtig anzusehen. »Heiland? Warten Sie mal. Sind Sie etwa *der* Heiland, der mich damals in den Knast gebracht hat?«

»Das war nicht ich, das waren Sie selber, Herr Hartung. Sie haben so schnell ein Geständnis abgelegt …«

»Jajaja. Meinen Sie etwa, ich hätte das vergessen?«

»Was vergessen?«

»Na den ganzen Prozess.«

»Sie waren nicht so besonders überzeugend damals. Vielleicht haben wir Ihnen zu schnell geglaubt. Oder diesem Zeugen, dem plötzlich eingefallen war, dass er Sie gesehen hatte.«

»Was soll das jetzt? Ich habe meine fünf Jahre abgesessen, und jetzt will ich nur noch meine Ruhe haben und meine Musik machen!«

Er ging auf das Haus zu und zog einen Schlüssel aus der Tasche.

»Ihre Schwägerin Sylvia ist tot. Sie wurde heute, das heißt gestern ermordet. Ganz in der Nähe der Oper.«

Sven Hartung was schon nach den ersten fünf Worten ruckartig stehen geblieben. Nun drehte er sich um. »Nein!«, sagte er leise und dann noch leiser: »Nein! Das glaube ich nicht.«

»Wann genau haben Sie mit ihr gesprochen?«

»Sylvia ist tot? Das kann nicht sein.«

»Beantworten Sie bitte meine Frage!«

»Ihre Frage? Was für eine – ach so … Mann, ich hab nicht auf die Uhr gesehen.«

»Haben Sie Ihre Schwägerin noch zu ihrem Wagen begleitet?«

»Nein. Nur bis zum Eingang der Tiefgarage. Warum?«

»Sie wurde in der Tiefgarage erschossen.«

»Sylvia wollte mich mit nach Hause nehmen, aber ich … Menschenskind, wär ich doch mit ihr gegangen!«

»Warum wollten Sie denn nicht mir ihr nach Hause fahren?«

»Weil … weil … ich war so total von der Rolle. Können Sie sich das nicht vorstellen? Sylvia war mal … Na gut, das wissen Sie ja …«

»Wollten Sie sagen, sie war mal Ihre große Liebe?«

»Was spielt das jetzt noch für eine Rolle?«, fragte Sven Hartung.

»Eine entscheidende, denke ich. Haben Sie Ihrer Schwägerin Vorwürfe gemacht?«

»Ich? Wie komme ich dazu?«

»Sie hat immerhin Ihren Bruder geheiratet. Haben Sie denn damals nicht damit gerechnet, dass Sylvia auf Sie warten würde?«

»Damit gerechnet? Nein. Ich habe es gehofft. In so einer Situation verliert man leicht das Gefühl für die Realität. Kann ich jetzt endlich ins Bett?«

Noch immer standen sie sich zwischen Gartentor und Haustür gegenüber. Die Wolken hatten sich vollends verzogen. Und im Osten kündigte sich der Tag mit einer diffusen Helligkeit an.

»Hätten Sie etwas dagegen, wenn ich Sie nach einer Waffe durchsuchen würde.«

Sven lachte kurz auf. »Machen Sie mal!« Er hob beide Arme, und Heiland tastete ihn kurz ab. Als er sich wieder aufrichtete, sagte er: »Nur eine Frage noch: Würden Sie heute wieder ein Geständnis ablegen?«

»Sie meinen, dass ich Sylvia erschossen …«

»Nein«, unterbrach Peter, »dass Sie damals Oswald Steinhorst erschlagen haben.«

Sven Hartung sah dem Kommissar in die Augen. »Sie stellen Fragen!«

»Würden Sie die Tat wieder gestehen?«, insistierte Peter Heiland.

»Ob ich sie wieder gestehen würde? Kommt drauf

39

an!« Hartung schloss die Tür auf und verschwand grußlos im Haus.

Peter Heiland blieb noch eine ganze Weile regungslos stehen, ehe er sich abwendete und das Grundstück verließ.

Am Hagenplatz stand ein einsames Taxi. Peter Heiland sah auf die Uhr am Armaturenbrett, als er einstieg und die Adresse des Landeskriminalamtes in der Keithstraße angab. Es war zwei Minuten nach fünf Uhr.

10. KAPITEL

Der Korridor im vierten Stock lag verlassen da. Zum Glück war der Kaffeeautomat in Betrieb. Heiland ließ zwei Pappbecher volllaufen und trug sie in sein Büro. Inzwischen war es draußen so hell geworden, dass er kein Licht einschalten musste. Er fuhr den Computer hoch, wollte gleichzeitig einen Schluck Kaffee nehmen, verfehlte aber den Mund und stieß mit dem Kinn gegen den Rand des Bechers. Der Kaffee schwappte über und verteilte sich über Heilands Hemd und die

Schreibtischplatte. Die darauf liegenden Papiere sogen die braune Flüssigkeit auf. »Der Tag fängt ja gut an«, murmelte er, öffnete die zweite Schreibtischschublade und nahm eine Rolle Küchenpapier heraus. Mit der linken Hand trocknete er notdürftig seine Hemdbrust, die Papiere und die Schreibtischplatte ab, mit der anderen klickte er sich durch das Programm des Computers, bis er den Fall Oswald Steinhorst fand. Er trank den halb leeren Becher aus und warf ihn in den Papierkorb.

Kurz nach sieben Uhr streckte Ron Wischnewski seinen Kopf durch die Tür. »Was Neues?«

»Was tun Sie denn schon da?«, fragte Heiland.

»Ich konnte nicht mehr schlafen, und nicht schlafen kann ich auch im Büro.«

»Schlafen zur Not auch, oder?« Tatsächlich stand in Wischnewskis Büro ein Sofa, auf dem er nicht selten die Nacht verbrachte.

Der Kriminaldirektor antwortete nicht darauf. Er kam zu Heiland herüber und beugte sich über seinen Mitarbeiter, um zu sehen, was der auf dem Bildschirm studierte. Aber nun bemerkte er auch die Kaffeeflecken. »Wie sieht's denn hier aus? Was is'n das für eine Sauerei?«

»Ach, das bisschen Kaffee!«, sagte Heiland. »Kann ja mal passieren, oder?«

»Nur dass bei Ihnen andauernd so was passiert, Sie linkischer Mensch!« Wischnewski griff nach dem noch vollen Kaffeebecher und trank ihn aus. »Mann, das tut gut. Ich hab noch nichts im Magern.«

Heiland verzog das Gesicht, sagte aber nichts.

»Sie haben den alten Fall noch mal herausgeholt?«

Der Jüngere nickte. »Vielleicht haben wir uns damals zu früh zufriedengegeben.«

»*Wir*? Die Staatsanwältin, die war so scharf drauf, diesen spektakulären Fall schnell und mit Bravour abzuschließen. Sie wurde ja dann auch in allen Berliner Zeitungen dafür gefeiert. Was ist? Haben wir einen Verdächtigen in Fall Sylvia Hartung?«

Peter Heiland berichtete von dem Besuch in der Villa und endete mit dem Satz: »Erst nach vier Uhr morgens ist Sven Hartung nach Hause gekommen. Er hatte ziemlich viel getrunken, war aber noch klar im Kopf. Er hat zugegeben, Sylvia Hartung in der Oper getroffen zu haben. Danach habe er sie noch bis zum Eingang der Tiefgarage begleitet, aber nicht weiter. Sie hatte ihm angeboten, ihn mit heim zu nehmen, aber er wollte noch durch die Stadt stromern, sagt er. Man kann das verstehen, nach fünf Jahren Knast.«

Wischnewski nickte. »Glauben Sie, er war's?«

»Eigentlich nicht.«

»Und uneigentlich?«

»Na ja, die Frau hat ihn maßlos enttäuscht. Wer weiß, was sich da im Lauf einer so langen Haft in einem Mann aufschaukelt.«

Wieder nickte Wischnewski: »Als mich meine Frau damals Knall auf Fall verlassen hat, hab ich auch an Mord gedacht. Aber ich hätte nicht sie umgebracht, sondern ihren neuen Liebhaber. – Wollen wir frühstücken?«

11. KAPITEL

Man musste die Keithstraße nur ein paar Schritte Richtung Kurfürstendamm gehen, um das Bistro »Freiheit« zu erreichen. Dort gab es die besten Croissants in weitem Umkreis und einen wirklich guten Kaffee.

»Wie ging's denn mit der Kollegin Zeughoff?«, fragte der Kriminaldirektor.

»Gut. Die Frau hat einen Wahnsinnsriecher.«

»Ist mir gar nicht aufgefallen, so groß ist ihre Nase doch gar nicht.«

»Ich hätte Geruchssinn sagen sollen!« Peter bestellte einen großen Milchkaffee, zwei Spiegeleier und ein Croissant.

»Für mich das Gleiche«, orderte Wischnewski.

Sie saßen dicht am Fenster. Draußen strömten unablässig Menschen vorbei. Peter erzählte, wie Nadja Zeughoff Karsten Hartung bei seiner Lüge ertappt hatte, er sei nachts um den Grunewaldsee gelaufen. Als Topleistung schilderte er allerdings, wie sie gerochen hatte, das Sylvias Ehemann bei seiner Geliebten gewesen war.

»Respekt!«, sagte Wischnewski.

»Sogar das Rasierwasser des alten Hartung hat sie richtig erraten.«

»Was denn, so spät am Tag noch?«

»Er hat behauptet, er rasiere sich immer abends.«

»Und ihr habt ihm das geglaubt?«

Peter Heiland hob nur die Achseln und schob ein großes Stück Spiegelei in den Mund.

»Vielleicht gab's ja für den Alten auch einen anderen Grund, sich abends noch frisch zu machen«, gab Wischnewski zu bedenken.

Peter lachte. »Das kann ich mir beim besten Willen nicht vorstellen.«

»Ich schon. Ich glaube, manche Ermittlungen sind daran gescheitert, dass wir nicht genügend Fantasie entwickelt haben. Wenn man so lange in diesem Beruf ist wie ich, weiß man, wie schnell Ermittlungen in eine falsche Richtung führen können, wie leicht man Spuren übersehen kann, wie einfach es ist, sich schnell, oft eben auch vorschnell auf einen Tatverdächtigen zu konzentrieren.«

Peter war nachdenklich geworden. »Im Fall Steinhorst könnte es so gewesen sein.«

»Ja. Ich kann nur hoffen, dass die beiden Fälle nichts miteinander zu tun haben.«

»Aber es sieht ganz danach aus«, erwiderte Peter Heiland. »Oder halten Sie es für einen Zufall, dass genau an dem Tag, an dem der Mörder Steinhorsts frei kommt, in dessen nächstem Umfeld wieder ein Mord geschieht?«

»Nein. Aber wenn es kein Zufall ist, haben wir in Sven Hartung unseren Hauptverdächtigen.«

Im gleichen Augenblick klopfte es von draußen ans Fenster. Die beiden Männer hoben die Köpfe. Auf dem Gehsteig vor dem Bistro stand Hanna Iglau. Beide Männer winkten ihr heftig zu, sie solle doch hereinkommen. Eigentlich war ihre Rückkehr erst für den späten Nachmittag vereinbart worden, damit sie den Tag zuvor noch voll ihren kurzen Urlaub auf Hiddensee hätte genießen können. Als sie an den Tisch trat, gab sie Wischnewski die Hand, und als Peter Heiland sie umarmen wollte, schob sie ihn von sich. Der Kriminaldirektor, der die Situation sofort erfasste, sagte: »Wenn Sie heute Nacht bei ihm zu Hause waren und ihn vermisst haben: Er ist seit 26 Stunden im Dienst.«

»Habt ihr das so verabredet?«, fragte Hanna spitz.

Wischnewski lachte. »So schnell, wie Sie vor dem Fenster da erschienen und dann hereingekommen sind? Das hätte wohl kaum funktioniert. Setzen Sie sich, Hanna, und bevor Sie von Ihrem Urlaub erzählen, berichten wir Ihnen, mit welchem Fall Sie es ab heute zu tun haben.«

Zögernd setzte sich Hanna. Wischnewski fasste in knappen Sätzen zusammen, was seit dem Abend des vorausgegangenen Tages passiert war. Er schloss: »Im Übrigen hätte Heiland schon deshalb nicht zu Hause sein können, weil er Bereitschaftsdienst hatte.«

Hanna beugte sich zu Peter Heiland hinüber, küsste ihn auf die Stirn und sagte: »Tut mir leid.« Aber eigentlich sah sie nicht danach aus.

Als die drei ins Amt zurückkamen, begegneten sie auf dem Flur Nadja Zeughoff. »Na du?«, sagte die zu Peter Heiland, »hast dich ja noch immer nicht geduscht.«

Hanna warf Blicke zwischen den beiden hin und her. Nadja bemerkte die Irritation bei der Kollegin, lachte und rief im Weitergehen. »Nicht, was du denkst, Schwester!« Und nun erzählte Peter auch noch, welch guten Geruchssinn die Kollegin Zeughoff hatte.

12. KAPITEL

Um neun Uhr versammelte Peter Heiland seine Mitarbeiter in seinem Büro um sich. Er berichtete, was bisher geschehen war, und verteilte die Aufgaben. Norbert Meier, der Älteste in der Mannschaft, dem es sichtlich schwer gefallen war, Heiland als neuen Chef zu akzeptieren, sollte die Personenüberwachung Sven Hartungs organisieren. Jenny Kreuters bekam den Auftrag, sich noch einmal mit dem Fall Steinhorst zu beschäftigen. »Am besten schreibst du über jede Person, die damals eine Rolle gespielt hat, eine kurze Beschreibung«, bat Peter Heiland. Er selbst und Hanna Iglau wollten nach Moabit in die Haftanstalt fahren, um zu erfahren, wie sich Sven dort verhalten hatte, und mit wem er dort möglicherweise vertraut gewesen war. Carl Finkbeiner, ein Schwabe wie Heiland, sollte sich in der Oper umhören.

»Augenblick«, sagte Hanna Iglau, »könnte ich nicht mit Carl tauschen?«

»Ach so«, Peter lächelte, »deine Liebe zur klassischen Musik.«

»Es ist überhaupt nicht einzusehen, dass immer ihr beide miteinander loszieht«, sagte Jenny Kreuters giftig, »als ob ihr nicht auch so schon genug zusammen wärt.«

Peter Heiland sah von seinen Notizen auf. »Ist das für dich ein Problem, Jenny?«

»Nicht nur für mich!«

Peter sah in die Runde. Niemand sagte etwas. Aber es war deutlich, dass es da tatsächlich ein Problem gab, das er bisher übersehen oder besser gesagt, verdrängt hatte. Im LKA gab es ein ungeschriebenes Gesetz: Paare sollten grundsätzlich nicht zusammenarbeiten. Wischnewski war da freilich anderer Meinung, und deshalb hatte er Hanna auch nicht in eine andere Abteilung versetzt, als er Heiland zum Chef der 4. Mordkommission gemacht hatte.

»Okay«, sagte Peter Heiland jetzt, »ich fahre mit Carl nach Moabit und, Hanna ermittelt in der Deutschen Oper.«

Jenny Kreuters wollte noch etwas sagen, schluckte es dann aber hinunter, was Peter Heiland nicht entging. »Ich verstehe, Jenny«, sagte er. »Wir werden bei Gelegenheit über das Problem reden. Aber jetzt haben wir wirklich anderes zu tun.«

13. KAPITEL

Dr. Karl-Heinz Loos war Jurist. Er hatte ein glänzendes Staatsexamen und eine schnelle Karriere gemacht. Die Erfolge, die der mittlerweile 42-Jährige als Richter, später als Staatsanwalt und nun als Chef einer der problematischsten Strafvollzugsanstalten erzielt hatte, waren beeindruckend. Aber irgendwie schienen sie nicht zu seiner äußeren Erscheinung zu passen, dachte Heiland. Der Direktor war ein klein gewachsener Mann mit einem kugelrunden Bauch, den man in Berlin seit jeher »Mollenfriedhof« nannte. Er hatte eine Glatze, die von einem zwei Zentimeter breiten Haarkranz eingefasst wurde. Aus dem runden Gesicht blinzelten gutmütige Augen.

Dr. Loos bat die beiden Polizeibeamten in sein Büro. Als sich Peter Heiland umsah, fiel ihm als Erstes ein großes Foto hinter dem Schreibtisch des Anstaltsleiters auf. Es zeigte eine Musikband, in deren Mitte unverkennbar Sven Hartung an einem Mikrofon stand und Klarinette spielte. Der Gefängnisdirektor bemerkte Heilands Blick. »Ein begnadeter Musiker. Mit der Band, die er hier drin gegründet hat, haben wir diverse Preise gewonnen. Mal sehen, was aus ihr wird, nachdem er jetzt – beinahe hätte ich gesagt: leider – wieder draußen ist.«

»Gab es irgendjemanden hier drin, dem Hartung besonders nahe stand?«, fragte Heiland.

»Na ja, Stefanie Zimmermann natürlich. Der Sängerin der Band. Auf dem Foto steht sie dort rechts mit den Händen auf der Stuhllehne. Sie arbeitet als Vollzugsbeamtin im Frauentrakt.«

»Ist sie im Hause?«

»Nein, sie hat sich heute krankgemeldet, was bei ihr, muss ich zugeben, eine Seltenheit ist.«

Carl Finkbeiner räusperte sich. Loos sah ihn an und sagte: »Ja?«

»Wie nahe standen beziehungsweise stehen sich die beiden denn? Ich meine …«, er brach ab.

»Als Außenstehender kann man so eine Frage nur schwer beantworten. Aber ich denke, sie sind so etwas wie ein Liebespaar.«

»So etwas wie …?« Peter Heiland stockte.

Loos wiegte seinen runden Kopf hin und her. »Bevor Sie fragen, ob so etwas hier drin überhaupt möglich ist, sage ich Ihnen lieber gleich: Es gab für mich keinen Anlass einzuschreiten. Im Übrigen, so ein Knast ist ein eigener Mikrokosmos. Da ist viel mehr möglich, als die meisten denken. Zumal wenn man ihn so liberal führt wie ich.« Ein selbstzufriedenes Lächeln glitt über das runde Gesicht des Direktors.

»Wie war denn Ihr Verhältnis zu Sven Hartung?«, fragte Peter Heiland.

»Gut! Ich muss sogar sagen: sehr gut! Hartung hat mir kein einziges Mal Schwierigkeiten gemacht. Ja, man könnte unser Verhältnis vertrauensvoll nennen.«

»Glauben Sie, dass er damals zu Recht verurteilt wurde?«

Loos sah den Kommissar scharf an. Plötzlich veränderten sich seine Augen, die bislang so freundlich drein geschaut hatten, und wurden hart wie Kiesel.

»Es war für mich nicht der erste Fall, in dem sich Polizei und Strafjustiz nur für das Opfer und nicht für den Täter interessiert haben. Das geschieht leider zu häufig.«

Peter nickte. »Mag sein, dass wir damals Fehler gemacht haben, aber Sven Hartung hat ein umfassendes Geständnis abgelegt. Und es gab einen Zeugen.«

»Ich weiß. Ich habe ihn einmal gefragt, warum er den Fortgang des Prozesses denn nicht abgewartet habe. Schließlich – Sie wissen das ja – vor Gericht und auf hoher See sind wir alle in Gottes Hand. Man weiß nie, wie so ein Verfahren ausgeht. Und wenn ich mich recht erinnere, gab es keinerlei Indizien, mit deren Hilfe er hätte überführt werden können. Und Zeugen sagen auch nicht immer die Wahrheit, oder?«

»Nein«, gab Peter Heiland zu. »Nach den Aussagen des Zeugen war er zum Zeitpunkt der Tat außer dem Opfer der Einzige, der sich im Gebäude aufhielt. Und uns war bekannt, dass Sven Hartung mit Steinhorst ganz offensichtlich verfeindet war«, fuhr Peter fort, »uns hat allerdings auch überrascht, dass er so plötzlich alles gestanden hat. Seine Beschreibung der Tat aber war schlüssig. Alles passte so gut zusammen …«

»*Zu gut*, finden Sie nicht?«, unterbrach ihn Loos. Er hob entschuldigend beide Hände. »Ich kümmere mich normalerweise nicht um die Prozesse, die der Einlieferung eines Gefangenen vorausgehen, aber in diesem

Fall – ich bin Jurist und habe sowohl auf Seiten der Anklage als auch hinter dem Richtertisch gearbeitet, ehe ich diesen Job hier übernommen habe.«

»Haben Sie denn mit Hartung über Ihre Zweifel gesprochen?«, frage Carl Finkbeiner leise,

»Habe ich behauptet, dass ich Zweifel gehabt hätte?«

»Ich habe Sie so verstanden.« Finkbeiner lächelte.

»Und ich bin sicher, ich habe mich nicht getäuscht.«

Überrascht sah Peter Heiland zu seinem älteren Kollegen hinüber. Finkbeiner gehörte noch nicht lange zu seiner Abteilung und hatte sich bisher als zurückhaltender, um nicht zu sagen, scheuer Mensch erwiesen. Hätte Heiland den Kollegen beschreiben müssen, wäre ihm als Erstes das Wort »unscheinbar« eingefallen. Finkbeiner, der 42 Jahre alt war, trug jahraus, jahrein hellbraune Cordhosen und dazu dunkle Pullover. Nur ganz selten sah man ihn in einem Jackett. Peter Heiland wusste, dass der Kollege außerordentlich belesen war, und fragte sich immer wieder, wann Finkbeiner die Zeit fand, all die Bücher zu lesen, von denen er gelegentlich erzählte und zwar so, dass nicht der Zweifel entstehen konnte, er habe sie nur überflogen.

»Nun gut«, sagte Dr. Loos, »Sie haben mich tatsächlich ganz richtig verstanden. Es wäre übrigens interessant, das Thema mal wissenschaftlich anzugehen.«

»Welches Thema?«, fragte Peter Heiland.

»Das Thema ›falsche Geständnisse‹. Das müsste doch spannend sein zu erfahren, wie ein Mensch dazu kommt, eine Tat zu gestehen, die er nicht begangen hat. Ich rede jetzt nicht von erzwungenen Geständnissen etwa durch Folter, sondern über solche, die gemacht werden, weil der jeweilige Mensch einen anderen schützen will.«

»Das würde in unserem Fall bedeuten, dass Steinhorst von einem Täter ermordet wurde, der Sven Hartung so nahe stand, dass er bereit war, für ihn oder sie jahrelang in den Knast zu gehen«, überlegte Peter Heiland. »Da fällt einem natürlich sofort Sylvia Hartung ein. Die hätte es ihm dann aber schlecht vergolten. Schließlich hat sie schon ein Jahr nach Svens Verurteilung dessen Bruder geheiratet.«

»Da hätten wir dann sein Motiv für den Mord an ihr«, meldete sich Finkbeiner in gleichbleibend nachdenklichem Ton. »Eine größere Enttäuschung kann man sich ja kaum vorstellen.«

Loos lächelte. »Interessante Theorie. Ein Mann opfert sich und wird prompt selbst zum Opfer, was ihn wiederum so verletzt, dass er schließlich zum Mörder wird.«

»Also ich weiß nicht …« Peter Heiland schüttelte den Kopf.

»Es gibt nichts, was es nicht gibt. In unseren Berufen muss man lernen, das Undenkbare zu denken«, sagte der Gefängnisdirektor.

Peter stand auf und trat vor das Foto der Band. »Diese Sängerin ist eine ausgesprochen hübsche Frau, zumindest hier auf dem Foto.«

»Oh, das Foto untertreibt da eher. Sie ist übrigens nicht nur hübsch, sondern auch außerordentlich charmant.«

»Können Sie uns ihre Adresse geben?«

»Sie wohnt irgendwo in Wilmersdorf. Warten Sie, ich schaue nach.«

Während Dr. Loos auf seinem Computer die Personaldatei aufrief, fragte Peter Heiland: »Gibt es einen Vollzugsbeamten, der Sven Hartung besonders gut kennt?«

»Rolf Hoffmann, nehme ich an. Es ist seine Abteilung, in der Hartung seine Zelle hatte.«

Er notierte etwas auf einen Zettel und reichte ihn Heiland. »Das ist Frau Zimmermanns Adresse, Pestalozzistraße 32. – Soll ich Hoffmann rufen lassen?«

»Das wäre sehr freundlich. Danke für die Adresse.«

Rolf Hoffmann überragte seinen Chef um gut zwei Köpfe und war nur unwesentlich kleiner als der lang aufgeschossene Peter Heiland. Es wurde schnell deutlich, dass er im Beisein seines Chefs gehemmt war und nur allgemeine bis nichtssagende Antworten gab. Deshalb wendete sich Peter Heiland an den Gefängnisdirektor: »Wir müssen Sie ja damit nicht weiter aufhalten, Herr Dr. Loos. Ich denke, Herr Hoffmann kann uns zum Ausgang begleiten, und wir werden ihm auf dem Weg noch ein paar Fragen stellen.«

»Ich habe verstanden«, sagte Loos, erhob sich aus seinem Schreibtischsessel und reichte dem Hauptkommissar die Hand. »Wäre nett, wenn Sie mich auf dem Laufenden hielten. Ich bin doch sehr am Fortgang der Geschichte interessiert.«

Peter Heiland ging neben Hoffmann den langen Korridor zum Treppenhaus entlang. Carl Finkbeiner ließ sich ein paar Schritte zurückfallen. »Was ist denn nun der Hartung für einer?«, fragte Heiland.

»Ich hab dem keine Minute getraut.«

»Echt? Warum denn nicht?«

»Weil er ein falscher Hund ist. Der konnte jedes Spiel spielen, und die meisten sind darauf reingefallen. Kein anderer Häftling hatte auch nur annähernd solche Vergünstigungen wie der Hartung. Irgendwie sind alle auf ihn geflogen.«

»Alle außer Ihnen.«

»Ich falle auf so einen schon lange nicht mehr rein.«

»Stimmt es denn, dass er eine Freundin unter den weiblichen Beamten hatte?«

»Ich sag doch, der hat fast jeden rumgekriegt. Und die Weiber sowieso. Aber ich wette, er lässt die fallen wie 'ne heiße Kartoffel!«

»Wen? Stefanie Zimmermann?«

»Ich sag nix mehr. Aber ich wundere mich nicht, wenn wir den Hartung demnächst wieder hier drin sehen. – Hier geht's raus!« Er schloss die Gittertür zur Eingangshalle auf und rasch wieder zu, nachdem die Polizisten hindurch gegangen waren.

»Ganz schön eifersüchtig, der Gute!«, sagte Finkbeiner, als sie das große Tor zur Straße hinter sich hatten.

»Ob's ein Guter ist, wissen wir nicht«, entgegnete Peter Heiland.

14. KAPITEL

Über der Stadt hing ein Himmel wie aus Blei. Die Luft war schwül und schwer. »Man kann ja kaum atmen«, stöhnte Finkbeiner. »Das ist also die berühmte Berliner Luft?«

»Meistens ist die Hitze hier trocken«, antwortete Heiland. »Wir haben ja das sogenannte Kontinentalklima.«

»Irgendwer muss vergessen haben, das dem Wetter zu sagen!« Finkbeiner wischte sich den Schweiß von der Stirn. Peter Heilands Kollege hatte bis zum September des vorausgegangenen Jahres in Heilbronn gearbeitet, und wenn es nach ihm gegangen wäre, hätte er dort auch den Rest seines Lebens verbracht. Aber seine Frau stammte aus Berlin und hatte es mit den Schwaben nie gekonnt. Schon seit Jahren lag sie ihrem Mann mit ihrem Wunsch in den Ohren, spätestens, wenn die Kinder flügge seien, für ein paar Jahre in die Hauptstadt zu ziehen. Gute Polizisten nehme man dort jederzeit mit Handkuss, hatte sie aus den Zeitungen erfahren, und dass ihr Mann ein guter Polizist war, daran bestand für sie kein Zweifel. Eines Tages waren alle drei Kinder aus dem Haus. Zwei von ihnen studierten sogar in Berlin, und Sandra Finkbeiner sagte zu ihrem Mann: »Wenn du nur halb so lange mit mir in Berlin leben könntest wie ich mit dir in Heilbronn, würdest du mich sehr glücklich machen.« Carl Fink-

55

beiner wiederum war kaum etwas so wichtig, wie seine Frau glücklich zu sehen. Außer vielleicht der väterliche Weinberg, den er einmal erben würde. Aber bis dahin war noch Zeit. Sein Vater war grade mal 70 und hatte eine Konstitution, die es möglich erscheinen ließ, dass er seine Rebstöcke noch 20 Jahre selbst hegen und pflegen konnte. Also hatte Carl Finkbeiner nachgegeben. Ihr Häuschen in Heilbronn hatten sie vermietet und waren nach Berlin gezogen, wo sie jetzt in Schöneberg in einer geräumigen Altbauwohnung lebten.

Der Schwabe hatte nicht lange gebraucht, um sich in der Hauptstadt einzuleben. Als Erstes war er in den Verein der Baden-Württemberger eingetreten, der vor allem für sein abwechslungsreiches kulturelles Programm bekannt war. Mit heimlicher Freude hatte er festgestellt, dass man an allen Ecken Berlins seinen heimischen Dialekt hören konnte, den er seiner Frau zuliebe gar nicht mehr sprach. Und die Nachricht, dass die Schwaben in Berlin nach den Türken die größte ethnische Minderheit waren, tat ihm gut.

»Wärscht halt dahoim blieba!«, sagte nun Peter Heiland bewusst in ihrem Heimatdialekt.

»'s Wetter wird jo au amol wieder besser werda.« Verlernt hatte Finkbeiner sein Schwäbisch offensichtlich noch nicht.

15. KAPITEL

Hanna Iglau hatte sich am Bühneneingang der Deutschen Oper in der Bismarckstraße ausgewiesen. Ein freundlicher Pförtner hatte ihr danach den Weg zum Büro des Intendanten gezeigt. Dort traf sie freilich nur dessen Sekretärin an, eine ältere Frau, die auf die junge Polizistin sehr damenhaft wirkte, und sich als Martha von Weihersburg vorstellte. »Einen Kaffee?«, fragte sie.

»Ja gerne.«

»Der Herr Intendant hat mich gebeten, das Gespräch mit Ihnen zu führen. Er selbst ist leider unabkömmlich. Mir tut es sehr leid, was Frau Hartung widerfahren ist.« Das alles kam in einem sehr sachlichen, ja unbeteiligten Ton, während die adlige Sekretärin zum Kaffeeautomaten ging: »Espresso? Latte macchiato? Milchkaffee? Kaffee Creme?«

»Einen einfachen Kaffee bitte.«

»Setzen Sie sich doch!«

Hanna nahm Tasse und Untertasse mit beiden Händen entgegen. Frau von Weihersburg nahm ihr gegenüber Platz. »Man kennt natürlich nicht alle Chormitglieder so genau, aber bei Frau Hartung war das etwas anderes. Ihr Schwiegervater gehört zu den Mäzenen unseres Hauses.«

»War sie eine gute Sängerin?«

»Da müssen Sie die Dirigenten fragen. Am besten

natürlich Herrn Uhlenhorst, den Chorleiter. Allerdings kann sich in unserem Ensemble niemand halten, der nicht eine außerordentliche Qualität mitbringt.«

Hanna nickte. »Ich hab viele Aufführungen in Ihrem Haus gesehen.«

»Das ist schön!« Distanzierter hätte eine Antwort nicht sein können.

»Ich würde gerne mit ein paar Mitgliedern des Chors sprechen.«

»Ja, ich weiß nicht …«

Hanna wurde langsam ärgerlich. »Frau von Weihersburg, wir ermitteln in einem Mordfall. Ich könnte die Damen und Herren auch vorladen lassen.«

Das Gesicht der Sekretärin verzog sich. »Nun gut.« Sie stand auf und ging zu ihrem Schreibtisch, hinter dem ein Probenplan an die Wand gepinnt war, und studierte ihn kurz. »Von elf bis 13 Uhr probt der Chor. Danach müsste es gehen.«

Es war kurz vor zwölf Uhr, als Hanna auf die Bismarckstraße hinaustrat. Auf sechs Bahnen raste der Verkehr. Als sich endlich eine Lücke auftat, hastete sie über die Straße und ging gegenüber in ein italienisches Restaurant. Nachdem sie Spaghetti aglio et olio bestellt hatte, rief sie Peter Heiland an. Es kostete sie immer eine gewisse Überwindung, mit ihm zu telefonieren. Sie konnte sich das selbst nicht erklären. Aber oft drückte sie den Aus-Knopf, nachdem sie die Nummer schon eingegeben hatte. Diesmal hielt sie freilich durch. »Ja?« Er musste auf dem Display gesehen haben, dass sie es war, die anrief. Warum bellte er dann so kurz und knapp ins Telefon?

»Ja Hanna, was ist?«

»Der Intendant war nicht da, und seine Sekretärin hat mich wie ein lästiges Insekt behandelt. Aber um ein Uhr kann ich mit den Chormitgliedern reden.«

»Und was machst du solange?«

»Ich bin hier bei einem Italiener gegenüber der Oper und esse was.«

»Da kommen wir doch glatt vorbei.« Peter Heiland legte auf.

Keine zehn Minuten später raste ein ziviler Pkw mit Blaulicht die Bismarckstraße hinauf Richtung Theodor-Heuss-Platz, wendete bei der nächsten Gelegenheit und kam auf der Gegenfahrbahn zurück. Kurz vor dem Restaurant erloschen die Blaulichter, und Sekunden später stiegen Heiland und Finkbeiner aus dem Wagen. Kurz darauf setzten sich die beiden Kollegen zu Hanna an den Tisch.

»Mit Blaulicht! – Lasst euch bei so was bloß nicht erwischen«, sagte Hanna.

»Wieso?«, Peter Heiland grinste. »Wir sind unter Zeitdruck, und essen müssen wir.«

»Genau«, sagte Finkbeiner, »ein hungriger Polizist ist ein schlechter Polizist.«

Bis das Essen kam – die beiden Männer hatten Pizzen bestellt –, berichtete Hanna, was sie in der Oper erfahren hatte. »Das einzig Interessante, was ich bis jetzt herausgekriegt habe, ist, dass der alte Herr Hartung ein Mäzen der Deutschen Oper ist.«

Finkbeiner nippte an seinem Weinglas, er hatte voller Freude einen Heilbronner Stiftsberg Riesling entdeckt, und das in einem italienischen Lokal in Berlin! Die Welt war voller Wunder. »Heut sagt man ja eigentlich Sponsor, oder?«

Hanna Iglau nickte. »Aber die Staatsoper unter den Linden oder die Komische Oper würde der alte Hartung bestimmt nicht unterstützen.«

»Warum denn nicht?«, wollte Finkbeiner wissen.

»Weil das Ostopern sind. Du musst mal einen Charlottenburger oder Wilmersdorfer hören. Die sagen nicht ›Ich gehe in die Deutsche Oper‹, sondern ›Ich gehe in *unsere* Oper‹.«

»Mann, jetzt bin ich bald sieben Jahre in Berlin, aber das höre ich zum ersten Mal«, rief Peter Heiland.

»Weil du dich eben überhaupt nicht für die Oper interessierst«, sagte Hanna ein wenig spitz.

»Wieso? Ich war in meinem Leben schon zwei Mal in einer Oper, einmal in ›Fidelio‹ und einmal in der ›Zauberflöte‹.«

»Da hast du ja 'ne Menge gesehen«, sagte Finkbeiner ironisch, und Hanna grinste dem Kollegen kumpelhaft zu.

»Jetzt lasst's aber gut sein!« Peter war froh, dass in diesem Moment das Essen serviert wurde.

Nach einem »Grappa aufs Haus« verließen sie gemeinsam das Restaurant. Der Himmel war in der letzten Stunde immer dunkler geworden. Beim Italiener hatte eine leistungsfähige Klimaanlage für angenehme Temperaturen gesorgt. Jetzt brach allen dreien der Schweiß aus. »Ein Wetter ist das«, sagte Hanna, »man könnte meinen, die Welt wolle untergehen.«

»Vielleicht tut sie's ja, dann können wir uns die Arbeit sparen«, antwortete Finkbeiner.

Hanna lachte. »Will ich gar nicht. Auf meine Ermittlungen dort drüben«, sie nickte zu dem Opernhaus hin, »bin ich richtig gespannt.« Sie rannte los, weil sie im Verkehr eine kleine Lücke erspäht hatte, überquerte die Straße und verschwand durch den Bühneneingang im Opernhaus. Heiland und Finkbeiner stiegen in den Dienstwagen.

16. KAPITEL

Die Pestalozzistraße endete bei der Fußgängerzone Wilmersdorfer Straße, ging aber auf der anderen Seite weiter. Die Nummer 32 war eines der letzten Gebäude vor der Wendeplatte. Ein gesichtsloses Haus mit braunem Rauputz, im Erdgeschoss ein kleiner Friseurladen mit dem Firmenschild *VOHER-NACHHER*, der offenbar von nur einem Mann betrieben wurde. Der

Besitzer saß vor dem Laden an einem runden Gartentisch auf einem grünen Blechstuhl und rauchte. Als Heiland den Wagen abstellte und ausstieg, rief der Friseur: »Wenn Sie da stehen bleiben, kriegen Sie ratzfatz 'nen Strafzettel.«

»Wir nicht«, sagte Finkbeiner und legte die Karte mit der Aufschrift »Polizeiliches Dienstfahrzeug im Einsatz« hinter die Windschutzscheibe.

»Bullen, wa?«

»Ganz recht!«

»Ihr seht gar nicht so aus. He, Langer, deine Haare müssten eigentlich auch mal wieder geschnitten werden.«

»Wo er recht hat, hat er recht!« Carl Finkbeiner sah seinen Kollegen grinsend an.

»Wenn ich mal Zeit habe«, rief Peter Heiland.

»Vielleicht hab ick dann kene Zeit.«

»Kennen Sie Frau Stefanie Zimmermann?«, fragte Finkbeiner.

»Klar kenn ick die!« Der Friseur deutet mit dem Daumen auf das Haus hinter sich. »Erster Stock!«

Peter Heiland war inzwischen zur Haustür gegangen und studierte das Klingelbrett.

»Tolle Frau«, sagte der Friseur. »Aber was die bei euch Bullen macht, möcht ich mal wissen.«

»Sie ist keine Polizistin, sondern Vollzugsbeamtin«, antwortete Finkbeiner ein wenig steif.

»Und wo ist der Unterschied?«

In diesem Augenblick fuhr ein Blitz über den schwarzen Himmel, und fast unmittelbar darauf erschütterte ein gewaltiger Donnerschlag die Luft. Der Friseur sprang auf und trug das Tischchen in seinen Laden. Als er zurückkam, um auch den Stuhl zu holen, stürzten schon solche Regenmassen vom Himmel, dass er auf den wenigen Metern klitschnass wurde. Peter Heiland und Carl Finkbeiner hatten ihre Körper dicht an die Haustür gepresst. Der Türöffner schnarrte. Der Kommissar drückte gegen die Tür, die sich nur mit Mühe öffnen ließ.

Im ersten Stock stand Stefanie Zimmermann in der Wohnungstür. Sie trug einen schwarzen Jogginganzug und dicke Wollsocken an den Füßen. Die Frau auf dem Foto im Büro des Gefängnisdirektors war sofort wiederzuerkennen: hohe Wangenknochen, kleine gerade Nase, volle Lippen, dunkle Augen. Nur die Ponyfrisur war verschwunden. Stefanie Zimmermann hatte die Haare jetzt streng nach hinten gekämmt und in einem Pferdeschwanz zusammengefasst.

»Sind Sie immer so vertrauensselig?«, fragte Heiland.

»Bitte?«

»Sie haben doch eine Gegensprechanlage? Warum haben Sie nicht gefragt, wer da ist?«

»Wer ist denn da?«, fragte Stefanie lächelnd zurück.

»Die Herren Heiland und Finkbeiner vom Landeskriminalamt. 4. Mordkommission.« Peter zückte seinen Dienstausweis.

Stefanie Zimmermann warf nur einen kurzen Blick darauf. »Übrigens, die Gegensprechanlage ist schon seit drei Monaten kaputt. Mein Hausbesitzer ist ein

63

Türke. Freundlicher Mann, aber er lässt nichts reparieren, weil er das Haus eh verkaufen will.«

Sie standen noch immer im Treppenhaus.

»Wollen Sie denn nicht wissen, warum wir gekommen sind?«, fragte Finkbeiner.

»Ich nehme an, wegen dem Mord in der Oper.«

Die Beamten sahen die junge Frau überrascht an. »Sie wissen davon?«, fragte Peter Heiland.

»Ja, ich habe vor einer halben Stunde mit meinem Chef telefoniert.«

»Sie mit ihm oder er mit Ihnen?«

»Bitte?«

»Hat er Sie angerufen oder Sie ihn.«

»Ist das denn so wichtig?«

»Ich denke schon.«

»Na gut. Er hat sich bei mir gemeldet.« Sie machte keine Anstalten, die beiden Besucher in ihre Wohnung zu bitten. Deshalb entschloss sich Peter Heiland zu fragen: »Dürfen wir einen Moment hereinkommen?«

»Wieso? Ich habe Ihnen nichts zu sagen.«

»Ich würde trotzdem vorschlagen, Sie sagen uns drinnen, was Sie nicht zu sagen haben.«

Mit einem Seufzer machte Stefanie Zimmermann einen Schritt zur Seite. Finkbeiner ging als Erster in die Wohnung hinein. Peter Heiland wollte folgen, stolperte aber über die hohe Schwelle und schlug längelang hin. Draußen donnerte es im gleichen Augenblick wieder gewaltig.

»Oh«, machte Stefanie Zimmermann, »ich hätte Sie warnen sollen. Sie glauben ja gar nicht, wie viele Menschen schon an dieser Scheißschwelle hängen geblieben sind.«

Peter Heiland rappelte sich auf. Er blutete leicht aus der Nase, suchte alle seine Taschen ab, fand aber kein Taschentuch. Wortlos reichte ihm Finkbeiner ein Päckchen Papiertaschentücher.

Die Wohnung bestand aus einem Wohnraum, einem Schlafzimmer, Küche und Bad, was alles leicht zu erkennen war, weil alle Türen offen standen. Stefanie Zimmermann räumte ohne Eile ein paar Kleidungsstücke von der Couch im Wohnzimmer und sagte: »Nehmen Sie ruhig Platz.«

Der Regen peitschte gegen die Fenster. Immer wieder fuhren grelle Blitze über den Himmel.

»Was fehlt Ihnen eigentlich?«, fragte Peter Heiland.

»Bitte?«

»Sie sind doch krank gemeldet.«

»Ach so, ja. Ich hatte heute Morgen schreckliche Migräne. Das passiert öfter.«

»Und Sie gehen dann nicht zum Dienst?«

»Nein!«

»Direktor Dr. Loos sagt, es sei sehr selten, eigentlich komme es nie vor, dass Sie sich krankmelden.«

Stefanie Zimmermann biss sich auf die Unterlippe. »Hat er das wirklich gesagt?«

Plötzlich fiel eine Tür ins Schloss. Die beiden Beamten fuhren herum. Stefanie Zimmermann lachte. »Keine Bange. Da kommt niemand. Das ist aus der Nachbarwohnung.« Im gleichen Augenblick erklang

65

Musik. Heiland erkannte einen Song von Udo Jürgens.
»Kommt das auch von drüben?«

»Ja, und dabei macht sie das Radio nicht mal mit Absicht laut. Sie sollten mal hören, wenn sie sich mit ihrem Freund streitet. Das war mal eine große Wohnung über das ganze Stockwerk. Der Türke hat drei daraus gemacht. Aber die Wände sind nur aus Rigips. Es ist, als ob man mit den Nachbarn zusammenwohnen würde.«

»Und das halten Sie aus?« Ein schwerer Donnerschlag verschluckte die Radiomusik von nebenan für einen Augenblick.

»Ist ja nur vorübergehend. Ich bin hier bald weg.«

»Wollen Sie mit Sven Hartung in eine andere Wohnung ziehen?«, fragte Peter Heiland ins Blaue hinein.

Frau Zimmermanns Haltung veränderte sich. Sie nahm die Hände zwischen die Knie und presste sie zusammen, dabei beugte sie sich weit vor. Ihre schönen dunklen Augen starrten Heiland böse an. »Was geht Sie das an?«

»So naiv sind Sie doch nicht, Frau Zimmermann. Sie müssen doch davon ausgehen, dass wir wissen, wie eng Ihr Verhältnis zu ihm ist. War es nicht so, dass er Ihnen versprochen hat, wenn er erst mal draußen sei, könnten sie gemeinsam ein neues Leben anfangen?«

Sie sagte nichts, sondern warf nur ihren Körper nach hinten gegen die Rückenlehne ihres Sessels und sah zur Decke hinauf.

Peter Heiland stand auf und begann, in kleinen Schritten im Kreis zu gehen. Die Hände hatte er dabei auf dem Rücken verschränkt, den Oberkörper leicht vorgebeugt. »Heute Nacht, zwischen vier und fünf Uhr, habe ich noch mit Sven Hartung gesprochen.«

Jetzt beugte sich Stefanie Zimmermann ruckartig wieder nach vorne und fixierte den Kommissar aufmerksam.

»Er ist sehr durcheinander«, fuhr Peter Heiland fort, »aber ich glaube nicht, dass er ein Versprechen, das er einmal gegeben hat, nicht einhält.«

»Sven hat mir nichts versprochen.«

»Vielleicht nicht konkret …« Peter Heiland stockte, weil Stefanie plötzlich aufsprang. Sie hätte ihn dabei beinahe angerempelt. Der Kommissar machte einen Schritt zur Seite.

Finkbeiner hatte die ganze Zeit kein Wort gesagt. Er saß auf der Couch, hatte die Beine übereinandergeschlagen und machte sich ab und zu Notizen in ein kleines schwarzes Buch.

»Ja«, sagte sie mit einem Mal, »so war es.«

»Wie war was?«, fragte Finkbeiner.

»Lass mal, Carl, ich hab das schon verstanden«, sagte Peter Heiland. Dann wendete er sich wieder an Stefanie Zimmermann. »Wo waren Sie gestern Abend zwischen – sagen wir mal: 21 und 24 Uhr?«

»Hier. Warum?«

»Haben Sie auf ihn gewartet?«

»Nein!«

»Warum denn nicht?«

»Der erste Weg für ihn war doch der nach Hause.«

»In jeder anderen Familie würde ich das auch denken«, erwiderte Heiland mit einem leisen Lächeln. »Aber nicht bei den Hartungs.«

Stefanie senkte den Blick, sagte aber nichts.

»Wussten Sie denn, dass Sven mal mit seiner Schwägerin verlobt war? Zu mir hat er gesagt, sie sei die Liebe seines Lebens gewesen.«

»Gewesen, ja!«, sagte Frau Zimmermann mit Nachdruck und setzte sich wieder hin.

»Konnten Sie sich vorstellen, dass ihn sein erster Weg zu ihr führen würde?«, fragte Peter Heiland. Finkbeiner sah seinen Kollegen an als ob er sagen wollte: muss das denn jetzt sein?

Aber die junge Frau antwortete ganz sachlich: »Ja, das kann ich mir vorstellen. Alle haben ihn für einen Mörder gehalten. Auch diese Frau. Ich denke, er wollte, dass sie endlich die Wahrheit erfährt.«

»Die Wahrheit?«, fragte Finkbeiner.

»Sie meinen, er hat damals einen Mord gestanden, den er gar nicht begangen hat?«, hakte Heiland nach, der seine Rundwanderung durchs Zimmer wieder aufgenommen hatte.

Plötzlich schrie sie: »Ja was denn sonst? Sven ist kein Mörder!«

»Aber warum hat er dann …?«

»Das weiß ich doch nicht!« Sie schrie noch immer laut. Ihre Stimme überschlug sich. In der Nachbarwohnung wurde an die Wand geklopft. »Ja, mein Gott«, Stefanie Zimmermann wurde noch lauter und brüllte in Richtung der Nachbarwohnung: »Wenn ich ein-

68

mal laut werde – Und ihr? Was muss ich denn von euch ertragen?«

Drüben wurde die Musik lauter gestellt. Peter Heiland wurde erst jetzt bewusst, dass sich das Gewitter draußen offenbar schon wieder beruhigt hatte. »Ich denke, es ist nur fair, wenn ich Ihnen sage, dass ich damals zu der Truppe gehört habe, die ihn – ich kann jetzt nicht sagen: die ihn überführt hat. Aber ich war dabei, als er sein Geständnis abgelegt hat. Damals war ich ganz neu im Landeskriminalamt und überhaupt auch in Berlin.«

Es war nicht zu erkennen, ob Stefanie Zimmermann zugehört hatte. Leise sagte sie: »Er hat nie darüber geredet. Ich hab ihn so oft gefragt, wie es denn wirklich gewesen ist, aber er ist immer ausgewichen. Normalerweise hat er dann einfach eine Melodie auf dem Klavier oder auf der Klarinette gespielt. Einmal hab ich zu ihm gesagt, wenn du nicht drüber reden willst, schreib doch ein Lied.«

Peter war plötzlich ganz aufmerksam. »Und? Hat er?«

Sie nickte nur. Und die beiden Kommissare registrierten überrascht, dass ihr die Tränen in die Augen stiegen.

Peter Heiland spürte, dass dies ein ganz wichtiger Moment war. Als Finkbeiner etwas sagen wollte, legte er ihm rasch die Hand auf die Schulter, um ihn zu stoppen. Stefanie Zimmermann hatte begonnen, ganz leise eine Melodie zu summen. Einen Augenblick war es, als schwebe ein Engel durchs Zimmer.

So pflegte Peters Großvater in derartigen Situationen zu sagen. Als Stefanie verstummte, sagte Peter: »Und der Text?«

»Den hat er später zerrissen und weggeschmissen. Ich hab nur noch so ein paar Fetzen im Kopf.« Sie sang jetzt leise: »*Halte durch. Sei stark. Vergiss den ganzen Quark. Verrat, Verrat – die böse Saat. Es kommt der Tag …*« Ganz sachlich sagte sie plötzlich: »Und dann irgendwas wie ›Die Saat wird irgendwann aufgehen‹.« Und dann sang sie wieder: »*Was ist schon Glück? Nur die Musik!*«

»Sie haben eine schöne Stimme!«, sagte Peter Heiland.

»Ja, ich weiß!«

Finkbeiner meldete sich. »Kann irgendjemand bestätigen, dass Sie gestern den ganzen Abend zu Hause waren?«

Damit war der kleine Zauber des Augenblicks verflogen.

Stefanie Zimmermann schüttelte den Kopf.

»Haben Sie vielleicht mit jemandem telefoniert?«

»Nein. Es hat mich auch niemand angerufen. – Ach so, jetzt verstehe ich. Sie wollen wissen, ob ich ein Alibi habe?«

Finkbeiner hob die Arme, als ob er sagen wollte: Ja was denn sonst?

»Ich habe kein Alibi. Wie ist die Frau denn umgebracht worden?«

»Sie wurde erschossen«, sagte Peter Heiland, »vermutlich mit einem Jagdgewehr.«

»Dann sag ich Ihnen lieber gleich, dass ich eine Schießausbildung habe, regelmäßig zum Training gehe und als sehr gute Schützin gelte.«

»Danke«, sagte Peter und trat auf Frau Zimmermann zu. »Ich denke, das war nicht unser letztes Gespräch!«

»Sie finden den Weg?« Stefanie Zimmermann machte sich nicht die Mühe, aufzustehen.

»Ja, und dieses Mal falle ich auch nicht über die Schwelle.«

Als die beiden Beamten im Treppenhaus standen und die Tür zu Frau Zimmermanns Wohnung ins Schloss gefallen war, sagte Finkbeiner: »Ich rede mal kurz mit der Nachbarin. Unser Auto steht so, dass die Zimmermann nur die Fahrerseite sehen kann.«

Peter Heiland nickte verstehend und ging mit lauten Schritten die Treppe hinunter. Finkbeiner klingelte bei der Nachbarin. Als sie öffnete, legte er den Zeigefinger auf seine Lippen, zeigte seinen Ausweis und drängte die Frau in ihre Wohnung zurück. Sie trug nur eine Kittelschürze und war barfuß. Der Kommissar drückte die Tür leise zu.

»Was wollen Sie von mir?« Die Frau wich zurück. Ihre roten Locken standen wild um ihren Kopf. Ihre Lippen hatte sie in der Farbe ihrer Haare geschminkt.

»Nur eine Frage«, sagte Finkbeiner flüsternd. »Ihre Nachbarin – wissen Sie, ob die gestern Abend die ganze Zeit zu Hause war?«

»Ich spioniere nicht andere Leute nach. Ich bin anständige Frau.« Frau Zimmermanns Nachbarin hatte einen deutlichen Akzent. Aber Finkbeiner wusste nicht, welchem Land der zuzuordnen war.

»Ist doch 'ne ganz einfache Frage, und die hat mit Spionieren nichts zu tun.«

»Weggegangen ist sie kurz nach neun und zurückgekommen erst mitten in Nacht.«

»Geht das genauer?«

»Halb eins, ich glaube, oder halb zwei. Ich bin aufgewacht und gleich wieder eingeschlafen.«

»Vielen Dank!« Finkbeiner ging zur Wohnungstür und öffnete sie leise.

»War das alles?« Es klang enttäuscht.

»Für den Augenblick.«

»Und Sie denken, es kommen andere Augenblicke?«

»Kann man nie wissen.« Finkbeiner verschwand im Treppenhaus.

Stefanie Zimmermann stand, versteckt hinter dem Vorhang, am Fenster und schaute auf die Pestalozzistraße hinab. Sie beobachtete Peter Heiland, als er auf die Straße trat. Laut lachte sie auf, als sie sah, wie er bis weit über die Knöchel hinauf in einer gewaltigen Pfütze versank, die sich am Bordstein angestaut hatte. Heiland stieg auf der Fahrerseite ein, fuhr aber nicht gleich los sondern schien sich mit seinen nassen Hosenbeinen zu beschäftigen. Als der Wagen endlich die Pestalozzistraße entlang fuhr, sah sie auch Heilands Kollegen auf dem Beifahrersitz.

17. KAPITEL

Sven Hartung hatte bis zu Mittag geschlafen. Seine kleine Wohnung lag im zweiten Stock der Villa. Das Wohnzimmer verfügte über einen so genannten Känguruballkon, der in die Dachschräge eingelassen war. Außerdem gab es ein Schlafzimmer, ein geräumiges Bad und eine kleine Küche. Sven duschte ausgiebig, zog sich an und stieg ins Erdgeschoss hinunter. Das Haus schien menschenleer zu sein. Aber als er in den Salon trat, sah er durch die große Panoramascheibe seine Mutter im Garten. Sie saß auf einer Steinbank, auf den Knien ein Körbchen, in dem sie offensichtlich Beeren gesammelt hatte. Mit langsamen Bewegungen schob sie ab und zu eine der Früchte in den Mund.

Sven zog die Glastür auf, ging die paar Stufen hinab und trat zu ihr. Sie schien ihn nicht gehört zu haben. Als er seine Hand auf ihre Schulter legte, zuckte sie zusammen. Dann aber legte sie ihre Hand auf die seine, sah zu ihm auf und sagte: »Es ist so schön, dass du wieder da bist.«

Er setzte sich neben sie, nahm eine Himbeere aus dem Körbchen und steckte sie in den Mund. Lächelnd sage er: »Früher hätte ich dafür ein paar auf die Finger bekommen.«

»Ja«, sagte sie. »Das war ein Fehler. Wir haben dir viel zu viel verboten. Dabei hatten wir doch immer schon mehr Beeren, als wir essen konnten.«

Eine Weile schwiegen sie. Der Himmel wurde nach und nach immer dunkler. Von Ferne hörte man ein leises Donnergrollen, und im Westen sah man gelegentlich ein Wetterleuchten. »Wir werden schon wieder ein Gewitter kriegen«, sagte Frau Hartung. »Aber das ist gut. Die Natur kann Regen brauchen.«

Wieder schwiegen sie, bis sie ihm ihr Gesicht zuwendete: »Wie war das damals?«

»Wann damals?«

»Ich möchte wissen, wer dich ins Gefängnis gebracht hat und warum.«

»Mama, das weißt du. Es stand doch in allen Zeitungen.«

»Ich hab das alles nie geglaubt, aber weder dein Vater noch dein Großvater haben mir die Wahrheit gesagt.«

Sven legte seinen rechten Arm um die Schultern seiner Mutter und zog sie zu sich heran. »Ich werde dir's sagen, wenn die Zeit dafür gekommen ist.«

»Bist du jetzt in Gefahr, Sven?«

»Sieht ganz so aus.« Er lachte leise. »Aber jetzt bin ich gewitzter als damals.« Er küsste seine Mutter auf die Wange und ging ins Haus zurück. Dort stieg er in den Keller hinab und öffnete die Tür zu dem Raum, der sein Musikstudio beherbergte. Eine Weile stand er unter der Tür. Alles war genauso, wie er es verlassen hatte. Die Instrumente und die technischen Geräte blitzten vor Sauberkeit. Offenbar hatte seine Mutter darauf bestanden, dass die Putzfrau auch den Musikraum ihres Sohnes sauber hielt.

Er durchquerte das Studio, öffnete einen Schrank und nahm ein Tenorsaxofon heraus. Leise spielte er es an, setzte es aber rasch wieder ab. Zu sich selber sagte er. »Das ist es nicht mehr!« Er stellte das Instrument behutsam an seinen Platz zurück und verließ den Raum.

Sven Hartung wollte grade das Haus verlassen, da kam sein Großvater den Plattenweg herauf. Sven erinnerte sich, dass der alte Herr jeden Tag gegen ein Uhr sein Büro in der Firma verließ, sich nach Hause fahren ließ, ein kleines Mittagessen einnahm, sich danach für ein Stündchen auf die Couch legte und gegen 16 Uhr noch einmal sein Büro aufsuchte.

Der alte Mann ging sehr gerade und stützte sich auf einen Stock. Das immerhin war neu. Früher hatte er jede Gehhilfe entschieden abgelehnt. »Mit einem Stock fängt es an, und dann torkelt man irgendwann hinter so einem bescheuerten Rollator her.«

»Hallo, Opa«, grüßte der Enkel.

»Wo willst du hin?«

Sven dachte nicht daran, darauf zu antworten. Stattdessen fragte er: »Gilt die Abmachung noch?«

Der Alte schaute seinen Enkel aus kalten grauen Augen an. »Willst du das hier mit mir besprechen?«

»Ein einfaches ›Ja‹ genügt als Antwort. Und das kannst du hier genauso sagen wie an jedem anderen Ort.«

»Gut! Also ja. Aber ich muss sicher sein, dass nicht plötzlich neue Bedingungen gestellt werden.«

»Von wem?«

»Na von dir, von wem denn sonst?«

»Keine Angst! Aber ich will, dass alles so gemacht wird, wie wir es damals besprochen haben, und zwar schnell. Länger als vier oder fünf Tage bleibe ich nicht in Berlin.«

»Und dann?«

»Das sage ich dir, wenn es so weit ist.« Sven übersah bewusst, dass der Alte die Hand hob, um sie dem Enkel auf die Schulter oder den Arm zu legen. Er ging rasch an seinem Großvater vorbei zum Gartentor.

Als er in den Wildpfad einbog, fielen erste schwere Regentropfen, die zuerst noch einzeln in dem sandigen Boden unter den Bäumen einschlugen und kleine Krater hinterließen. Dann brach der Regen los. Sven hörte seinen Großvater noch rufen: »Willst du nicht wenigstens einen Schirm mitnehmen?« Aber er antwortete nicht. Vielmehr breitete er beide Arme aus, hob sein Gesicht dem sturzbachartigen Regen entgegen, drehte sich ein paar Mal um sich selbst und ging dann langsam weiter. Plötzlich wurde ihm bewusst, dass er seit fünf Jahren das erste Mal wieder Regen am eigenen Leibe spüren konnte.

18. KAPITEL

Völlig durchnässt kam er gegen zwei Uhr in der Pestalozzistraße an. Inzwischen hatte der Gewitterregen aufgehört. Der Friseur hatte seinen Stuhl und seinen Gartentisch wieder auf den Gehsteig gestellt, telefonierte mit dem Handy und rührte in einem Becher. Er setzte das Telefon kurz ab. »Wollen Sie zu mir?«

»Später vielleicht«, sagte Sven, suchte die Klingel mit dem Namen Zimmermann und drückte auf den Knopf. Die Tür schnarrte, er drückte dagegen und betrat das düstere Treppenhaus. Stefanie Zimmermann hatte noch immer ihren Jogginganzug an. Als sie sah, wer die Treppe heraufkam, sprang sie ihm mit großen Sprüngen entgegen und fiel ihm um den Hals. Hinter ihr fiel die Wohnungstür ins Schloss. Sven war noch so durchnässt, dass jetzt auch Stefanies Jogginganzug große nasse Flecken aufwies. Als sie ihn losließ, sagte er: »War das deine Tür?«

Stefanie fuhr herum. »Mensch, was für ein Mist!«

Sven ließ sich auf die letzte Stufe vor dem Treppenabsatz fallen und begann zu lachen.

»Bitte Sven!«, rief Stefanie verzweifelt. Aber er war nicht zu bremsen. Ein wahrer Lachanfall schüttelte ihn.

»Ich hasse es, meine Nachbarin bitten zu müssen«, sagte Stefanie.

Aber es blieb ihr nichts anderes übrig. Also drückte sie direkt unter dem Schildchen auf dem in verwasche-

ner Schrift »Rosana Tschilatse« stand, den Klingel-
knopf. Die Tür ging wenig später auf. Die Nachbarin
streckte ihren nackten Arm heraus und hielt Stefanie
einen Schlüssel hin.

»Hallo«, sagte Sven, »vielen Dank auch.«

Nun schob die Nachbarin ihren Kopf durch den
Türspalt. Sie musterte den durchnässten jungen Mann,
grinste und sagte: »Keine Ursache. Viel Spaß!«

In ihrer Wohnung umarmte Stefanie Sven wieder. Diesmal so heftig, dass er förmlich nach Luft rang.

»Ist ja gut, ist ja gut!«, sagte er leise und schob sie
ein bisschen von sich.

Stefanie rang nach Atem. »Ich hab gedacht, ich seh
dich nie mehr wieder.«

»Wie kommst du denn auf so was?«

Sie antwortete nicht, sondern fragte: »Magst du was
trinken?«

»Ja, alles außer Alkohol. Und gib mir bitte einen
Bademantel oder so etwas.« Er begann, seine nassen
Kleider auszuziehen. »Ich kann dir gar nicht sagen,
wie ich den Regen genossen habe.«

Stefanie rannte in die Küche, machte kehrt, hastete
ins Schlafzimmer, fand schließlich im Badezimmer
ihren Morgenmantel, kam ins Wohnzimmer zurück,
warf Sven das Kleidungsstück zu und verschwand wieder in der Küche.

»Beruhige dich doch«, rief Sven, schlüpfte in den
hellblauen Morgenmantel und band den Gürtel lässig
um die Hüften. Dann ließ er sich auf das Sofa fallen.

Stefanie kam mit einer Saftflasche und einem Glas zurück. »Da haben vor zwei Stunden noch zwei Polizisten gesessen.«

»Aha!« Sven legte seine Stirn in Falten. »Dann weißt du vermutlich, was passiert ist?«

»Das hat mir schon Dr. Loos am Telefon gesagt. Bei dem sind sie nämlich auch gewesen.« Sie kniete sich neben ihn und begann, seine Haare mit einem kleinen Handtuch trocken zu reiben. »Sven! Ich hab solche Angst, dass sie dir etwas anhängen wollen.«

»Einmal Mörder, immer Mörder?«

»Bitte mach keine Witze.«

»Was wollten Sie denn von dir wissen?«

»Dr. Loos muss ihnen über uns Bescheid gesagt haben. Sie wollten wissen, wo ich gestern Abend war.«

»Und? Wo warst du?«

Sie wendete sich ab, ging zum Fenster und sah auf die Straße hinab. »Na hier«, sagte sie leise über die Schulter. »Ich habe doch so gehofft, dass du kommst.«

»Ja, das hätte ich machen sollen. Dann hätte ich jetzt ein schönes Alibi.«

Später, als sie dicht aneinander geschmiegt in Stefanies Bett lagen, sagte sie plötzlich: »Als du gestern entlassen wurdest ...«

»Ja?«, unterbrach er sie.

»Du bist einfach so an mir vorbeigegangen. Wie ein Fremder.«

»Ach ja? Das war mir gar nicht bewusst. Aber vielleicht versetzt du dich mal in meine Lage. Du bist fünf

Jahre eingesperrt, und plötzlich kommst du frei. Da hast du erst einmal nur mit dir selber zu tun. Man hat zwar auf diesen Moment zugelebt. Hunderte Mal hat man sich den ausgemalt. Und dann ist er plötzlich da. Du weißt, in ein paar Minuten trittst du hinaus auf die Straße ...«

»Warum hast du auch den Freigang verweigert?«

»Wo hätte ich denn hingehen sollen?«

»Na zu deiner Familie!«

Sven lachte nur auf, sagte aber nichts.

»Oder zu mir!«

»Dass das nicht gegangen wäre, weißt du genauso gut wie ich. Außerdem: Ich wollte diese Knastjahre auskosten bis zum Letzten.«

Stefanie hatte sich auf einen Ellbogen aufgerichtet und sah Sven ins Gesicht. »Warum?«

»Alles hat seinen Preis!« Er zog ihr den Ellbogen weg, sodass sie auf seine Brust fiel und er sie umarmen konnte.

»Das musst du mir erklären!«

»Mach ich, wenn es so weit ist. Es dauert nur noch ein paar Tage.«

Als sie weiter fragen wollte, verschloss er ihren Mund mit seinen Lippen.

19. KAPITEL

Jenny Kreuters, die ihr Büro mit Norbert Meier teilte, hatte einen riesigen Ventilator beschafft und mitten auf ihrem Schreibtisch platziert. Das Gerät machte mächtig viel Wind. Die junge Kommissarin hatte Mühe, die Blätter, die sie aus einem Ordner entnommen hatte, festzuhalten. Ihre Bluse hatte sie so weit aufgeknöpft, wie es ihrer Meinung nach gerade noch schicklich war. Und was das anbelangte, war sie nicht besonders pingelig. Ihre nackten Füße steckten in einem Eimer, den sie im Abstand von 30 Minuten immer wieder neu mit kaltem Wasser füllte. So trafen Peter Heiland und Carl Finkbeiner sie an.

»Eigentlich hab ich ja gehofft, das Gewitter bringt eine Erfrischung, hat es aber nicht«, sagte sie zur Erklärung.

Peter ließ sich auf einen Stuhl fallen. »Jetzt müsste man auf der Schwäbischen Alb sein.«

»Wär's da denn besser?«

»Ja logisch. 600 Meter hoch und immer ein frischer Wind. – Hast du was rausgekriegt?«

»Ja! Und die Spur führt genau auf deine geliebte Schwäbische Alb!«

»Hä?«, machte Heiland.

»Der Hauptzeuge von damals …«

»Warte, warte mal. Der hieß … verdammt, wie hieß der doch gleich noch mal?«

Jenny wollte etwas sagen, aber Heiland stoppte sie: »Nicht vorsagen! Moment, ich hab's gleich. Markgraf …«

Jenny grinste: »Warm!«

»Markmann?«

»Heiß!«

»Jetzt hab ichs: Markert, Guido Markert!«

»Der Kandidat hat einen Kanonenofen gewonnen«, feixte die junge Kommissarin. »Und jetzt passt auf: Dieser Guido Markert, ein enger Mitarbeiter von Karsten Hartung, hat kurz nach der Verurteilung Svens die Firma verlassen und ist als Teilhaber in eine Textilfirma auf der Schwäbischen Alb eingestiegen.«

Peter Heiland sagte: »Textilindustrie hat es auf der Schwäbischen Alb schon immer gegeben. Die war sogar eine Zeit lang weltweit führend – wenigstens wurde das immer so behauptet.«

»Stimmt«, meldete sich Carl Finkbeiner. »Inzwischen sieht das aber ganz anders aus. Was wissen wir denn über diesen Markert?«

»Das, was ich gerade gesagt habe, sonst nichts«, antwortete Jenny.

Hanna Iglau kam herein, merkte aber, wie intensiv die Kollegen diskutierten, und setzte sich wortlos auf einen freien Stuhl.

»Aber dieser Markert wurde doch sicher damals nach allen Regeln der Kunst vernommen. Da müssen doch Protokolle da sein«, sagte Finkbeiner.

Jenny Kreuters sah Peter Heiland an und sagte dann nur leise: »Na ja …«

»Diese Vernehmungen waren sicher kein Ruhmesblatt für mich.« Peter Heiland suchte wieder mal nach einem Taschentuch, und Carl Finkbeiner warf ihm ein Päckchen zu.

»Stimmt«, sagte Jenny, »wenn wir heute so verfahren würden, würdest du uns das nicht durchgehen lassen.«

»Okay«, Peter wischte sich den Schweiß von der Stirn, »aber auch heute würde ich ein so komplettes Geständnis, wie es Sven Hartung abgeliefert hat, nicht infrage stellen.«

Carl Finkbeiner räusperte sich und sagte leise: »Ich glaube aber, das tun wir gerade, und zwar wir alle. Wie kommt das bloß?«

Hanna Iglau meldete sich: »Weil Sven Hartung wahrscheinlich unschuldig war. Ich habe das damals schon geglaubt.«

»Stimmt«, sagte Peter Heiland. »Und du hast auch gesagt: Der Markert lügt!«

»Und wie kamst du darauf?«, fragte Finkbeiner.

Hanna hob die Schultern. »Weibliche Intuition.«

»Lass das bloß den Wischnewski nicht hören«, rief Jenny Kreuters und lachte die Tonleiter hinauf.

Danach berichtete Hanna, was sie in der Deutschen Oper erfahren hatte: »Viel ist es nicht«, gab sie zu. »Sven Hartung hat nach der Aufführung von ›La Traviata‹ in der Opernkantine auf Sylvia Hartung gewartet. Die Kolleginnen aus dem Chor sagen aus, es habe eine schreckliche Auseinandersetzung gegeben, und die beiden seien plötzlich *wie von Furien gehetzt* aus der Kantine gestürmt. Aber ich hab das Gefühl, die neigen alle zu Übertreibungen. Eine will die andere übertrumpfen. Komischerweise hat keine ausgesagt, sie sei mit Sylvia Hartung befreundet gewesen. Eine behauptete sogar, Sylvia wäre nie in den Chor aufgenommen worden, wenn ihr Schwiegervater nicht so viel Geld für das Opernhaus gespendet hätte. Und richtig hämisch sind die geworden, als sie erzählt haben, dass Sylvia, geborene Niedermeier – so hat sie tatsächlich eine genannt –, Karsten Hartung geheiratet hat, nachdem ihr Verlobter Sven verurteilt worden und ins Gefängnis gekommen war. Eine der Sängerinnen, sie hieß …«, Hanna schaute in ihren Notizen nach, »Giovanna Ricci und ist seit 13 Jahren Mitglied im Chor, also die wusste, dass Sylvia es manchmal als den Fehler ihres Lebens bezeichnet habe, diesen Karsten geheiratet zu haben.«

»Im Chor gibt's doch auch Männer«, ließ sich Jenny hören, »haben die nichts erzählt.«

»Nein, kein Einziger. Und auch Herr Uhlenhorst, der Dirigent, meinte, nicht aussagen zu müssen. Nur als ich ihn gefragt habe, wie Sylvia Hartung denn als Sängerin gewesen sei, sagte er: »Es hat nicht viel zur Solistin gefehlt. Im Chor war sie eine der Besten, wenn nicht überhaupt *die* Beste.«

»Jetzt wissen wir wenigstens, warum die Weiber so mies über sie gesprochen haben«, ließ sich Jenny hören. »Alles Neid!«

»Na also, jetzt hör aber mal!«, rief Hanna empört.

»Erzähl du mir nicht, zu welchen Zickenkriegen wir Frauen fähig sind«, unterbrach sie die Kollegin.

»Also ich nicht«, protestierte Hanna.

Jenny beugte sich zu ihrem Wassereimer hinunter und warf ein Handvoll kühles Nass zu ihrer Kollegin hinüber. »Dich und mich nehme ich natürlich aus.«

Peter Heiland war inzwischen aufgestanden und ging im Kreis um seine Kollegen herum. »Wir müssen mehr über diesen Markert wissen, bevor wir uns den noch mal vorknöpfen.«

»Du willst ihn noch mal vernehmen?«, fragte Finkbeiner.

Jenny kicherte: »Da steht 'ne Dienstreise in die Schwäbische Alb an.«

»Auf!«, verbesserte Finkbeiner leicht pikiert. »Auf die Schwäbische Alb, es handelt sich um ein Mittelgebirge, werte Kollegin.«

Peter grinste. »Danke, Carl. Zu zweien ist man nicht so allein!« Er sah zu Hanna hinüber und schob schnell nach: »Als Schwabe meine ich in dem Fall!«

Norbert Meier kam herein. Er war erkennbar schlechter Laune. Seine Kleider klebten an seinem Körper. »Wie siehst du denn aus?«, sagte Jenny.

»Erst der Regen, und dann hab ich geschwitzt wie ein Schwein. So 'ne Personenüberwachung sollen künftig jüngere Kollegen machen.« Er ging zu seinem Schreibtisch und griff sich eine Wasserflasche, die dort stand, setzte sie an und trank den Inhalt in einem Zug aus. »Bäh«, machte er, »so 'ne warme Plörre!«

Erschöpft setzte er sich hinter seinen Schreibtisch. Jenny Kreuters drehte den Ventilator so, dass der Kollege voll in den Genuss des erfrischenden Luftzugs kam. Er zog ein kleines Notizbuch aus der Tasche, schlug es auf und las leiernd vor: »Sven Hartung verlässt um 13.23 Uhr das Haus im Wildpfad. Zur gleichen Zeit hält ein Mercedes 500 C. Aus dem Fonds steigt Friedhelm Hartung. Das Auto fährt weg. Zwischen Großvater und Enkel kommt es zu einem kurzen Gespräch zwischen Haus und Gartentor. Mein Eindruck: Beide sind sehr reserviert einander gegenüber. Leider komme ich nicht nahe genug heran, um genau zu verstehen, was gesprochen wird. Folgende Satz- bzw. Wortfetzen höre ich. Der Enkel: ›Abmachung ...‹ der Alte: ›Gut also ja ...‹, dann: ›neue Bedingungen‹, wieder der Enkel: ›Länger als vier oder fünf Tage bleibe ich nicht in Berlin.‹ Das war's. Es hat dann fürchterlich angefangen zu regnen, aber Sven Hartung schien das zu genießen. Der Alte schrie ihm noch nach: ›Willst du nicht wenigstens einen Schirm mitnehmen?‹ Aber dieses Arschloch winkt nur ab und tanzt im Regen rum, als ob es das schönste Vergnügen wäre.«

»Wie Gene Kelly in ›Ein Amerikaner in Paris‹«, warf Carl Finkbeiner ein.

»Kenn ich nicht«, antwortete Meier trocken. »Ich Idiot hatte natürlich auch keinen Regenschirm dabei, und deshalb musste ich dem Kerl in diesem fürchterlichen Platzregen zu Fuß folgen. Durch die halbe Stadt. Bis zur Pestalozzistraße 32.«

»Da wohnt Stefanie Zimmermann«, warf Finkbeiner ein.

»Ja, das hab ich natürlich auch festgestellt. Als er nach einer Stunde nicht wieder rauskam, hab ich die Observierung auf eigene Verantwortung beendet.«

Peter Heiland verzichtete darauf, den älteren Kollegen darauf hinzuweisen, dass er das hätte telefonisch mit ihm abstimmen müssen. Daraus war ihm aber kein Vorwurf zu machen. Wegen des Personalmangels konnte eine Überwachung schon lange nicht mehr gemäß den Vorschriften erfolgen. Man hätte ja vier Mann gebraucht. Also sagte Heiland nur: »Danke, Norbert!«, und wendete sich Jenny Kreuters zu: »Sag mal, dieser Markert – haben wir da noch irgendwelche Angaben, die uns helfen könnten?«

Jenny griff nach den Blättern. Im gleichen Augenblick drehte Meier den Ventilator in die ursprüngliche Position zurück, weil ihm das Gebläse zu heftig geworden war. Die nächsten Minuten brachten die fünf Kriminalbeamten damit zu, die Seiten wieder einzusammeln, die der künstliche Wind in den ganzen Raum gewirbelt hatte. Plötzlich rief Peter Heiland. »Glück gehabt. Ich hab die richtige Notiz gefunden: Guido Markert wohnte damals in der Klingsorstraße 25.«

»Dit is in Steglitz, wo's zum Klinikum runter geht«, meldete sich Meier.

Peter Heiland sah in die Runde. »Vielleicht findet man da jemanden, der uns Auskunft über ihn geben kann.«

Keiner sagte etwas. »Na gut«, meldete sich Heiland schließlich, »ich melde mich freiwillig.«

Gegen sechs Uhr am Spätnachmittag schloss er seinen Schreibtisch ab und schickte sich an, sein Büro zu verlassen. Hanna Iglau kam herein. Sie lehnte sich mit dem Rücken gegen die Tür und verschränkte die Arme vor der Brust.

»Gut erholt siehst du aus«, sagte Peter Heiland. »Wir sind noch gar nicht dazu gekommen: Wie war denn dein Urlaub?«

»Schön«, sagte sie.

»Wir sehen uns ja sicher heute Abend, dann kannst du mir alles erzählen.«

»Lass mich erst Mal nach Hause kommen.« Das klang so kühl, dass Peter überrascht aufsah. Hannas Gesicht erschien ihm ausdruckslos, wenn nicht gar abweisend.

»Sag mal …«, Peter redete nicht weiter, zu sehr fürchtete er sich vor der Antwort, die auf seine Frage folgen konnte.

»Brauchst du mich noch?«, fragte Hanna kühl.

»Nein. Es sei denn, du wolltest mitkommen in die Klingsorstraße.«

»Dann bis morgen.« Hanna verließ Peters Büro.

20. KAPITEL

Peter Heiland machte sich keine großen Hoffnungen, nach so langer Zeit an der alten Adresse noch irgendetwas über Markert zu erfahren. Aber es war eben auch schon vorgekommen, dass es sich als ein entscheidendes Versäumnis herausgestellt hatte, wenn man so einem vermeintlich bedeutungslosen Hinweis nicht nachgegangen war.

Gegen 19 Uhr stand er vor dem viergeschossigen Gebäude, das seiner Schätzung nach zu Anfang des 20. Jahrhunderts gebaut worden war. Offenbar hatte das Mehrfamilienhaus einen Bombenangriff im zweiten Weltkrieg überlebt im Unterschied zu seinen direkten Nachbarn. Links und rechts standen Häuser in der einfallslosen Architektur der 50er-Jahre. Peter klingelte aufs Geratewohl. Eine weibliche Stimme meldete sich. »Ja, wer ist denn da?«

»Peter Heiland vom Landeskriminalamt.«

»Und was wollen Sie?«

»Ich habe nur ein paar Fragen.«

»Das kann jeder sagen!« Es machte klack, und die Gegensprechanlage verstummte.

»Zu wem wollen Sie denn?«, hörte Peter eine Stimme in seinem Rücken.

Der Kommissar drehte sich um. Am Fuß der kurzen Steintreppe, die zur Haustür heraufführten, stand ein kleiner dünner Mann. Er stützte sich auf einen Rollator.

»Der, den ich sprechen will, wohnt schon lange nicht mehr hier.« Heiland stieg die vier Treppenstufen hinunter und kramte seinen Ausweis aus der Tasche. »Der ist inzwischen auf der Schwäbischen Alb daheim.«

»Ach, Sie meinen Herrn Markert?«

»Na so ein Glück, Sie kennen den?« Peter Heiland hielt dem Mann mit dem Rollator seinen Polizeiausweis unter die Nase.

»Was hat er den verbrochen?«

»Nichts. Zumindest wissen wir nichts. Ich brauche den Mann als Zeugen.«

»Kann sein, dass ich irgendwo seine Adresse habe. Wenn Sie mir grade mal helfen. Ich schaffe das zwar auch noch alleine, aber wenn ich Hilfe habe …« Der kleine Mann schob den Rollator zu einem handlichen Gestänge zusammen und reichte es dem Kommissar. Er selbst zog sich an dem Geländer hoch. »Zum Glück wohne ich unten.« Er schloss die Haustür auf und ließ Peter den Vortritt. Sie kamen in ein düsteres Treppenhaus, das nur wenig Licht durch ein buntes Fenster über der Haustür erhielt.

Der kleine Mann führte Heiland nach rechts in eine Erdgeschosswohnung. Auf dem Türschild konnte der Kommissar den Namen »Frederic Möhlmann« lesen. Er stellte den Rollator ab und folgte dem Hausherrn durch einen schmalen Gang, der in einen hellen Raum führte. Überrascht stellte Peter fest, dass man von hier durch ein großes Panoramafenster einen direkten Blick in den Steglitzer Schlosspark hatte. »Nehmen Sie doch Platz. Möchten Sie etwas trinken? Einen kleinen Sherry vielleicht?«

»Ja gerne.« Peter setzte sich in einen von zwei Korbsesseln, die an einem niedrigen Glastisch standen. Frederic Möhlmann bewegte sich in seiner Wohnung ohne erkennbare Behinderung. Seine Hände zitterten allerdings, als er ein silbernes Tablett mit zwei Gläsern und eine Flasche auf dem Tisch absetzte. Auch beim Einschenken zitterten die Hände des Hausherrn bedenklich. Aber er vergoss keinen Tropfen. Als er Peter Heiland eines der Gläser reichte, sagte er: »Parkinson, Sie verstehen. Aber so lange es noch irgendwie geht, will ich alles selber machen.« Nun setzte auch er sich und hob sein Glas. Sie tranken sich zu.

»Wenn Sie den Markert auftreiben, sagen Sie ihm doch, er soll endlich seine Schulden bei mir bezahlen.«

»Er hat Schulden bei Ihnen?«

»Eigentlich hat er immer alles zurückbezahlt. Nur diese letzten 1.500 Euro, die ich ihm kurz vor seinem Auszug geliehen habe, nicht.«

»Haben Sie denn einen Schuldschein?«

»Ach Unsinn. Das war doch nur ein nachbarschaftliches Entgegenkommen. Ich bin sicher, er hat es nur vergessen.«

»Was ist er denn für ein Mensch?«

»War ein feiner Kerl. Ein bisschen labil vielleicht. Manchmal hat er über Depressionen geklagt, aber für mich waren das nur Anflüge einer gewissen Melancholie, wie wir sie alle manchmal haben.« Der Haus-

91

herr trank sein Glas schneller leer als Peter Heiland und goss sich nach. Dann fuhr er fort: »Eigentlich ein Künstlertyp. Er hat bei einer Textilfabrik als Designer gearbeitet, wenn ich mich recht erinnere.«

»Stimmt«, sagte der Kommissar. »Aber jetzt scheint er ein eigenes Unternehmen zu haben.«

»Der Markert? Na wenn das mal gut geht.« Frederik Möhlmann stand auf und ging zu einem Sekretär, der an der Wand gegenüber der Fensterfront stand. Er zog eine Schublade auf und griff sich einen Stapel ungeordneter Papiere, die er auf dem Tisch zwischen den Sherrygläsern ausbreitete: Briefe, Visitenkarten, Notizzettel – alles wild durcheinander. Möhlmann fuhr mit beiden Händen zwischen den Papieren herum, als wolle er ein Kartenspiel mischen und zog plötzlich einen Briefumschlag heraus. »Da! Einmal hat er mir geschrieben, und dann hat er nie wieder etwas von sich hören lassen.« Der Mann reichte das Kuvert an den Kommissar weiter. Auf der Rückseite stand als Absender: Dipl. Ing. Guido Markert, Hornissenweg 17, 72458 Albstadt-Ebingen.

»Wissen Sie ungefähr, wo das ist?«, fragte Möhlmann.

»Ich weiß das sogar sehr genau. Von Balingen das Eyachtal hinauf, vorbei an Frommern, Laufen und Lautlingen. Die Städte Balingen und Ebingen sind bei der Verwaltungsreform zu einer Verwaltungseinheit zusammengefasst worden. Heißt jetzt Albstadt.

Möhlmann lachte. »So genau wollt ich's eigentlich gar nicht wissen.«

»In Ebingen hat eine Schwester meines Opas gelebt. Wir waren da manchmal in den Ferien. Mitten in der Stadt erhebt sich der Schlossberg. Auf den sind wir als Kinder unheimlich gerne gestiegen, weil es ganz oben ein eisernes Karussell gab, das man selber antreiben musste.«

»Ich dachte, in Ihrer Generation spielte man nur noch mit dem Computer.«

»Ich bin nicht typisch für meine Generation«, sagte Peter Heiland. Er wollte sich Markerts Anschrift notieren, aber Möhlmann sagte: »Sie können den Umschlag behalten.«

»Was hat er Ihnen denn in dem Brief geschrieben?«, fragte Peter Heiland, während er das Kuvert in die Tasche steckte.

Der alte Mann durchsuchte die Papiere auf dem Tisch noch einmal und förderte dann ein Blatt zutage, das mit der Hand beschrieben war. »Langsam las er vor: *Lieber Herr Möhlmann, jetzt bin ich schon fast ein halbes Jahr hier oben auf der Schwäbischen Alb. Es ist eine ganz andere Welt. An die Leute hier gewöhne ich mich nur schwer. Auch kann ich der bergigen Umgebung nicht viel abgewinnen. Aber ich bin so sehr damit beschäftigt, meine erste eigene Kollektion auf die Beine zu stellen, dass ich das alles nur wie durch einen Schleier wahrnehme. Ich wollte Sie beruhigen. Den Kredit, den Sie mir freundlicherweise gegeben haben, habe ich natürlich nicht vergessen ....«* Möhlmann hob den Kopf. »Hat er aber dann doch!« Dann las er weiter. *»Sobald ich hier aus dem Gröbsten raus bin, überweise*

93

ich Ihnen das Geld. So ein netter Nachbar wie Sie … blablablabla.« Möhlmann faltete den Brief zusammen. »Können Sie auch haben, wenn Sie wollen.« Peter Heiland nahm den Brief entgegen und steckte ihn zu dem Kuvert in die Innentasche seiner Jacke.

»Hat denn Herr Markert manchmal über seine Arbeit hier in Berlin mit Ihnen gesprochen?«

»Selten. Aber dass er dort ziemlich gelitten hat, war mir schnell klar. Es war wohl ein alter Familienbetrieb, in dem es sehr hierarchisch zuging.«

»Kann man wohl sagen. Ich kenne die Verhältnisse ein wenig.« Peter begann von den Ermittlungen zu erzählen, sowohl von den aktuellen wie auch von denen vor fünfeinhalb Jahren. »Langweile ich Sie auch nicht?«, fragte er zwischendurch.

Doch Frederic Möhlmann, der sehr aufrecht auf der vorderen Kante seines Korbsessels saß und den Kopf weit vorgestreckte hatte, rief: »Um Gottes willen, nein! Ich finde das alles ungeheuer interessant.« Und als Peter Heiland schloss, sagte sein Gastgeber: »Sie haben aber damals hier im Hause niemanden befragt, oder?«

»Nein. Die Ermittlungen hatten grade mal begonnen, da legte der Täter auch schon sein Geständnis ab.«

»An das Sie aber heute nicht mehr glauben – habe ich recht?«

»Wie kommen Sie darauf? Ich habe das mit keinem Wort gesagt.«

»Nein, das haben Sie nicht. Aber wissen Sie, ich habe 40 Jahre lang als Psychotherapeut gearbeitet, da versteht man manchmal auch das, was nicht gesagt wird.«

»Na gut, zugegeben. Heute habe ich Zweifel, die ich damals noch nicht hatte.«

»Oder die Sie sich damals nicht eingestehen wollten?« Möhlmann füllte Peters Sherryglas noch einmal.

»Mag sein.«

»Gehörte denn Markert zu Ihren Tatverdächtigen, ich meine, bevor der andere dieses Geständnis ablegte?«

»Nein. Er war nur ein Zeuge. Er hat ausgesagt, er habe gesehen, dass Sven Hartung und Oswald Steinhorst – so hieß das Opfer –, also dass die beiden als Letzte in der Designerabteilung der Firma waren. Er habe noch gehört, wie sie in Streit geraten seien. Zuerst habe er beschlossen, die Firma so schnell wie möglich zu verlassen, um nicht in die Auseinandersetzung hineingezogen zu werden. Aber er sei dann doch noch mal umgekehrt. Und da habe er gesehen, wie Sven Hartung auf Steinhorst losgegangen sei. Ihm habe freilich der Mut gefehlt, dazwischenzugehen.«

Möhlmann nickte. »Das passt zu ihm. Ich glaube, er ist kein besonders mutiger Mensch.«

»Dass es zwischen Sven Hartung und Steinhorst beständig Streit gab, sagte nicht nur Markert aus, sondern das bestätigten so ziemlich alle Zeugen«, erzählte Sven weiter. »Steinhorst muss Svens Verlobte Sylvia auf die unangenehmste Weise belästigt haben. Ein Stalker von der schlimmsten Sorte. Sven Hartung hat wohl den Designer mehrfach zur Rede gestellt, aber der sei durch nichts davon abzubringen gewesen, dessen Verlobter nachzustellen, sagten mehrere Zeugen aus. Auch Svens Bruder Karsten bestätigte das. Karsten sagte auch aus, dass er an dem Abend des Mordes noch eine Arbeitsbesprechung mit Steinhorst gehabt habe. Er sei aber dann gegangen, als Sven gekommen sei. Natürlich habe er nicht damit gerechnet, dass die Auseinandersetzung so eskalieren würde, sonst wäre er natürlich dageblieben und hätte versucht, den Streit zu schlichten. Sven gestand schließlich, er und Steinhorst seien so schlimm aneinandergeraten wie nie zuvor. In blinder Wut habe er nach dem nächstbesten Gegenstand gegriffen, einem Bügeleisen, das noch auf dem Plättbrett gestanden habe. Damit habe er nur einmal zugeschlagen.«

»Ein eindeutiges Geständnis!«, sagte Möhlmann.

»Wie man es sich als ermittelnder Beamter nur wünschen kann«, gab Peter Heiland zurück. »Das Gericht hat dann auf Totschlag entschieden.«

Als sich Peter Heiland von Frederic Möhlmann verabschiedete, sagte der Psychotherapeut: »Besuchen Sie mich doch mal wieder. Das würde mir gut tun. Ich bin ein bisschen zu viel alleine.«

»Mach ich gerne«, antwortete der Kommissar. Und in diesem Augenblick war das nicht nur so eine Floskel. Er hatte sich bei dem alten kleinen Mann sehr wohl gefühlt.

Als Peter Heiland die Klingsorstraße bis zur Albrechtstraße hinaufging und dann Richtung Steglitzer Rathaus einbog, holten ihn die Gedanken an Hanna Iglau wieder ein, die er während des Gesprächs mit Möhlmann vergessen oder verdrängt hatte. Ihm war das Zusammensein mit ihr so zur Gewohnheit geworden, dass er sich nie gefragt hatte, wie er diese Beziehung beschreiben sollte. Sobald Hanna ihrerseits danach fragte, war er ihr immer ausgewichen, bis sie es aufgegeben hatte.

Als sie ihm verkündet hatte, sie werde alleine nach Hiddensee in Urlaub fahren, fand er das völlig in Ordnung. Schließlich hatte er in den letzten Wochen bemerkt, wie sie immer fahriger und unkonzentrierter geworden war. Urlaubsreif eben. An gemeinsame Ferien war ohnehin nicht zu denken, solange sie im selben Kommissariat arbeiteten.

Am liebsten wäre er umgekehrt und hätte noch mal bei Frederic Möhlmann geklingelt. So ein Psychotherapeut musste doch feststellen können, warum er sich so sehr zu Hanna hingezogen fühlte und gleichzeitig Angst hatte, sich näher an sie zu binden. Einen Augenblick blieb er stehen. Aber er kehrte nicht um, sondern trat, ganz gegen seine Gewohnheit, in eine Kneipe, die damit warb, irisches Bier zu verkaufen und die spannendsten Dart-Wettkämpfe Berlins durchzuführen.

Das Bier, das er sich direkt am Tresen servieren ließ, war ihm zu schwer und zu dunkel, und er fühlte schon nach den ersten Schlucken, wie es sich in seinem Körper breitmachte und ihn lähmte. Er zog sein Mobiltelefon heraus und wählte Hannas Nummer. Eine männliche Stimme meldete sich. »Hier spricht das Sekretariat von Hanna Iglau, was kann ich für Sie tun?« Offensichtlich riss in diesem Moment Hanna dem Mann das Telefon aus der Hand. Jedenfalls erkannte Peter sofort ihre Stimme als sie rief: »Hallo, wer ist da?« Er legte auf und bestellte einen doppelten Whiskey.

21. KAPITEL

Wie er nach Hause gekommen war – daran konnte er sich am nächsten Morgen nicht mehr erinnern. Er wachte mit schrecklichen Kopfschmerzen auf und hatte Mühe, auf die Beine zu kommen. Ein paar Minuten stand er regungslos zwischen Bett und Tür. So musste es bei Wischnewski begonnen haben, als seine Frau ihn verlassen hatte. Aber er würde sich dagegen wehren! Peter Heiland richtete sich auf, ließ die Schultern kreisen und hob den Kopf. Aufrecht schritt er Richtung Badezimmertür, verhedderte sich aber mit den Füßen in seiner Schlafanzughose, die er beim Aufstehen halb hinunter gestreift hatte und schlug längelang hin. Ansatzlos begann er zu kichern. Er richtete sich auf die Knie auf und hörte sich selber sagen: »Wie gut, dass Hanna das nicht gesehen hat!«

Nachdem er etwa eine Viertelstunde geduscht hatte – die letzten fünf Minuten so kalt, wie es die Leitung in diesen heißen Sommertagen hergab –, war er äußerst vorsichtig, um einen weiteren Sturz zu vermeiden, in seine Kleider gestiegen und hatte dann die U-Bahn ins Büro genommen. Auf der ganzen Fahrt hatte er sich coole Sätze überlegt, die er zu Hanna sagen würde, wenn er ihr an diesem Tag zum ersten Mal begegnen würde. Aber der Erste, den er traf, war schon auf dem Korridor Ron Wischnewski. Der fixierte seinen Dezernatsleiter und sagte: »Kommen Sie doch mit in mein Büro.«

Die Sekretärin des Kriminaldirektors hatte schon Kaffee gekocht und servierte jedem der beiden Männer eine große Tasse. »Setzen Sie sich«, sagte Wischnewski. »Fangen Sie jetzt auch das Saufen an?«

»Wie bitte? Was?«

»Sie wissen genau, dass ich einen Blick dafür habe – nicht nur, wenn ich in den Spiegel sehe.«

Peter Heiland sagte nichts dazu. Er hatte sich inzwischen gesetzt und sah auf seine Hände hinab. Mit dem Daumennagel der linken Hand schob er ein wenig schwarzen Schmutz unter dem Daumennagel der rechten Hand hervor.

»Mensch, Heiland, was ist denn los?«

Mit wem hätte er denn sonst darüber reden können? Also erzählte Peter, dass sich Hanna offenbar von ihm abgewendet habe.

»Kenn ich alles«, sagte Wischnewski, und seine Stimme hatte den rüden Ton, den Peter nur allzu gut an ihm kannte, von dem er aber auch wusste, dass Wischnewski ihn nur anschlug, wenn ihm etwas an die Nieren ging.

»Und was tut man dagegen?«, fragte Heiland.

»Arbeiten! Reden wir über unseren Fall.«

Peter atmete tief durch: »Ich denke, wir müssen noch einmal zurück zum Fall Steinhorst. Wir hätten uns damals nicht gleich mit Sven Hartungs Geständnis zufrieden geben, sondern weiter in alle Richtungen ermitteln müssen.«

»Jaja«, unterbrach ihn der Kriminaldirektor. »Aber Sie waren es doch, der das Geständnis des Tatverdächtigen Hartung mit allen Indizien gestützt hat.«

Peter hätte am liebsten geantwortet: Und Sie haben mich gewähren lassen, obwohl ich noch ein Anfänger war. Und er hätte hinzufügen können: Wahrscheinlich weil Sie damals ein viel größeres Alkoholproblem gehabt haben als ich gestern und heute. Aber er sagte nur: »Dass das ein Fehler war, weiß ich heute.« Dann erzählte er von dem Gespräch mit Frederic Möhlmann und bat Wischnewski um die Erlaubnis, am kommenden Wochenende nach Albstadt-Ebingen fahren zu dürfen.

»Treffen Sie sich denn dann auch mit ihrem wunderbaren Großvater?«

»Wenn es sich irgendwie machen lässt.«

»Es muss sich machen lassen. Er würde es Ihnen doch nie verzeihen, wenn Sie ihn nicht besuchen.« Wischnewski lachte kurz auf. »Und mir auch nicht.«

Seitdem Peters Großvater Heinrich Heiland, den

er nur Opa Henry nannte, und der ihn großgezogen hatte, nachdem Svens Eltern bei einem Autounfall ums Leben gekommen waren, seinen Enkel Peter einmal in Berlin besucht hatte, galt er den damaligen Mitarbeitern der 4. Mordkommission als guter Bekannter. Der alte Kauz von der Schwäbischen Alb hatte ihre Herzen im Sturm erobert. Vor allem das des damaligen Dezernatsleiters Wischnewski.

Zunächst hatte der Abteilungsleiter höchst unfreundlich reagiert, als der alte Mann in seiner Lodenjacke und mit dem Filzhut auf dem Kopf in seinem Büro stand. Er hatte seinen Enkel gesucht und in dessen Büro nicht angetroffen, also ließ er sich das Zimmer des Chefs zeigen. Opa Henry war gewohnt »zum Schmied zu gehen und nicht zum Schmiedle«, wie er sagte.

Dem muss man unverständlich klarmachen, dass es so nicht geht, einfach hier hereinzuplatzen und den Betrieb zu stören, war Wischnewskis erster Gedanke gewesen. Aber da hatten sich ihre Blicke getroffen, und Heinrich Heiland hatte im gleichen Augenblick gesagt: »I will net störe!« Wischnewski hatte es sich verkniffen, zu sagen: Das haben Sie schon. Stattdessen hörte er sich sagen: »Sie sind also der berühmte Großvater von der Schwäbischen Alb?«

»Also berühmt – aber Schwäbische Alb stimmt!« Henry hatte in eine der tiefen Taschen seiner Lodenjacke gegriffen und eine Flasche zutage gefördert. »Selber gebrannt. Vogelbeere. Die hab ich für Sie mitbracht. Der Peter hat ja viel von Ihnen erzählt.«

Sie hatten gleich ein Gläschen probiert und danach noch einen Kaffee miteinander getrunken. Der alte Schwabe hatte sich dann verabschiedet und gesagt, er wolle »sich a bissle das Städtle angucke« und wiederkommen, wenn sein Enkel Peter endlich da sei.

Was danach geschah, hatte ein Kollege aus der 5. Mordkommission beobachtet und später erzählt: Heinrich Heiland war, auf seinen Knotenstock gestützt, die Keithstraße bis zur Tauentzienstraße hinuntergegangen und hatte das »Kaufhaus des Westens« betreten. Dort war er mit den Rolltreppen bis hinauf in den obersten Stock gefahren und staunend in der sogenannten »Fressetage« stehen geblieben. Der Kollege hatte dann gehört, wie Heinrich Heiland an einem Stand mit schwäbischen Spezialitäten laut gesagt hatte: »Da gibt's ja älles wie bei ons dahoim!« Danach hatte er einen Verkäufer gefragt: »Hent Sie au Bubespitzle?«

»Wat für Dinger?«, hatte der zurückgefragt.

»Schupfnudeln heißen sie auch.«

»Ach so, ja. Im Grunde sind das ja Gnocchi«, meinte der Mann hinter der Theke, »beides macht man aus Kartoffeln und Mehl.«

»Ganz recht«, sagte der alte Heiland. »Da hätt ich gern a Kilo und dann noch zehn Maultasche, die isst mein Enkel nämlich bsonders gern.«

Der Verkäufer ging nicht darauf ein. Auf Kunden, die beim Einkaufen gerne ein Schwätzchen halten wollten, war man hier nicht eingerichtet.

»Und wo zahl ich des?«, fragte Opa Henry.

»Dort vorne an der Kasse.«

Heinrich Heiland bahnte sich einen Weg. Die Gänge zwischen den Ständen waren ziemlich voll. Es war Mittagszeit, und viele Menschen schienen hier schnell zu essen, bevor sie wieder an ihre Arbeit zurückkehrten. Das galt auch für Peter Heilands Kollegen. Aber den hatte der alte Schwabe so beeindruckt, dass er ihm nun doch noch weiter folgte.

An der Kasse hatte sich eine kleine Schlange gebildet, die noch länger geworden war, bis Henry endlich bezahlt hatte. Er kramte seine Geldbörse heraus und suchte umständlich nach den richtigen Münzen, um den Betrag passend bezahlen zu können. Da hörte er hinter sich jemanden sagen. »Wie lange dauert das denn noch?« Henry schaut sich um. Die Stimme gehörte einem jungen Mann Anfang 20. Er hatte seine schwarzen Haare mit viel Gel an den Kopf geklebt, trug einen Ohrring und eine glänzende schwarze Lederjacke. »Ich hab's gleich«, sagte Heinrich Heiland.

»Man müsste den alten Säcken die Rente halbieren«, maulte der junge Mann.

Eine junge Frau sagte: »Ich verstehe sowieso nicht, warum die immer in den Stoßzeiten den Betrieb aufhalten, wenn alle anderen auch einkaufen wollen.«

Die Kassiererin sagte freundlich zu Heiland: »Wenn ich Ihnen helfen kann?«

»Gegen die da?«, Opa Henry deutete mit dem Daumen hinter sich.

»Jetzt wird der auch noch frech!«, empörte sich der Kerl mit dem Gel im Haar.

Henry überließ der Kassiererin die Geldbörse, damit sie sich selbst bedienen konnte, stieß seinen Stock heftig auf dem Boden, drehte sich um und fixierte den jungen Mann. »Halt du amal die ungwaschens Maul, Bürschle. Mir alte Säck hent eure Eltern und zum großen Teil auch euch noch großgezoge – gepampert und gepäppelt, hat neulich einer gschrieben. Und von dem weiß ich auch, dass im Durchschnitt jeder alte Mensch über 70 heutzutage seine Enkel mit 2.000 Euro im Jahr unterstützt. Und wenn das deine Omas und Opas nicht machet, liegt's ja vielleicht daran, dass du so ein unhöflicher und eingebildeter Mensch bischt. Ich verlang je gar nicht, dass so oiner wie du mir im Omnibus en Platz anbiet, wenn ich stehe muss, oder mir beim Trage hilft, wenn ich ebbes selber kaum schleppa kann. Aber ich bitte mir Respekt aus. Verstanden? Respekt!« Er wendete sich wieder der Kassiererin zu, die inzwischen die Maultaschen und die Bubespitzle in eine Tasche gepackt hatte und ihn nun strahlend anschaute. Am Ende der Schlange rief eine Frau: »Bravo!« Plötzlich begannen ein paar Leute, Beifall zu klatschen. Henry hatte gar nicht bemerkt, dass ihm immer mehr Leute zugehört hatten. Er nahm seine Einkaufstüte und ging davon. Ein zufriedenes Lächeln gestattete er sich erst, als ihn die Rolltreppe wieder nach unten trug.

Peter Heilands Kollege, der die Szene beobachtet hatte, hatte gesagt: »In so einem Fall kann auch mal ein waschechter Berliner wie ich die Schwaben mögen.«

»Ich bin einverstanden«, sagte Ron Wischnewski zu Peter Heiland. »Fahren Sie mal auf die Schwäbische Alb. Wir kümmern uns weiter um die Familie Hartung und um Stefanie Zimmermann.«

Peter Heiland verließ das Büro seines Chefs, holte sich am Automaten einen weiteren Kaffee und betrat das Sekretariat seiner Kommission.

Als er die Tür öffnete, hörte er fröhliches Frauengelächter, das sofort verstummte, als er vollends eintrat. Am Schreibtisch von Christina Reichert, der Abteilungssekretärin, lehnte Hanna Iglau. Auch sie hatte einen Kaffeebecher in der Hand. Peter Heiland, der sofort annahm, er sei der Gegenstand ihres Gelächters gewesen, ging mit einem hingemurmelten »Morgen« an den beiden vorbei in sein Büro.

Christina Reichert starrte auf die Tür, die der Chef etwas zu heftig zugeschlagen hatte. »Was hat er denn?«

Hanna Iglau zuckte nur mit den Achseln.

Wie immer suchte Christina die Schuld bei sich selbst, wenn es eine Missstimmung gab. Sie war jederzeit bereit, die Schuld für alles, was in der 4. Mordkommission falsch lief, auf sich zu nehmen. Dabei war sie die Tüchtigkeit in Person.

Peter Heiland hatte sich kaum hinter seinen Schreibtisch gesetzt, da trat Hanna bei ihm ein. Peter sah nur kurz auf. »Geht's dir gut – dir und deinem Sekretär?«

»Ich hab ihm schon x Mal gesagt, dass ich so was nicht witzig finde.«

105

»Hört er denn nicht auf dich?« Peters Stimme triefte vor Sarkasmus.

»Nee! Du verstehst das natürlich nicht. Aber du hast ja auch keine Geschwister.«

»Hä?«, machte Peter und sah dabei nicht sonderlich intelligent aus. »Das war dein Bruder?«

»Was hast denn du gedacht?«

Peter schluckte, er räusperte sich aber noch ein paar Mal, bevor er lahm hervorbrachte: »Was anderes eben.«

»Oh Mann!«, stieß Hanna hervor und verließ Peters Büro.

22. KAPITEL

Sven Hartung wachte am späten Vormittag auf. Er stützte sich auf die Ellbogen. Das Bett neben ihm war leer. »Stefanie?« Sie meldete sich nicht. In der Küche fand er einen Zettel: »Du hast so wunderbar fest geschlafen, da wollt ich dich nicht wecken. Ich muss zur Arbeit. Um fünf Uhr bin ich wieder da. Ich liebe dich!«

Er zog im Bad Stefanies Bademantel an und setzte sich an den Küchentisch auf dem er eine Thermoskanne mit Kaffee vorfand, dazu frische Brötchen, Wurst, Käse, Butter und Marmelade. Er hatte grade begonnen zu frühstücken, als es an der Wohnungstür klingelte. Sein erster Impuls war, einfach nicht zu reagieren. Aber dann öffnete er doch. Peter Heiland und ein anderer Mann, den er nicht kannte, standen im Treppenhaus.

Sven Hartung grinste. »Überrascht?«

»Keineswegs! Dürfen wir reinkommen?«

»Frau Zimmermann ist nicht da.«

»Wir wollten ohnehin zu Ihnen. Mit Frau Zimmermann, die uns gestern angelogen hat, redet eine Kollegin.«

»Sie hat Sie angelogen? Das passt gar nicht zu ihr.«

»Ja, es sei denn, sie hat etwas Wichtiges zu verbergen. Sie war jedenfalls vorgestern zur Tatzeit nicht daheim. Gegen neun Uhr am Abend hat sie das Haus verlassen, gegen 1.30 Uhr ist sie zurückgekehrt.«

»Sagt wer?«

»Eine Zeugin!«

»Gut, das kann ja sein. Aber Sie wollen doch wohl nicht im Ernst Stefanie unterstellen, sie …« Er unterbrach sich und schlug sich ein paar Mal mit der flachen Hand vor die Stirn. »Das gibt es doch nicht.«

»Sie hat uns ungefragt erklärt, sie sei eine gute Schützin.«

»Und? Hätte sie das zugegeben, wenn sie auf Sylvia geschossen hätte?«

»Mein Chef in Stuttgart, der Kommissar Bienzle, pflegte zu sagen: Dr Mensch ischt ein Myschterium!«

Die beiden Kommissare standen zwischen Küchentür und Küchentisch. Sven hatte sich wieder gesetzt. Jetzt zog Peter Heiland, ohne zu fragen, einen Stuhl zu sich heran und nahm ebenfalls Platz. Carl Finkbeiner blieb stehen. Er hatte die ganze Zeit noch nichts gesagt.

»Sie erinnern sich an Guido Markert?«, fragte Peter Heiland.

Sven biss von einem Brötchen ab, nickte und sagte mit vollem Mund: »Ich erinnere mich an ihn.«

»Ohne seine Zeugenaussage wäre Ihr Geständnis damals nicht viel wert gewesen.«

Sven nahm einen Schluck Kaffee. »Tempi passati! Ich hab gehört, bei Ihnen in Schwaben sagt man in so einem Fall: Schon verschmerzt!«

Heiland nickte. »Ganz recht. So sagt man bei uns. Aber das gilt in unserem Fall vielleicht für Sie. Für mich leider nicht!«

Sven Hartung setzte seine Tasse hart ab. »Was heißt denn das?«

»Ich muss wissen, wie es damals wirklich war – damals vor fünf Jahren.«

»Aber warum denn?« Sven sprang auf und scherte sich nicht darum, dass der schmale Bademantel ihn weniger als notdürftig bekleidete. »Die Messe ist doch gelesen. Es gab einen Mord, einen Täter. Mich! Und ich habe meine Strafe abgesessen und kehre jetzt langsam ins Leben zurück.«

»Halte durch, sei stark, vergiss den ganzen Quark. Was ist schon Glück? Nur die Musik«, zitierte Peter Heiland.

»Sven Hartung starrte ihn mit offenem Mund an.

»Woher haben Sie das?«

»Leider hab ich die Melodie vergessen«, sagte Peter. »Aber sie war auf jeden Fall besser als der Text.«

»Deshalb hab ich ihn auch weggeschmissen. Wie gesagt: alles verschmerzt. Tempi passati!«

Zum ersten Mal meldete sich Carl Finkbeiner. »Sie vergessen, es gibt einen zweiten Mord.«

»Ja und?«

»Glauben Sie nicht auch, dass der mit dem ersten zusammenhängt?«, ergriff nun wieder Peter Heiland das Wort.

»Lassen Sie mich in Ruhe! Ich hab mit alledem nichts zu tun.« Er trat dicht vor Heiland hin. »Ich will nur noch komponieren, spielen und endlich mein erstes Album produzieren. Da hab ich drauf zugelebt. Und glauben Sie ja nicht, dass mir irgendwer diesen Traum zerstören kann.«

»Finde ich gut«, sagte Peter Heiland. »Aber wir haben auch Ziele.«

»Und die wären?«

»Den Mordfall Sylvia Hartung aufzuklären, und, wenn es geht, den Mordfall Oswald Steinhorst auch.«

»Ihr Problem!« Sven begann, ein hart gekochtes Ei zu pellen.

23. KAPITEL

»Dieser Kommissar lässt nicht locker«, sagte Sven zwei Stunden später zu seinem Großvater. »Also mir kann das ja egal sein, aber …«

»Ja, dieser Kerl ist einer von der ganz unerträglichen Sorte«, unterbrach ihn der Alte.

»Opa, du weißt, ich will nur eins.«

»Jajaja, deine Musik machen. Das Studio ist dir versprochen, und das kriegst du auch, genauso wie die Summe, die ich dir zugesagt habe. Auf dem Sperrkonto, das ich dafür angelegt habe, ist sogar sehr viel mehr drauf, als wir ursprünglich einbezahlt hatten. Ich hab damit gut gewirtschaftet. Aber durch den Tod von Sylvia …«

»Opa! Du musst mir glauben, damit hab ich nichts zu tun!«

Der Alte schien gar nicht richtig zugehört zu haben. »Sie ist mir wirklich ans Herz gewachsen. Deshalb hab ich sie auch immer nach Kräften unterstützt. Schon beim Gesangsunterricht und danach, wie sie ein Engagement gesucht hat.« Er atmete tief durch, senkte dann den Kopf und nahm ihn zwischen beide Hände. »Ich glaube, am Schluss ist ihr niemand näher gewesen als ich.«

»Lass uns darüber jetzt nicht streiten, Großvater. Ihr ganz großer Fehler war es, Karsten zu heiraten.«

Der Alte fuhr auf. »Und ich hab ihr noch zugeredet. Ich wollte unbedingt, dass sie Mitglied unserer Familie bleibt. Ich wollte sie – ich wollte sie nicht verlieren!«

Sven, der am Kamin lehnte, sah auf den alten Mann in seinem Lieblingssessel hinab. Sylvia war fast 60 Jahre jünger gewesen als Friedhelm Hartung. Es konnte doch nicht sein …? Weiter kam er nicht in seinen Gedanken. Der Großvater hob den Kopf. In seinen Augen standen Tränen. Nie im Leben hätte Sven geglaubt, dass sein Großvater weinen konnte.

Jetzt stand der Alte auf. Er hatte große Mühe, sich aus dem bequemen Sessel hochzustemmen, aber als ihm Sven helfen wollte, wehrte er herrisch ab. »Lass das!« Er drückte beide Hände flach gegen seinen Rücken und kam nur langsam zu Atem. »Es geht nicht um uns«, sagte er jetzt, »es geht nicht um mich und nicht um dich. Es geht um die Firma, das Lebenswerk meines Vaters.« Er legte nun die Hand auf Svens Schulter. »Deines Urgroßvaters! Und um meins, das Werk deines Großvaters, Sven. Deinen Vater wollen wir vergessen, aber zum Glück haben wir ja Karsten.«

Sven antwortete nicht darauf. Als sein Großvater die Hand von seiner Schulter nahm, fühlte Sven ein kurzes Bedauern, einen kleinen Schmerz.

»Dass du dich nur für deine Musik interessierst, ist schade, aber wenn einer bereit ist, so große Opfer dafür zu bringen, muss ja etwas dran sein.«

Sven lächelte den Alten an. »Stell dir vor, ich würde mit Karsten konkurrieren!«

Friedhelm Hartung nickte ernst. »Du würdest verlieren. Aber jetzt erkläre ich dir erst mal …« Er brach ab. Die Haustür ging. Kurz darauf trat Svens Vater Gregor in den Raum. »Hallo, ihr zwei!« Er ging zu einem hohen Spiegelschrank, der die Hausbar enthielt, und öffnete ihn. »Außer mir noch jemand?«, fragte er, und als er keine Antwort bekam, goss er sich selbst ein Glas Whiskey ein. Er warf sich in einen Long Chair, der Friedhelms Sessel gegenüberstand. »Irgendwas Neues?«

»Ich leg mich noch ein bisschen hin, bevor ich wieder ins Büro fahre«, sagte der Großvater und verließ den Raum.

»Findest du dich denn zurecht?«, fragte Gregor seinen Sohn.

»Geht so!«, gab der wortkarg zurück.

»Ich stelle mir das schlimm vor. Fünf Jahre weggesperrt, und inzwischen hat sich so viel verändert ...«

Sven ging nicht darauf ein. »Sag mal, Papa, warum hast du mich in der ganzen Zeit nur vier Mal besucht?«

»Hast du das gezählt?«

»Was glaubst du wohl, mit welchen Gedanken man sich im Knast tagaus, tagein beschäftigt?«

»Wie soll ich dir das jetzt erklären? Es gab ganz klare Abmachungen!«

»*Was* gab es?«

»Na ja, der Familienrat hat es so beschlossen: Der Kontakt zu dir war auf ein Minimum zu begrenzen.«

»Der Familienrat? Du meinst Opa! Lass mich raten: Die Einzige, die widersprochen hat, war Mama!«

Gregor nickte. »Stimmt!«

Sven verließ seinen Platz am Kamin und setzte sich in den Sessel des Großvaters. »Hast du eigentlich jemals etwas für mich empfunden, Papa?«

Gregor Hartung hob den Kopf. »Wie kommst du nur auf so eine Frage?«

Sven schüttelte ärgerlich den Kopf. »Du hast schon immer jede Frage mit einer Gegenfrage beantwortet, statt eine klare Antwort zu geben. So wie jetzt auch wieder.«

»Das ist mir zu kompliziert, Sven. Aber auch wenn ich's verstanden hätte, ich könnte es dir jetzt nicht erklären. Es steht zu viel auf dem Spiel.«

Sven starrte seinen Vater an und wiederholte ungläubig: »Es steht zu viel auf dem Spiel?«

»Das soll dir bei Gelegenheit deine Mutter erklären. Aber mich lass bitte in Ruhe.« Er trank in einem Zug sein Glas aus, ging zur Tür, blieb dort noch einmal stehen und warf einen Blick auf seinen Sohn zurück. »Eines Tages wirst du mich verstehen. So lange kann ich warten. Warten ist eine Disziplin, in der ich mich sehr geübt habe.«

24. KAPITEL

Hanna Iglau saß in der Strafvollzugsanstalt Berlin-Moabit in der Kantine für die Mitarbeiter und kämpfte gegen ihre Müdigkeit. Die Klimaumstellung von Hiddensee nach Berlin machte ihr zu schaffen, und hier drin, in diesem niedrigen Raum mit den angestaubten Grünpflanzen, war es noch viel stickiger als draußen auf den Straßen. Hanna war in eine Art Halbschlaf versunken, aber als sie plötzlich eine grelle Stimme hörte, richtete sie sich auf. »Die Zimmermann? Die ist doch höchstens noch 'nen Monat da!« Dann eine andere Frauenstimme. »Du musst halt mit dem Richtigen vögeln.« Eine dritte lachte: »Da müssteste aber auch so aussehen wie die!« Und nun wieder die erste: »Achtung, sie kommt!« Hanna zog ein Papiertaschentuch aus der Tasche und wischte sich den Schweiß von der Stirn. Die junge Frau, die jetzt an die Theke trat und etwas bestellte, sah sich suchend im Raum um, und als Hanna ihr zuwinkte, nickte sie. Kurz danach setzte sie sich mit einer Tasse Kaffee an den Tisch. »Stefanie Zimmermann«, stellte sie sich vor, »der Direktor hat mir gesagt, dass Sie kommen und mir noch ein paar Fragen stellen wollen.«

»Ja«, sagte Hanna. »Die erste wäre: Warum haben sie meine Kollegen Heiland und Finkbeiner angelogen?«

»Was hab ich?«

Hanna konnte sehr kühl sein. Sie fixierte Stefanie Zimmermann aus ihren grünen Augen: »Sie haben vorgestern Abend ihre Wohnung um neun Uhr verlassen und sind erst lange nach Mitternacht zurückgekehrt.«

»Sagt meine Nachbarin, habe ich recht?«

Hanna nickte. »Und stimmt es, was Ihre Nachbarin sagt?«

Stefanie Zimmermann kaute auf ihrer Unterlippe herum, antwortete aber nicht.

»Sie müssen einkalkulieren, dass es noch mehr Zeugen gibt. Sogar solche, die Sie gesehen, nicht nur gehört haben«, sagte Hanna Iglau.

»Und? Gibt es die?«

»Ich werde es Ihnen nicht sagen. Aber wir Kriminalpolizisten lernen, wenn wir genügend Indizien und Aussagen haben, eine Hypothese aufzustellen, die wir dann natürlich beweisen oder irgendwann verwerfen müssen.«

Stefanie Zimmermann sah Hanna nur fragend an. Dass die anderen Vollzugsbeamtinnen zu ihnen herüberstarrten, schien sie nicht zu stören.

Hanna nahm wieder das Wort. »Ich erkläre Ihnen mal meine Theorie: Nach Sven Hartungs Entlassung waren Sie sich plötzlich nicht mehr so sicher, ob ihre Beziehung weiter bestehen würde, wenn er endlich in Freiheit sein würde.« Sie sah Stefanie an. Aber deren Gesicht verriet nichts.

»Sie sind nach Hause gefahren und haben auf ihn gewartet. Aber er kam nicht. Wir wissen, dass Sven Hartung nicht auf dem schnellsten Weg zu Ihnen gefahren ist, sondern zuerst zu seiner Familie, und dass ihm danach nichts wichtiger war, als seine einstige Verlobte Sylvia zu treffen.«

»Das kann alles sein«, sagte Stefanie Zimmermann.

»Aber Sie waren von einer solchen Unruhe getrieben …«

»Meinen Sie?«

115

Hanna setzte noch mal an: »Sie waren von einer solche Unruhe getrieben, dass Sie gegen neun Uhr das Haus verließen und in den Wildpfad fuhren. Ich verstehe das. Ich hätte wahrscheinlich genauso gehandelt.«

Noch immer wahrte Stefanie Zimmermann ihre ausdruckslose Miene.

»Vielleicht haben Sie gesehen, wie Sven das Haus verlassen hat. Sie sind ihm gefolgt.«

»Und warum habe ich ihn nicht einfach angesprochen?« Die Ironie war unüberhörbar.

»Weil er es wahrscheinlich nicht so toll gefunden hätte, dass Sie ihm nachspionieren.«

Stefanie wich Hannas Blick aus und sah zu Boden.

»Jetzt frage ich mich natürlich: Warum haben Sie das meinen Kollegen nicht gleich erzählt.«

»Hätten Sie das gemacht?«

»Sie geben es also zu?«

»Bis hier hin ja!«

Hanna trank einen Schluck Kaffee, der allerdings inzwischen kalt geworden war. »Eifersucht ist eines der häufigsten Motive für Mord!«

»Ich habe Frau Hartung nicht umgebracht. Denken Sie doch mal nach: Ihr Freund oder ihr Mann – ich weiß ja nicht – also der will nach fünf Jahren seine einstige große Liebe noch einmal sehen. Vielleicht weil es da einiges geradezurücken gilt. Würden Sie dafür diese einstige Geliebte töten?«

»Wohl kaum! Aber dann erzählen Sie mir bitte ganz genau, wie das vorgestern gewesen ist.«

Stefanie Zimmermann rückte ihren Stuhl näher an den Tisch, sah prüfend zu ihren Kolleginnen hinüber und senkte die Stimme. »Sie haben recht. Ich war so durcheinander, weil … er hat mich auch so komisch angesehen, als er die JVA verlassen hat, so anders als sonst, so fremd. Auch deshalb hab ich einfach keine Ruhe gefunden. Ich bin tatsächlich in den Wildpfad gefahren und bin ihm gefolgt bis vor die Oper. Ich bin ja früher Polizistin gewesen. Personenüberwachung kann ich. Schon als er in der Oper verschwand, wollte ich wieder heim. Ich wusste ja, dass seine frühere Verlobte im Chor singt. Das hatte er mir erzählt. Mir war also klar, wen er treffen würde. Aber ich bin geblieben und habe mich gegenüber dem Bühneneingang in einer Haustornische versteckt. Die beiden kamen ziemlich bald heraus. Ich folgte ihnen bis zum Tor der Tiefgarage. Dort blieben sie stehen. Ich hab mich herangepirscht, weil ich natürlich hören wollte, was sie reden.«

»Und?«, fragte Hanna.

»Ich hab nur gehört, wie sie gesagt hat: ›Aber das müssen doch alle erfahren!‹ Er hat irgendetwas geantwortet, was ich nicht verstanden habe. Ihre Stimme dagegen war sehr laut. ›Man kann doch nicht mit so einer Lüge durchs Leben gehen‹, hat sie ihn angeschrien. ›Wenn du es nicht machst, mache ich es‹. Sie rannte in die Tiefgarage hinein. Sven blieb noch ein paar Augenblicke stehen. Er wirkte irgendwie … wie soll ich sagen, hilflos, resigniert, was weiß ich? Jedenfalls kam in diesem Moment ein Taxi vorbei. Er winkte es ab und stieg ein.«

»Und Sie?«

»Ich bin noch bei einer Freundin vorbei, um mich auszuweinen. Ich weiß nicht, ob Sie das verstehen.«

»Doch«, sagte Hanna und bemühte sich dabei um einen sachlichen Ton. »Ich nehme an, Sie geben mir den Namen und die Adresse der Freundin.«

»Ja natürlich!«

25. KAPITEL

»Sie könnte ja auch erst zu der Freundin gegangen sein, nachdem sie Sylvia Hartung erschossen hatte«, sagte Peter Heiland, als Hanna mit ihrem Bericht am Ende war. Peter hatte alle Mitarbeiter, die an dem Fall arbeiteten, in sein Büro gebeten. Wer in dieser Abteilungskonferenz etwas sagen wollte, musste laut reden, denn Heiland hatte beide Fenster weit aufgerissen. Von draußen drang Verkehrslärm herein. Aber kühler wurde es nicht in dem niedrigen Raum, eher im Gegenteil. Die Schwüle, die über der Stadt lag, hatte sich längst auch in den Räumen des Landeskriminalamtes eingenistet.

Carl Finkbeiner schloss jetzt die Fenster. »Vielleicht wird's nach dem angekündigten Unwetter besser«, sagte er.

»Stefanie Zimmermann erscheint mir durchaus glaubwürdig.« Hanna wirkte ein wenig trotzig, als sie das sagte.

Norbert Meier meldete sich. »Ein Mann hätte vielleicht geschossen, wenn sich seine Geliebte von ihm ab- und einer alten Liebe wieder zugewendet hätte.«

Die anderen sahen ihn an. »Was ist denn?«, fragte er.

»Dieser wohlformulierte Satz, Mann, als wär's ein Zitat aus einem Buch.« Jenny Kreuters lachte.

»Aber es stimmt«, sagte Hanna. »Außerdem: Woher hätte sie denn wissen sollen, dass sie in so eine Situation gerät?«

»Braucht sie doch nicht vorher zu wissen«, meldete sich Carl Finkbeiner.

»Und du meinst, sie hat für alle Fälle mal ein Jagdgewehr mitgenommen? ›Man weiß ja nie, was passiert‹, so in der Art?« Das war wieder Jenny Kreuters.

Peter Heiland hatte damit begonnen, im Kreis um seine Mitarbeiter herumzugehen. Jetzt hob er den Zeigefinger: »Diese Sätze: ›Das müssen doch alle erfahren! Man kann doch nicht mit so einer Lüge durchs Leben gehen‹, und dann noch: ›Wenn du es nicht machst, mache ich es‹ – diese Sätze müssen der Schlüssel sein. Wenn wir davon ausgehen, dass Sven Hartungs Geständnis vor fünf Jahren nicht gestimmt hat, könnte man doch annehmen …«

»Ja«, nahm Hanna ihm das Wort aus dem Mund. »Es muss so gewesen sein: Sie hat von ihm erfahren, wie es damals wirklich war, und wollte es nun aller Welt erzählen. Es kann doch sein, dass sie dadurch für irgendwen zu gefährlich geworden wäre.«

»Aber der müsste ja dann auch da gewesen sein«, unterbrach sie Norbert Meier, »und Sven Hartung war da. Dass ihm seine Geliebte ein Alibi geben will, kann man ja verstehen.«

»Das alles zusammen genommen reicht für eine vorläufige Festnahme Sven Hartungs«, sagte Peter Heiland. »Aber alles in mir sträubt sich dagegen, den armen Kerl schon wieder hinter Schloss und Riegel zu bringen.«

Norbert Meier lachte auf. »Zu viel Gefühl am falschen Platz, Chef!« Er redete Peter Heiland nur mit »Chef« an, wenn er ihm zeigen wollte, dass er ihn in dieser Position nicht akzeptierte.

»Von mir aus.« Peter Heiland unterbrach seine Rundwanderung. »Ich werde auf jeden Fall im Augenblick noch keinen Haftantrag stellen.«

»Aber vorläufig festnehmen könnten wir ihn doch«, sagte Meier.

»Könnten wir, tun wir aber nicht, Herr Kollege.« Peter Heiland sprach Meier nur mit »Herr Kollege« an, wenn er zeigen wollte, dass er sich über ihn ärgerte. Versöhnlicher fuhr er fort. »Lassen wir das Wochenende noch vorübergehen. Wenn ich von der Schwäbischen Alb zurück bin, sind wir vielleicht ein Stück weiter. Danke euch!« Das waren die zwei

Worte, mit denen er die Abteilungskonferenzen zu beenden pflegte. Alle außer Hanna Iglau verließen den Raum. »Können wir noch reden, ehe du fährst?«, fragte sie.

»Wir können gleich reden.«

»Nicht im Büro bitte.«

»Na gut. Heute Abend«, er grinste, »bei mir oder bei dir?«

»Treffen wir uns bei Andreas im ›Ta Panta Ri‹. Wann kannst du?«

»Halb acht!«

»Prima.«

26. KAPITEL

Sven Hartung hatte sich am Nachmittag in sein Studio im Souterrain der Villa zurückgezogen. Er wollte eine Art Inventur machen. Die Instrumente wollte er zum Teil mitnehmen. Aber die gesamte technische Einrichtung war veraltet. Er hatte schon damals, vor seiner Verhaftung, geplant, die Anlage durch eine modernere zu ersetzen. Und inzwischen war die Entwicklung noch weiter gegangen. Deshalb wollte er sich auf dem schnellsten Wege kundig machen, was der neueste Stand war, und sich dann entsprechend neu einrichten. Allerdings nicht hier. Die Villa wollte er weit hinter sich lassen. Und zwar endgültig.

Die Tür ging auf. Svens Mutter trat herein. »Störe ich?«

»Du doch nicht!«

Anneliese Hartung setzte sich auf einen Hocker neben dem Mischpult. »Fängst du wieder an zu komponieren?«

»Ja, aber nicht hier.«

»Du willst uns also wirklich verlassen?«

Sven lachte auf. »Ihr habt doch mich verlassen, Mama. Du vielleicht nicht, aber alle anderen.«

Sie sagte nichts darauf. Sehr aufrecht saß sie da. Eine mädchenhafte Erscheinung, trotz ihrer bald 60 Jahre. Die Beine eng parallel nebeneinander, die Knie geschlossen. Ihre erstaunlich glatte Gesichtshaut glänzte ein wenig vom Schweiß, dem auch sie in den Wechseljahren nicht entging, was Sven verwunderte. Seine Mutter war ihm als Kind schon so erschienen, als könne ihr nichts etwas anhaben. Jetzt sah sie ihren Sohn aus ihren ungewöhnlich hellen Augen forschend an. »Und du hast dir das gut überlegt?«

»Oh ja. Ich hatte ja lange genug Zeit.« Er hob das Manual eines Synthesizers an und prüfte die Kabelanschlüsse.

»Was machst du mit all den Sachen?«, fragte seine Mutter.

»Die kriegt die Band im Knast!«

»Willst du denn mit diesen Leuten …?« Sie brach ab.

»Mama! Das sind Menschen wie du und ich.«

»Na ja, ich weiß nicht.«

Sven stellte das Manual ab, nahm sich einen Hocker und stellte ihn dicht vor seiner Mutter ab, setzte sich ihr gegenüber und nahm ihre Hände in die seinen. »Sag: Was weißt du über den Tod von Steinhorst – hast du eine Ahnung, was ich damit zu tun hatte?«

»Ich hab das nie geglaubt. Aber als du es zugegeben hast …«

»Und Großvater hat nie mit dir darüber gesprochen?«

»Nein. Nicht direkt. Er hat uns damals alle zusammengerufen, und dann hat er eine von seinen Reden gehalten. Ich war so durcheinander, dass ich gar nicht genau mitgekriegt habe, was er gesagt hat. Nur, wir müssten jetzt akzeptieren, dass du für ein paar Jahre ins Gefängnis müsstest. Er sagte dann noch, dass wir den Kontakt zu dir so gering wie möglich halten sollten. Am besten sollten wir ihn ganz aufgeben. Die Gründe habe ich vergessen. Aber ich weiß noch, dass ich dagegen protestiert habe. – Du kennst deinen Großvater. Er ist mir sofort über den Mund gefahren: ›Hättest du mal deine Kinder anständig erzogen, dann wär es gar nicht so weit gekommen.‹« Anneliese Hartung zog ihre Hände aus denen ihres Sohnes und knetete sie vor der Brust. »Dabei …« Sie schloss den Mund. Sven sah ihr aufmerksam ins Gesicht. »Was wolltest du sagen?«

Sie stand auf, strich ihren Rock glatt, fuhr ihrem Sohn kurz mit dem Handrücken über die Wange und sagte: »Ach, das liegt alles so weit zurück.«

Sven fasste seine Mutter bei den Schultern. »Du hast mich jeden Monat mindestens einmal besucht, hat das der Alte gewusst?«

»Nein, und er hätte es auch nicht erlaubt. Wie gesagt: Es musste alles nach seinem Plan gehen. Einmal hat er zu mir gesagt: ›Sven wird mir noch mal dankbar sein.‹ Ich habe nicht verstanden, was er damit gemeint hat.« Anneliese Hartung ging zur Tür, doch ihr Sohn hielt sie noch einmal zurück. »Warum tust du dir das alles an, Mama?«

»Was meinst du?«

»Du lebst in diesem Haus wie eine Fremde. Papa kümmert sich einen Dreck um dich. Der Alte schurigelt dich. Karsten verhält sich total gleichgültig …«

Langsam drehte sie sich um und kam ein paar Schritte auf Sven zu. »Du müsstest doch wissen, wie es ist, Opfer zu bringen«, sagte sie sehr leise.

»Aber es muss sich lohnen, Mama!«

»Woher willst du wissen, dass es sich für mich nicht lohnt oder doch zumindest früher einmal gelohnt hat?«

Sven sah sie verständnislos an. »Das musst du mir erklären.«

»Ja. Aber nicht jetzt, Sven.« Sie ging rasch hinaus und zog die Tür ins Schloss.

27. KAPITEL

Das »Ta Panta Ri« lag in der Düsseldorfer Straße. Der Wirt Andreas Padsalidis stammte aus Zypern und achtete darauf, dass seine Speisen nach echt zypriotischen Rezepten zubereitet wurden. Peter Heiland war schon kurz nach sieben Uhr gekommen und saß an einem Tisch auf dem breiten Gehsteig. Ein kühler Luftzug war zu spüren. An Berlin waren die angekündigten Gewitter wohl vorbeigezogen, aber irgendwo, nicht allzu weit entfernt, musste es geregnet haben. Peter bestellte bei Andreas schon mal ein Bier und als kleine Vorspeise Auberginensalat mit Schafskäse.

Am Nachbartisch saßen zwei Männer, der eine schon über 70, der andere Anfang 50. Heiland horchte auf, als der Ältere sagte: »Ich kann doch meinen Kommissar nicht mehr ändern, bloß weil diese Redakteurin plötzlich die Idee hat, er könnte auch schwul sein.«

»Schwul ist nu mal heute in«, sagte der Jüngere und lachte.

»Nach drei Romanen! So eine Persönlichkeitsveränderung! Da fasst du dir doch an den Kopf.«

»Wie kommt die überhaupt darauf?«

»Eine Produktionsfirma hat angefragt wegen einer möglichen Verfilmung, und die haben sich auch schon mal getroffen. Natürlich in der ›Paris Bar‹, hat die Tussi ganz stolz erzählt. Und da haben die wahrscheinlich gemeinsam diese total kreative Idee entwickelt.«

Die beiden bestellten eine Flasche Demestica weiß, und der Jüngere begann dem anderen eine Geschichte zu erzählen, die er wohl grade entwickelte. »Also pass auf: Der beste Kumpel des Kommissars, ein Kollege von ihm, arbeitet undercover und ist von dem Leben auf der Gegenseite so fasziniert, dass er klammheimlich die Seiten wechselt. Mit seinem Polizeiwissen kann er den Coup super vorbereiten. Und er kann sogar die ermittelnden Beamten noch in die Irre schicken. Dann landet er den größten Geldraub des Jahrzehnts.«

»Und? Gewinnt er am Schluss?«

»Ausgeschlossen! Das ist die Bedingung. Am Ende wird der Täter immer überführt, und der Kommissar gewinnt! Weißte doch!«

Peter Heiland lachte laut auf. Die beiden Männer schauten herüber. »Ist was?«, fragte der jüngere der Autoren.

»Schön wär's, wenn wir am Ende immer gewinnen würden!«

»Sind Sie etwa Kriminalbeamter?«

Peter nickte. »Und ich arbeite genau in dem Bereich, über den Sie offenbar schreiben: Mord und Totschlag sozusagen.«

»Oh du liabs Herrgöttle von Biberach, wie hent di d'Mucka verschissa!«, rief der Ältere.

»Ach«, machte Heiland, »auch Schwabe? War übrigens der Lieblingsspruch meines Chefs in Stuttgart.« Er beugte sich zu den beiden hinüber. »Also wenn Sie mal wissen wollen, wie's bei uns wirklich zugeht, melden Sie sich.« Er reichte beiden eine Visitenkarte.

Der Jüngere studierte das Kärtchen und rief: »Ist ja cool! Heißen Sie wirklich so?«

Der ältere Schriftsteller sagte: »So selten ist der Name nicht bei uns.«

In diesem Augenblick stieg Hanna aus ihrem Mini Cooper und trat zu Peter Heiland. »Bin ich zu spät?«

»Nein, ich war zu früh.«

Die beiden Autoren zogen sich wieder in ihr eigenes Gespräch zurück.

»Was magst du essen?«, fragte Peter Heiland.

»Nur eine Kleinigkeit. Gefüllte Weinblätter vielleicht.«

Der Wirt Andreas, der das gehört hatte, sagte: »Dolmatakia, ist in Ordnung, und einen Roten dazu?«

»Ja gerne!«

»Und soll der Koch euch noch eine Portion Keftetes machen – Hackfleischbällchen mit Tsatsiki?«

»Ist gebongt«, sagte Peter. »Ich trinke noch ein Bier.«

Der Wirt verschwand im Lokal. Die Nachbarn diskutierten mit vorgestreckten Köpfen und heftig gestikulierend. Peter und Hanna sahen sich an und wirkten beide verlegen.

»Und?«, fragte Peter Heiland endlich.

»Was meinst du?«

»Du wolltest mit mir reden.«

»Stimmt. Aber auf einmal ist mir nicht mehr danach.«

Peter lehnte sich weit gegen die Stuhllehne zurück, blickte in die Kastanie hinauf, unter der sie saßen, und spitzte den Mund als ob er pfeifen wollte.

Schließlich ergriff Hanna wieder das Wort. »Jetzt im Urlaub auf Hiddensee hab ich mich nicht nur räumlich weit weg gefühlt von dir.«

Peter sagte nichts. Aber plötzlich wurde ihm klar, dass er die ganzen 14 Tage über kaum an Hanna gedacht hatte. Sie sah ihn lange an und sagte schließlich: »Früher hatte ich manchmal schon nach einem Tag so eine Sehnsucht …«

»Sehnsucht«, was für ein altmodisches Wort, dachte Peter Heiland. Er sah weiter in die Baumkrone hinauf und versuchte, einzelne Zweige den großen Ästen zuzuordnen, aus denen sie herauswuchsen. »Und jetzt?«, fragte er schließlich.

»Ich weiß nicht. Du warst plötzlich weg.«

»Wie weg?«

»Weg eben.«

»Aber jetzt bin ich doch da!«

Hanna stieß die Luft aus. »Du verstehst es nicht!«

Andreas brachte den Wein, das Bier und die Vorspeise und schaute kritisch auf die beiden hinunter. »Alles in Ordnung?«

»Mal sehen!«, antwortete Peter, und Hanna sagte im gleichen Augenblick: »Keine Ahnung!«

Die Autoren am Nachbartisch zahlten, riefen den beiden »Einen schönen Abend noch!« zu und gingen zu einem Motorroller, der auf dem gegenüberliegenden Gehsteig geparkt war. »Die schreiben Kriminalromane«, sagte Peter. Aber Hanna schien das nicht zu interessieren. Sie wollte dahinterkommen, was sich in den letzten Monaten verändert hatte. Sie hatte sich Peter so nahe gefühlt, nachdem sie das erste Mal miteinander geschlafen hatten. Aber er brachte immer wieder eine spürbare Distanz zwischen sich und sie. Vertrauten Momenten, die sie über alles genoss, folgten oft unmittelbar Augenblicke der Ferne, die von ihm ausgingen. Sie verkraftete das nicht mehr. In solchen Fällen fehlte ihr eine gute Freundin, mit der sie sich hätte aussprechen können. Aber so jemanden gab es in ihrem Leben nicht. Wie konnte sie ihm das erklären, wie beschreiben, dass sie sich, selbst wenn er da war, manchmal unsäglich alleine fühlte? Einmal hatte sie sich Wischnewski anvertraut, als der noch ihr Abteilungsleiter gewesen war, und der hatte über Peter gesagt: »Er ist ein schwieriger Charakter. Aber kein schlechter Kerl. Ich glaube, er möchte oft ganz anders sein, schafft es aber nicht. Ist das nicht bei uns allen ein bisschen so?« Und als sie ihn erstaunt angesehen hatte, weil sie solche Töne absolut nicht von ihm gewöhnt war, hatte Wischnewski schief gegrinst und gesagt: »Gucken Sie nicht so. Ich werde nicht langsam altersweise. Ich versuche nur grade, ein bisschen was über mich selber herauszufinden.«

Hanna hob den Blick. Peter Heiland saß ihr unverändert gegenüber, den Kopf weit in den Nacken gelegt und den Blick noch immer nach oben in die Baumkrone gerichtet.

Plötzlich tobte eine Windböe durch die Düsseldorfer Straße, wirbelte Staub und Blätter auf und zerrte an den Tischtüchern. Andreas erschien unter der Tür und sah bedenklich in den Himmel hinauf. Eine schwarze Wolke schob sich über die Dachkanten der Häuser auf der anderen Straßenseite. Die nächste Böe war noch heftiger. Von einigen Tischen, die nicht besetzt waren, riss ein Windstoß Tischtücher und Servietten hoch und wirbelte sie durch die Luft. Die Gäste sprangen auf, nahmen ihre Gläser und Teller und rannten ins Innere des Lokals. Einige halfen dem Wirt, die Tischtücher und die Servietten einzufangen. Übergangslos begann es zu schütten wie aus Kübeln. Wer sich noch nicht in Sicherheit gebracht hatte, wurde auf den wenigen Metern bis ins Lokal völlig durchnässt.

Hanna Iglau und Peter Heiland hatten es rechtzeitig geschafft und saßen nun an einem Tisch im hinteren Teil der Gaststube. Andreas brachte ungefragt jedem der beiden noch eine kleine Karaffe Wein und nötigte sie, einen Ouzo mit ihm zu trinken. »Ihr wart auch schon mal fröhlicher«, sagte er.

»Was heißt *auch*«, fragte Peter. »Hast du einen Grund, nicht fröhlich zu sein?«

Der Wirt drehte die Hände hin und her.

»Irgendwelche Probleme?«, hakte Heiland nach.

Andreas winkte ab. »Keine, die ein Mann nicht lösen könnte.« Damit verließ er den Tisch.

Hanna lachte auf und wiederholte: »Keine, die ein Mann nicht lösen könnte. Klingt wie ›ein Mann muss tun, was ein Mann tun muss‹ aus irgendeinem Western. Armer Andreas!«

Peter grinste ein wenig verlegen. »Tja, wenn der Mann mal wüsste, was er tun muss.« Und dabei blieb es. Sie begannen, über die Arbeit zu reden. Zwischendurch entstanden lange Pausen. Aber Hanna schaffte es nicht loszuwerden, was sie ihm eigentlich hatte sagen wollen.

Nach einer Viertelstunde hörte es genauso plötzlich auf zu regnen, wie es begonnen hatte. Peter bezahlte, und sie verließen das Lokal. Die nasse Straße dampfte in der Hitze, die nur geringfügig weniger war. »Und nun?«, fragte Peter Heiland.

Hanna hob die Schultern. »Ich weiß nicht. Ich weiß nur, dass ich furchtbar unglücklich bin.«

»Und wenn ich jetzt mitkäme?«

Sie schüttelte den Kopf. »Fahr du mal in dein geliebtes Schwaben!« Sie küsste ihn auf die Wange und dann doch auch noch kurz auf den Mund, stieg rasch in ihren Mini und fuhr davon. Peter blieb mit hängenden Armen am Bordstein stehen. Andreas trat zu ihm. »Denk nicht drüber nach. Wir werden die Frauen nie verstehen.«

Gemeinsam kehrten sie ins Lokal zurück. Peter blieb am Tresen stehen, nahm noch den einen oder anderen Ouzo zu sich und ließ sich von dem Wirt erzählen, dass dessen Frau gedroht habe, ihn zu verlassen. Er sei ja viel mehr mit seinem Lokal verheiratet als mit ihr. Plötzlich tauchte der jüngere der beiden Krimischreiber auf und stellte sich neben Heiland. »Ich hab den Kollegen nach Hause gefahren, wir haben noch einen guten Württemberger Wein getrunken, aber für mich ist es noch nicht Zeit fürs Bett. Übrigens, ich heiße Boris.«

»Peter!«

»Ja, hab ich auf der Visitenkarte gelesen.«

Sie schwiegen eine Weile. Aber dann wendete sich Heiland direkt dem Schriftsteller zu. »Ich erzähle Ihnen jetzt mal von unseren Ermittlungen, wenn Sie das nicht langweilt.«

»Boris!«, sagte der andere nachdrücklich, als müsste er sich noch einmal vorstellen.

»Gut, ich erzähl dir jetzt mal …« Und Peter Heiland berichtete zuerst von dem Fall Steinhorst, den Boris aus der Presse zu kennen schien, dann von der Ermordung Sylvia Hartungs.

»Die Sängerin von der Deutschen Oper?«, fragte Boris. »Ich hab da was in der Zeitung gelesen.«

Peter nickte. Als er zum Ende kam, sagte der Krimischreiber: »Also wenn es ein Roman wäre, wären der Musiker aus dem Knast und sein geschäftstüchtiger Bruder gar keine Brüder. Und der Ältere hätte den Jüngeren reingeritten, nur weil er die Frau haben wollte und die Firma natürlich.«

»Fragt sich nur, warum der Jüngere dann ganz freiwillig ein Geständnis abgelegt hat«, warf Peter Heiland ein.

»Freiwillig? Also in meiner Geschichte wäre er dazu erpresst worden. Weil sein älterer Bruder – ich sage nur Jakob und Esau, alle Geschichten gibt's schon in der Bibel – also weil sein älterer Bruder etwas über ihn weiß, was niemand erfahren darf. Jakob hat seinen Bruder gegen ein Linsengericht verraten. Fragt sich, wo liegt in deinem Fall der Verrat?«

»Wissen wir nicht.«

»Krieg's raus!« Boris hob sein Glas.

Sie verließen gegen Mitternacht gemeinsam das Lokal. Auf der Straße sagte Peter Heiland: »Vielleicht passen Kain und Abel besser als Jakob und Esau?« Boris nickte ein paar Mal. »Kain und Abel sind die Söhne Adams und Evas gewesen, oder?«

»Stimmt genau.«

»Und Kain ist sauer, weil Gott das Opfer seines Bruders Abel höher schätzt als sein eigenes.«

»Stimmt auch.«

»Kain wird damit nicht fertig. Der Zorn in ihm steigt immer höher, bis er endlich seinen Bruder Abel erschlägt.«

Peter Heiland nickte: »Der erste Mörder in der Geschichte der Menschheit.«

28. KAPITEL

Peter Heiland nahm am Samstag den Zug um 8.48 Uhr ab Bahnhof Spandau. Auf der Suche nach einem Platz sah er plötzlich seinen Kollegen Kurt Reiber, Leiter der 3. Mordkommission, an einem Vierertisch. Er hatte sein Gepäck so geschickt auf die restlichen drei Sitze verteilt, dass niemand auf die Idee kommen konnte, da sei noch ein Platz frei. Zu seinen Füßen schlief auf einer Decke die Mopshündin Juliane. Peter Heiland wollte sich, das Gesicht abgewendet, vorbeidrücken, aber da hob Reiber grade den Kopf und entdeckte den Kollegen. »Na so was!«, rief er. Juliane sah auf und gab ein kurzes »Wuff« von sich, streckte sich dann aber gleich wieder lang aus und legte den Kopf auf ihre Pfoten.

Peter war überzeugt, dass Reiber den Reflex sofort bedauerte. »Ich will dich nicht stören!«, sagte er schnell. »Aber sag mal: Du bist doch so ein leidenschaftlicher Autofreak und fährst doch sonst nie mit dem Zug?«

»Stimmt. Aber ich hol ein neues Fahrzeug in Ingolstadt ab, und meine alte Karre hab ich schon verkauft.« Er deutete auf eine Plastiktüte auf dem Sitz neben sich, aus der zwei Nummernschilder herausschauten. »Und wo fährst du hin?«

»Nach Hause. Mal wieder meinen Opa besuchen.«

»Aber ihr habt doch so einen brisanten Fall, kannst du denn da weg?«

»Okay! Zugegeben. Es gibt eine Spur, die nach Albstadt-Ebingen führt.«

»Wo immer das auch ist …« Kommissar Reiber begann halbherzig, ein Gepäckstück von einem Sitz auf einen anderen zu verlagern.

»Lass mal«, sagte Heiland. »Ich hab eine Platzkarte für einen der nächsten Wagen. Du steigst sicher in Kassel um.«

Reiber nickte.

»Dann treffen wir uns vielleicht für 'ne halbe Stunde im Speisewagen?«

»Gute Idee. Sagen wir um elf?«

»In Ordnung!« Heiland ging rasch den Gang hinunter, und Reiber legte das Gepäckstück zurück.

Peter Heiland hatte keine Platzkarte, aber er fand im übernächsten Wagen einen Einzelplatz, der zwar ab Berlin reserviert war, an dem aber niemand saß.

Über Reiber wusste er nicht viel, was wohl daran lag, dass sie beide gleich zurückhaltend waren, wenn es darum ging, über sich selbst zu reden. Immerhin hatte er erfahren, dass der Kollege Soziologie studiert, das Studium aber abgebrochen hatte. Warum er zur Polizei gegangen war, darüber wurde unter den Kollegen nur spekuliert. Einer wollte gehört haben, seine Freundin sei bei einem Verbrechen ums Leben gekommen, die Polizei habe aber den Fall nicht aufklären können, was dann Reiber im Alleingang gelungen sei. Ob dies stimmte oder eine Legende war, wusste Heiland nicht. Und es wäre ihm auch nicht in den Sinn gekommen, Reiber danach zu fragen.

Etwas anderes war es, den Kollegen auf seinen gerade abgeschlossenen Fall anzusprechen.

Als sie sich im Speisewagen gegenübersaßen – die Hündin Juliane hatte wie selbstverständlich den Platz neben ihrem Herrchen eingenommen – sagte Peter Heiland: »Gratuliere zu eurem Erfolg. Du hast tatsächlich diesen Spielplatzmörder überführt. Und das auch noch im Fernsehen vor laufenden Kameras. Mitten in einer Talkshow. Das muss man erst mal schaffen. Ich glaube, ich würde in so einer Situation keinen Ton rauskriegen.«[*]

Reiber hob die Schultern. »Ich war ja gut vorbereitet. Und diesen Mann hatte ich schon lange im Visier.« Er bestellte ein Bier.

»Keinen Wein?«, fragte Peter, »du kommst doch aus einer Winzerfamilie.«

»Grade deshalb. Ich bin da sehr wählerisch.«

Peter Heiland nahm Nürnberger Rostbratwürstchen und ebenfalls ein Bier.

»Wie steht's denn um euren Fall?«, fragte Reiber.

Heiland erzählte in dürren Worten, wie weit sie in den Ermittlungen gekommen waren.

»Das läuft aber dann doch alles auf diesen Sven Hartung als Täter hinaus«, meinte Reiber.

Peter lächelte. »Grade dein letzter Erfolg zeigt doch, dass das Offensichtliche nicht auch das Richtige sein muss.«

Kommt aber schon auch mal vor, oder?«

Peter nickte, nahm einen großen Schluck Bier und wendete sich seinem Essen zu. Er hatte keine Lust, weiter darüber zu diskutieren.

Das Gespräch versandete nach und nach. Beide waren froh, als sie wieder auf ihre Plätze zurückkehren konnten.

Von Stuttgart ging es mit einem Regionalexpress

---

[*] *Peter Brock: BLUTSAND*

zunächst nach Tübingen und dann von dort über Balingen nach Albstadt-Ebingen. Als er ausstieg, atmete Peter Heiland erst einmal tief durch. Zwar war es auch hier sommerlich warm, aber die Temperatur war wesentlich angenehmer als in Berlin.

29. KAPITEL

Christina Reichert hatte in einer kleinen Pension ein Zimmer für ihn gebucht. Das Haus mit nur fünf Gästezimmern lang hoch am Hang des Schlossbergs und bot einen schönen Blick auf das Zentrum der Stadt. Die Wirtin, eine korpulente Frau um die 60 mit einem rosigen runden Gesicht, umrahmt von grauen Haaren, die glatt bis zu den Schultern hinabfielen, stellte sich als »Frau Auberle« vor. Dass ihr neuer Gast ein Kriminaler aus Berlin war, hatte sie dem Telefonat mit dessen Sekretärin entnommen. Aber als er sagte »Schöns Zimmer, des gfällt mir«, wunderte sie sich doch. »Klingt, als ob Sie a Schwob wäret.«

»Klingt nicht nur so, es ist so«, antwortete Heiland. »Und was hent sie dann in Berlin verlore?«

137

Der Neuankömmling lächelte. »In Berlin gibt's fast 200.000 Schwaben. Wir sind nach den Türken die größte ethnische Minderheit.«

»Trotzdem«, sagte die Wirtin, erklärte aber nicht, was sie damit meinte.

Ob er einen Kaffee kriegen könne, fragte Peter Heiland.

»Kein Problem! Am besten, Sie kommen in den Frühstücksraum.«

Frau Auberle servierte den Kaffee mit einem Stück frisch gebackenem Zwetschgenkuchen und setzte sich zu ihrem Gast an den Tisch. »Was hent Se denn vor bei uns in Ebingen?«

»Neugierig sind Sie nicht, gell?«, sagte Peter.

»Noi. I will bloß alles wisse!« Sie lachte.

»Sagt Ihnen der Name Guido Markert etwas?«

Die Wirtin nickte. »Ich kenn ihn flüchtig. Manchmal bringt seine Firma Gäste bei uns unter.«

»Hat er denn auch schon mal Gäste aus Berlin gehabt?«

»Da müsst ich grad amal gucka.«

Peter aß den Zwetschgenkuchen mit Genuss. Der Kaffee war ihm zu dünn, aber das sagte er nicht.

»Möget Se noch a Stückle Kuche?«, fragte Frau Auberle.

Heiland schüttelte den Kopf. »Danke. Aber wenn Sie mal nachsehen könnten, wen die Firma Markert schon mal bei Ihnen untergebracht hat?«

»Ja hent Sie's so eilig?«

»Na ja, was weg ischt, brummt nimmer, hat mein Chef in Stuttgart immer g'sagt.«

Das schien sie zu überzeugen. Frau Auberle ging zu einem Bauernsekretär aus hellem Fichtenholz, klappte die Schreibfläche herunter und entnahm einer Schublade das Gästebuch. »Wollet Se selber gucka?«

»Am liebsten ja, wenn es Ihnen nichts ausmacht.«

Er nahm das Buch mit auf sein Zimmer, setzte sich im Schneidersitz auf sein Bett und begann, sorgfältig jede Seite zu studieren. Die Pension war nicht besonders gut ausgelastet. Es gab Tage ohne jeden Eintrag, dann aber auch wieder Seiten, auf denen für ein Datum sieben Gäste, so viele wie das Haus Zimmer hatte, eingetragen waren.

Immer mal wieder fielen ihm die Augen zu. »Reisen macht müde«, pflegte sein Opa Henry zu sagen. »Und für was soll's auch gut sein? Überall ist man auf der Erde, und der Himmel ist über einem.« Peter seufzte. Sein Großvater war 1925 geboren. Nächstes Jahr wurde er 92. Er gehörte zu der Generation, die den zweiten Weltkrieg bewusst miterlebt hatte. Damals waren die Deutschen viel herumgekommen in der Welt. Reisen hatte man das freilich nicht nennen können. Und danach hatte es lange gedauert, bis deutsche Reisende in anderen Ländern willkommen waren. Man begegnete ihnen oft mit Argwohn und Ablehnung. »Das hab ich mir net antun wolle«, sagte Heinrich Heiland. Und so verreiste er im Jahr 1972 zum ersten Mal ins Ausland. Nach Italien an den Gardasee. Im Jahr darauf starb seine Frau Elise. Und alleine wollte er schon gleich gar nicht verreisen. Zehn Jahre später verunglückten sein Sohn und seine Schwiegertochter.

Heinrich Heiland war da 57 und hatte das Waisenkind, seinen kleinen Enkel Peter, zu sich genommen. Den Vorschlag, den Jungen in einem Heim unterzubringen, hatte er empört abgelehnt. Er ging in Frühpension, verpflichtete eine Haushälterin und widmete sich künftig seinem Enkel und seiner Aufgabe als einziges sozialdemokratisches Gemeinderatsmitglied in seiner Heimatgemeinde.

Peter Heiland wollte das dicke Gästebuch der Pension Auberle gerade zuklappen und sich ein wenig ins Bett legen, da fiel sein Blick auf den Namen Gregor Hartung, wohnhaft 14193 Berlin, Wildpfad 127. Die Datumszeile sagte ihm, dass Sven Hartungs Vater am 17. Oktober 2014 in Ebingen gewesen war. Er hatte zwei Nächte hier übernachtet.

Plötzlich war Peter Heiland wieder hellwach. Er blätterte immer weiter zurück. Im März 2012 war eine Sylvia Niedermeier eingetragen, allerdings ohne Angabe einer Adresse. Niedermeier war der Geburtsname von Sylvia Hartung. Es konnte natürlich ein Zufall sein, dass eine andere Frau dieses Namens hier logiert hatte. Leider fand er keinen Eintrag, wer das Zimmer für sie gebucht hatte. Und Frau Auberle, die er später dazu befragte, konnte sich beim besten Willen nicht mehr an die Frau erinnern.

Inzwischen hatte sich die Abenddämmerung über die Stadt gelegt. Peter streckte sich in seiner ganzen Länge auf dem Bett aus und griff nach einer Broschüre, die auf seinem Nachttisch lag. Gleich nach dem Ende des

Dreißigjährigen Krieges, las er da, hatten sich in Ebingen Weber angesiedelt. Seitdem wurden in der Stadt Textilien produziert. Schon 1664 gab es 15 Weber, um 1788 hatte sich deren Zahl verdoppelt. Dazu kamen 53 Strumpfwirker und 20 Bortenwirker. 1834 wurden erste Fabriken gegründet. Ein Mann namens Johannes Mauthe setzte die erste Dampfmaschine und zwei Jahre später die erste Rundstrickmaschine ein. Samt und Manchesterstoffe wurden hergestellt, neben den gängigen Trikotwaren, welche die Ebinger in alle Welt verkauften. Peter Heiland hatte keine Lust mehr, sich weiter mit dieser Art Volkshochschulwissen zu beschäftigen. Dass die Textilindustrie auf der Schwäbischen Alb längst ihre Bedeutung verloren hatte, wenn man von der Firma Trigema in Burladingen, nicht weit von Ebingen, einmal absah, war ihm bekannt. »Wahrscheinlich ist dieser Markert in irgend so ein Pleiteunternehmen eingestiegen«, sagte er vor sich hin und war Sekunden später eingeschlafen.

30. KAPITEL

»Sie erinnern sich wahrscheinlich nicht mehr an mich«, sagte Peter Heiland am nächsten Vormittag gegen zehn Uhr zu Guido Markert. Obwohl Samstag war, traf er den Firmenchef in dessen Büro an. Eigentlich hatte er sich nur vom Portier bestätigen lassen wollen, ob die Adresse Hornissenweg 17, noch stimmte, die er auf dem Brief an Frederic Möhlmann als Absender gelesen hatte. Er hatte versucht, den Mann im grauen Mantel in ein Gespräch zu verwickeln, um zu erfahren, wie es der Firma so ging. Aber der hatte nur gesagt: »Wenn Sie zum Chef wollet, der sitzt drobe in seim Büro.«

»Nein, tut mir leid«, sagte Guido Markert.

»Ich hätte Sie auch nicht wiedererkannt«, antwortete der Kommissar aus Berlin. Markert war fett geworden. Vor fünf Jahren war dieser Mann noch schmal und drahtig gewesen. Seinen teuren Designeranzug trug er seinerzeit mit einer gewissen Grandezza. Jetzt war der Anzug wahrscheinlich um einiges teurer, aber er konnte die lasche, fette Figur darunter nicht verbergen.

Peter Heiland legte seinen Polizeiausweis auf den Tisch. Er musste lächeln. Das Foto darauf war ziemlich genau fünf Jahre alt. Auch er hatte sich verändert.

Guido Markert nahm die rote Ausweiskarte in die Hand, prüfte sie, verglich das Foto mit seinem Gegenüber, nickte dann und legte sie auf den Konferenztisch zurück. »Jetzt erinnere ich mich. Was führt Sie zu mir?«

Eine Sekretärin brachte Kaffee und Gebäck.

»Ich nehme an, Sie haben von dem Mord an Frau Hartung gehört.«

Markert nickte, nahm eine Hand voll Kekse vom Teller und begann sie nacheinander zu verschlingen.

»Haben Sie noch Kontakt zur Familie Hartung?«

Markert schüttelte den Kopf und futterte weiter Kekse.

»Auch nicht gehabt, seitdem Sie von Berlin weg und hierher gezogen sind?«

»Nein!«

»Aber Sie hatten doch Besuch von Gregor Hartung und von Sylvia …«

Ein Keks fiel auf den Boden und rollte unter den Schreibtisch des Firmenchefs.

»Wie kommen Sie auf so was?«

»Durch Zufall, um ehrlich zu sein. Ich wohne in der Pension Auberle und hab im Gästebuch die Namen der beiden gefunden.«

Guido Markert wischte seine Finger umständlich an einer Serviette ab und führte dann seine Kaffeetasse zum Mund. Aber er setzte sie wieder ab, ohne getrunken zu haben. »Hatte ich irgendwie vergessen.«

»Was wollten denn die beiden von Ihnen?«

»Weiß ich nicht mehr.«

»Das glaube ich Ihnen nicht.«

»Dann lassen Sie's eben«, gab Markert patzig zurück.

Peter Heiland ließ sich nicht anmerken, dass er sich darüber ärgerte. »Warum grade Ebingen?«

»Es ist sehr schön hier. Ich wollte schon immer in so eine ruhige, landschaftlich reizvolle Gegend. Und die Textilindustrie hier hat Tradition.«

Peter zog den Brief aus der Tasche, den ihm Frederic Möhlmann überlassen hatte und las vor: »*Jetzt bin ich schon fast ein halbes Jahr hier oben auf der Schwäbischen Alb. Es ist eine ganz andere Welt. An die Leute hier gewöhne ich mich nur schwer. Auch kann ich der bergigen Umgebung nicht viel abgewinnen. Aber ich bin so sehr damit beschäftigt, meine erste eigene Kollektion auf die Beine zu stellen, dass ich das alles nur wie durch einen Schleier wahrnehme* – Ihre Worte, Herr Markert.«

»Wo haben Sie das her?«

»Von Frederic Möhlmann, Ihrem früheren Nachbarn. Er bittet Sie übrigens, Ihre Schulden bei ihm zu begleichen.«

Markert starrte Peter Heiland an. Schweißperlen waren auf seine Stirn getreten. Er atmete kurz. »Wieso mischen Sie sich derart in meine Angelegenheiten?«, stieß er hervor.

»Ich mische mich nicht in Ihre Angelegenheiten. Ich ermittle in einem Mordfall!«

»Aber was habe ich damit zu tun?«, schrie Markert. Er sprang aus seinem Sessel auf, blieb aber abrupt stehen und fasste sich mit der rechten Hand ins Kreuz. »Diese verdammte Bandscheibe!«

»Ja«, sagte Peter Heiland, »sie meldet sich immer dann, wenn Ärger ins Haus steht. Das kenne ich.«

»Ärger, was denn für ein Ärger? Hören Sie mal: Ich habe Sylvia Hartung seit ewigen Zeiten nicht mehr gesehen.«

»Können Sie sich vorstellen, dass Sven Hartung sie umgebracht hat?«

»Wie?«

»Sie haben doch meine Frage verstanden.«

»Was weiß ich, was der Knast aus ihm gemacht hat? Immerhin hat sie sich von ihm getrennt und seinen Bruder geheiratet.«

»Genau das könnte doch sein Motiv sein.«

»Ja. Ja natürlich. Andererseits, er ist eigentlich nicht der Typ …«

»Immerhin hat er einen Mann mit dem Bügeleisen erschlagen.«

»Stimmt auch wieder.«

»Und wenn er nun fünf Jahre unschuldig im Gefängnis gesessen ist?«

Markert zuckte mit den Achseln. »Er war schuldig. Keine Frage.«

»Ja, das haben Sie damals ausgesagt. Sie waren ja Zeuge der Auseinandersetzung zwischen Oswald Steinhorst und Sven Hartung.«

»Ja genau!«

»Sagen Sie, Herr Markert, woher hatten Sie denn das Geld, um sich in diese Firma hier einzukaufen?«

Markert lachte kurz auf. »Ich werde Ihnen doch nicht meine Finanzgeheimnisse verraten.«

»Eines kenne ich ja schon.«

»Bitte?«

»Na ja, den Kredit von Herrn Möhlmann.«

Markert stand auf. »Ich muss los. Ich erwarte zu Hause Besuch.«

»Ich wollte Sie nur mal kurz treffen, um Guten Tag zu sagen«, sagte Peter Heiland. »Die Vernehmung verschieben wir auf morgen Nachmittag. Ist Ihnen das recht?«

»Die … die … die Vernehmung? Was denn für eine Vernehmung? Ich hab doch mit all dem nichts zu tun!«

»Dann brauchen Sie sich ja auch nicht davor zu fürchten. Ich komme dann zu Ihnen nach Hause. Die Adresse habe ich. Danke für den Kaffee!«

Peter Heiland ging hinaus. Kurz darauf verließ auch Markert sein Büro.

31. KAPITEL

Peter Heiland machte sich zu Fuß auf den Weg zu der Autovermietung, bei der er einen Wagen bestellt hatte, um seinen Opa Henry zu besuchen. Er bummelte durch die Fußgängerzone, überlegte, ob es die zu seiner Kinderzeit auch schon gegeben hatte, kam aber zu keinem Ergebnis und erreichte eine Gasse, die sich

»Untere Vorstadt« nannte. Er wurde auf ein imponierendes Fachwerkgebäude mit einem hohen Giebel aufmerksam. Die Schrift über der Eingangstür wies das Haus als »Hotel Adler« aus. Als Peter Heiland näher kam, entdeckte er eine schwarze Limousine mit einer Berliner Nummer. Sie stand direkt unter einem Schild für absolutes Halteverbot. Das konnte ein Zufall sein, zwei Berliner in Ebingen, musste es aber nicht. Heiland betrat das Haus. Eine junge Frau in einem Dirndl, vor das sie ein weißes, spitzengesäumtes Schürzchen gebunden hatte, empfing ihn mit einem freundlichen Lächeln. »Was kann ich für Sie tun?«

»Der Wagen da draußen im Halteverbot – ist der Fahrer im Haus?«

»Stört Sie das Auto? Unser Hausdiener wird es gleich wegfahren.«

»Nein, es stört mich nicht. Ich dachte nur, es könnte der Wagen eines Freundes sein. Ich komme nämlich auch aus Berlin.«

Das Gesicht der jungen Frau nahm einen strengen Ausdruck an. »Wir geben keine Auskunft über unsere Gäste.«

»Sehr gut!«, sagte Heiland. »Schönen Tag noch.«

Vor dem Hotel zog er sein Handy aus der Tasche und wählte die Nummer seines Berliner Büros. Norbert Meier hatte Dienst. »Ich brauche den Besitzer eines Audi Quattro aus Berlin.« Peter gab die Nummer durch.

Keine fünf Minuten später, Peter Heiland war grade eine kurze Treppe zur Marktstraße hinaufgestiegen,

147

meldete sich sein Telefon. »Das Auto gehört Karsten Hartung«, sagte Norbert Meier, »so'n Zufall, wa?«

Peter Heiland war am Rande eines kleinen Brunnens stehen geblieben. Im Schaufenster einer Drogerie sah er sein verzerrtes Spiegelbild. Er musste eine Entscheidung treffen. Auf keinen Fall wollte er auf den Besuch bei seinem Großvater verzichten. Opa Henry hätte es ihm nie verziehen, wenn er sein bereits am Telefon angekündigtes Treffen abgesagt hätte.

Er holte den Mietwagen ab und gab die Privatadresse Guido Markerts ins Navigationsgerät ein. Der Hornissenweg war ein schmales Sträßchen am Gegenhang zum Schlossberg. Er hatte eigentlich erwartet, dass Markert in einem ansehnlichen Haus wohnen würde, es musste ja nicht das sein, was man früher in Ebingen und Umgebung eine »Fabrikantenvilla« genannt hatte. Aber unter der Adresse fand er ein einfaches Mehrfamilienhaus. Auf dem Klingelschild fürs Dachgeschoss stand der Name Guido Markert. Peter läutete, aber niemand meldete sich über die Gegensprechanlage. In einem Vorgarten auf der anderen Straßenseite stand, auf eine Hacke gestützt, ein alter Mann, der weit über 70 sein musst. Er trug nur eine kurze Sporthose und ein Unterhemd. Seine nackten Füße steckten in Badelatschen. »Zu wem wollen Sie denn?«, rief er nun herüber.

»Zu Herrn Markert.«

»Der ist vor zehn Minuten weggefahren. Mit einem anderen Mann.«

»Schade«, sagte Peter Heiland. »Wer weiß, wann die zurückkommen!«

»Wer das weiß? Die Klatschbase im ersten Stock. Sie heißt Lieblich, Manuela Lieblich, aber da kannscht amal seha, dass Nomen net immer Omen ischt.«

»Danke!«, rief Peter Heiland, studierte erneut das Klingelbrett und läutete bei Lieblich. Es dauerte nicht lange, da ertönte der Türsummer. Obwohl es erkennbar eine Gegensprechanlage gab, fragte niemand, wer da sei.

Frau Lieblich wohnte im ersten Stock. Sie mochte 50 oder auch 55 sein, eine knochige, dürre Frau mit schütteren roten Haaren. Sie trug nur eine Kittelschürze und, wie es aussah, hatte sie nichts darunter an. Nun ja, das Thermometer hatte vor einer halben Stunde 30 Grad Celsius angezeigt.

»Sie wollten zu Herrn Markert, gell?«

»Woher wissen Sie …«

»Ich hab g'hört, wie Sie sich mit dem Nasebohrer dort drüben unterhalte habet. Die Klatschbase zahl ich dem heim!« Frau Lieblich schloss das Fenster. »Was wollen Sie denn vom Herrn Markert?«

»Ich hab ein paar einfache Fragen an ihn.« Peter Heiland legte seinen Polizeiausweis auf den Tisch.

Frau Lieblich schlug die Hände vor den Mund. »Um Gottes Chrischttags willen. Polizei! Ist es schon so weit?«

»Wie weit?«

»Na ja, man sagt doch, er steht kurz vor der Pleite, und da weiß man ja nie, was einer macht, um noch das Letzte zu retten.«

»Es geht nicht um seine Firma, sondern um eine frühere Geschichte. Sie haben ja gesehen, der Ausweis ist aus Berlin.«

149

»Ja scho, aber des ischt doch die Hauptstadt, net wahr.«

Peter Heiland musste unwillkürlich grinsen, ging aber nicht darauf ein. »Sie sagen, seiner Firma geht's nicht gut?«

»Nicht nur *seiner* Firma. Die kommen doch alle gegen die Konkurrenz aus Fernost nicht mehr an.«

»Lebt denn der Herr Markert alleine?«

»Ja. Aber es ist alles picobello bei ihm.« Sie beugte sich weit vor und flüsterte: »Ich glaub ja, er ist anders rum.«

»Schwul, meinen Sie?«

Frau Lieblich nickte heftig. »Aber immer zuvorkommend, immer höflich, des muss mr sage!«

»Sie wissen nicht, wann er zurückkommt?«

»Heut jedenfalls nimmer.«

»Aha, und woher wissen Sie das?«

»Er hat mir gsagt, ich möchte doch bitte nach seiner Katze gucken. Er sei über Nacht weg, weil er nach Zürich fahre dät.«

»Sind die beiden Männer denn mit dem Wagen von Herrn Markert gefahren?«

»Nein, mit so einem schwarzen Auto. Der Herr Markert fährt ja ein rotes.«

Peter Heiland stand auf. »Vielleicht muss ich Sie noch mal belästigen.«

»Aber des ischt doch koi Beläschtigung!«

Frau Lieblich brachte ihn zur Tür. »Jetzt hab ich Ihne gar nichts angebote. Aber so isches, wenn mr koi G'sellschaft mehr g'wöhnt ischt.«

Peter Heiland nahm sich vor, Frau Lieblich ein paar Blumen und eine Flasche Wein mitzubringen, wenn er sie noch einmal besuchen müsste.

32. KAPITEL

Heinrich Heiland saß vor dem kleinen Häuschen auf einer Bank, die an der ganzen südlichen Wand entlanglief. Von hier hatte er einen Blick über die Felder bis zur Bundesstraße. Hinter seinem Anwesen stieg ein sanfter Hang an zum Waldrand in etwa 300 Metern Entfernung. Heinrich Heiland hatte einen Sonnenschirm aufgestellt und beobachtete aus dem Schatten heraus die Straße. Jedes Mal, wenn ein Auto in seine Richtung einbog, spannte sich sein Körper, und er hob den Kopf. Und jedes Mal war er enttäuscht, wenn das Fahrzeug an der Zufahrt zu seinem Grundstück vorbeifuhr. »Der könnt doch scho *längst da sein!*«, murmelte er und sah auf die Uhr.

Peter war der wichtigste Mensch in seinem Leben. Heinrich Heiland war für seinen Enkel nach dem Tod von dessen Eltern Vater und Mutter in einer

Person gewesen. Deshalb war es auch damals ein Schock für ihn gewesen, als Peter ihm eröffnete, er werde nach Berlin ziehen. Für Opa Henry begann die deutsche Kulturlandschaft in Palermo und endete in Tauberbischofsheim. Berlin lag für ihn kurz vor Sibirien.

Ächzend stand der alte Mann auf und ging ins Haus. Die Haustür führte direkt in die Küche. Auf dem Herd köchelte eine Brühe, die er schon vor zwei Tagen vorbereitet hatte. Eine Beinscheibe, Markknochen und – eine Spezialität von ihm – eine klein geschnittene spanische Chirizowurst, dazu eine Stück mageren Speck und viel Gemüse – das alles köchelte leise vor sich hin und roch wunderbar. Entschlossen nahm er nun sechs Maultaschen aus dem Kühlschrank und warf sie in die Brühe. Als er den Topf mit dem Deckel verschloss, fuhr draußen ein Auto vor. Heinrich Heiland eilte, so schnell er konnte, zur Tür. Da war er! Peter stieg aus dem kleinen Wagen, holte eine Tasche vom Rücksitz und kam auf Opa Henry, wie er ihn stets nannte, zu, der mit ausgebreiteten Armen unter seiner Haustür stand. Kurz bevor sein Enkel ihn erreichte, ließ er die Arme fallen und streckte Peter die Hand hin. Der musste unwillkürlich lachen. Der Großvater hatte seine Gefühle noch nie zeigen können, und das war im Alter eher noch schlimmer geworden. Also stellte der Jüngere seine Tasche ab, nahm den Alten in die Arme, küsste ihn auf beide Wangen und sagte. »Ich freu mich so!«

»A bissle spät bischt dran!«, murrte der Großvater.

»Aber jetzt bin ich da!«

»Ja, jetzt bist da.« Henry schob seinen Enkel auf Armlänge von sich und musterte ihn. »Dünn bist worden, und scheint's bist auch nicht viel an die frische Luft gekommen.«

»Stimmt beides!« Peter entnahm seiner Tasche zwei Flaschen Wein und eine riesige Pralinenschachtel mit der Abbildung des Brandenburger Tors in Gold auf dem Deckel. Sein Großvater sagte zwar immer, Süßigkeiten seien Luxus für bessere Leute, aber Pralinen aß er für sein Leben gern, vor allem die mit der Alkoholfüllung. »Stell's in d' Küche«, sagte er jetzt. »Und dann decken wir den Tisch. Die Maultaschen müssen gleich fertig sein.«

»Das ist ein Timing«, rief Peter beglückt, als er den Deckel des Kochtopfs hob.

»Die hätt ich auch scho vor zwei Stund mache könne, dann wärs noch a viel bessers Timing gewesen«, brummte der Großvater.

»Und zum Nachtessen gibt's Butterbrot mit Tomatenscheiben, gell?«, fragte Peter.

»Und eine Hausmacherwurst vom Metzger Köberle.«

Opa Henry fragte nicht, wann Peter wieder weg müsse, weil er sich vor der Antwort fürchtete. Stattdessen fragte er ihn, wie es Hanna gehe. Ob sie denn noch zusammen seien, und wenn ja, wann dann endlich geheiratet würde. Peter log, alles sei prima, und über den Hochzeitstermin wolle er demnächst mit ihr reden.

153

»Aber beeilet euch. Ich will das noch erleben. Und am liebsten dät ich auch noch meinen Urenkel kennelerne.«

Nach dem Essen machten sie einen Spaziergang. Peter musste sich zuerst dran gewöhnen, dass es dem Großvater inzwischen schwerfiel, einigermaßen flott voranzuschreiten. Er stützte sich auf einen Stock, machte nur kurze Schritte, und alle paar Minuten musste er stehen bleiben, um wieder zu Atem zu kommen. Sie verkürzten den vertrauten Weg und waren gegen fünf Uhr am Nachmittag wieder in Heinrich Heilands kleinem Häuschen.

»Leg dich doch ein bisschen hin!«, sagte Peter.

»Schad um die Zeit, wenn du schon amal da bist.« Opa Henry setzte sich in einen bequemen Sessel.

In dem Augenblick klingelte Peters Handy. Norbert Meier war dran. »Du, da kommt grade eine Meldung rein. Auf einem Fährschiff auf dem Bodensee, auf der Strecke Friedrichshafen-Romanshorn, ist ein Mann ermordet worden. Und jetzt halt' dich fest: Sein Name ist Guido Markert.«

»Was?«, schrie Peter so laut, dass Opa Henry erschrocken auffuhr. »Ich bin heut Vormittag bei ihm in der Firma gewesen, und als ich später noch mal bei ihm in seiner Wohnung vorbeigehen wollte, war er weg. Eine Hausbewohnerin hat ausgesagt, er sei unterwegs nach Zürich.«

»Das passt ja!«, sagte Norbert Meier. »Ich wollte dich nur gleich informieren. Und nu mach was draus, wa!« Er legte auf.

Peter Heiland starrte sein Mobiltelefon an. »Das gibt's doch nicht!«

»Mir ham früher immer g'sagt: Das gibt's auf keim Schiff«, ließ sich der Opa hören.

»Du weißt ja gar nicht, wie recht du hast. Jetzt brauch ich erst mal was zu trinken.«

»In der Küche steht ein Blutwurzelschnaps. Hilft gegen alles. Aber dann erzählst du mir, was passiert ist.«

An den Fall Steinhorst erinnerte sich Opa Henry noch. Er hatte überhaupt ein sehr gutes Gedächtnis für sein Alter. Aber die Geschichte um den Mord an Sylvia Hartung war neu für ihn, und er hörte mit zunehmender Spannung zu.

Schließlich sagte er: »Das Ganze macht nur Sinn, wenn dieser Sven unschuldig im Gefängnis gesessen ist. Wie war denn das damals, wie ging's der Firma Hartung?«

»Gut! Im Gegensatz zu zwei, drei Jahren früher. In den Tagen der Krise wurde alles verkauft, Ländereien, Immobilien, das ganze Familiensilber, nur die Villa im Grunewald hat die Familie behalten. Standesgemäßes Wohnen – das musste sein. Mit dem Erlös schaffte es Karsten, eine neue Modelinie aufzubauen, die auf Anhieb großen Erfolg hatte.«

»Und dieser Steinhorst?«

»Der war Chefdesigner und stellvertretender Direktor der Firma. Und er muss sehr hinter Sylvia Hartung her gewesen sein, die damals noch die Verlobte von Sven Hartung war.«

»Und nachher den Bruder g'heiratet hat.«

»Genau. Es soll dann eine Auseinandersetzung gegeben haben, in deren Verlauf Sven Hartung den Steinhorst mit einem Bügeleisen erschlagen hat.«

»Mal angenommen, die Auseinandersetzung, wie du das nennst, hat nicht zwischen Sven Hartung und dem Designer stattgefunden, sondern zwischen diesem Karsten und dem Steinhorst.«

»Dafür gab es keine Indizien.«

»Bloß mal angenommen – los, schenk mir au so en Blutwurzelschnaps ein!«

»Du meinst, es könnte sein, dass der Karsten den Steinhorst erschlagen hat, und dass sein Bruder dafür ins Gefängnis ging? Also wer macht denn so was?«

»Hab i net scho immer g'sagt: Alles im Leben ist eine Güterabwägung. Frag dich amal erstens: ob man den Sven vielleicht dazu zwinge hat könne, oder ob es einen Preis gibt, den man ihm hat zahle müsse, damit er sich opfert.«

Peter stellte das bis zum Rand gefüllte Schnapsglas vor seinen Großvater hin.

»So und jetzt!« Opa Henry hob den Zeigefinger. »Der Markert hat als Zeuge ausgesagt, dass er gesehen habe, wie der Sven auf den Steinhorst losgegangen ist, sagst du.«

»Ja genau!«

»Und wenn der gelogen hat?«

»Darüber hab ich längst auch nachgedacht, Opa. Spätestens als ich erfahren hab, dass er eigentlich kein eigenes Vermögen hatte und doch diese Firma in Ebingen kaufen konnte. So kreditwürdig war der nicht!«

»Da kannscht seha: Zwei und zwei ist immer noch vier!« Heinrich Heiland trank den Schnaps in einem Zug.

»Und warum wurde der Markert nun umgebracht?«, fragte Peter.

»Vielleicht weil du grad dabei warst, ihm auf die Schliche zu kommen.«

»Hat doch niemand gewusst, dass ich ihn noch mal verhören wollte.«

»Bist du sicher? Hast du mit niemandem darüber geredet? Es könnt doch sein, dass wer in deinem Büro angerufen und nach dir g'fragt hat, und irgendwer hat g'sagt: ›Der ist auf dem Weg nach Ebingen.‹«

»Opa, langsam geht die Fantasie mir dir durch.«

»Ich denk doch nur, was sein könnt, Bub! Trink noch en Schnaps!«

»Lieber ein Glas Rotwein.«

»Aber nicht den, den du mitgebracht hast, der muss erst amal zur Ruhe komme. Im Keller hab ich einen Spätburgunder vom Rebholz in Liggeringen.«

»Wo ist denn das?«

»Ganz nah beim Bodensee, oberhalb Radolfzell.«

Als Peter mit der Weinflasche aus dem Keller zurückkam, saß Opa Henry weit vorgebeugt in seinem Sessel und stützte den Kopf in beide Hände. Ohne aufzusehen sagte er: »Also da gibt's den Alten – ist der noch gut drauf?«

»Der ist der absolute Beherrscher der Familie!«

»Aha. Dann seinen Sohn, wie heißt der noch mal?«

»Gregor, aber den nimmt niemand in der Familie ernst.«

»Dann ist da noch der tüchtige …« Auch dieser Name fiel dem Großvater nicht ein.

»Karsten!«

Heinrich Heiland nickte. »Und schließlich dieser Sven.«

»Und Gregors Frau Anneliese. Die Einzige, die sich um Sven gekümmert hat, solange der im Knast war.«

»No ja, sei Mutter halt, net wahr.«

Peter hatte zwei Gläser geholt und mit einem Küchenhandtuch ausgewischt. Jetzt goss er den Spätburgunder ein. »Wir haben noch gar nicht richtig drüber geredet, wie's dir geht, Opa.«

»Willst jetzt ablenken?«

»Nein, es interessiert mich wirklich. Ich überlege mir halt, wie lange du noch allein in deinem Häuschen bleiben kannst.«

»Bis man mich mit den Füßen voraus 'nausträgt, mein Lieber!« Er trank seinem Enkel zu. »Prost!« Behutsam setzte er sein Glas ab. »Hartung, Hartung, Hartung … Ich hab amal einen kennt, der so g'heiße hat.«

»Na ja, so selten ist der Name auch wieder nicht.«

»Mhm. Allerdings: Der war auch aus Berlin.«

»Auch da gibt's wahrscheinlich viele davon.«

»Ischt der in mei'm Alter?«

»Ziemlich genau, ja!«

Also, den dät ich gern kennenlernen.«

»Könnt sein, dass ihr aus dem gleichen Holz seid.«

»Des will i net hoffe«, sagte Heinrich Heiland.

Bevor er ins Bett ging, rief Peter Ron Wischnewski an. Der Kriminaldirektor war zu Hause. Er wohnte noch immer in Tempelhof in seiner kleinen Zweieinhalbzimmerwohnung, obwohl er sich selbst immer wieder sagte, dass er sich doch mittlerweile etwas viel Besseres leisten könnte. Ein Zuhause mit einer Klimaanlage – das wäre es gewesen in diesem verdammten tropischen Sommer, der Berlin in seinen Klauen hielt. Er hatte sich auch schon ein paar Wohnungen angesehen. Aber jedes Mal, wenn er in den kahlen Räumen stand, grauste es ihn vor dem Umzug, und er entschied sich, es noch eine Weile in seiner Bleibe auszuhalten.

An diesem Abend zappte er sich durch das Fernsehprogramm, war aber bis jetzt bei nichts hängen geblieben. Als das Telefon klingelte, schaltete er den Ton ab. »Ja, was ist?« Das war seine schroffe Art sich zu melden. Nur einmal hatte ihm das Probleme eingebracht, als der Justizsenator ihn angerufen hatte.

Peter Heiland gab seinem Chef einen kurzen Bericht. »Bleiben Sie da unten! Nehmen Sie Kontakt mit den baden-württembergischen und mit den Schweizer Kollegen auf! Und das so schnell wie möglich. Verstanden?«

»Ja!«

»Wo sind Sie jetzt?«

»Bei meinem Großvater in Pflummern.«

»Grüßen Sie ihn von mir!« Wischnewski legte auf.

»Grüße von meinem Chef!«

»Den dät ich auch gern amal wieder sehen.«

»Den und Friedhelm Hartung, gell?«

»Ja, warum net?«

»Fahr doch mit!«

»Was denn? Ich? Mit dir nach Berlin?«

»Überleg's dir. Ich kann das so organisieren, dass ich das Auto am Stuttgarter Flughafen abgebe, und dann fliegen wir miteinander.«

Heinrich Heiland legte den Kopf schief, sah seinen Enkel aus schmalen Augen an, als ob er prüfen wollte, ob der es auch ernst meinte, und sagte dann: »Warum net?«

»Eben!« Peter grinste.

»Und du nimmst mich morgen früh gleich mit?«

»Wenn du willst.«

»Wär ja wohl das G'schickteste.«

»Denk ich auch.«

»Aber dann muss ich jetzt packen!« Irgendwie sah Heinrich Heiland glücklich aus.

33. KAPITEL

Sie fuhren am nächsten Morgen sehr früh los. In Ebingen steuerte Peter das Haus an, in dem Guido Markert bis gestern gelebt hatte. Er klingelte bei Frau Lieblich und versuchte, ihr schonend beizubringen, dass ihr Hausmitbewohner Guido Markert ums Leben gekommen war. Sie nahm das ungerührt auf. »Hat er sich umgebracht?« Es klang, als ob sie genau das erwartet hätte.

»Nein, er *wurde* umgebracht!«

Jetzt zeigte sie doch eine Reaktion. Sie ging ein paar Schritte rückwärts, suchte mit ihrer Hand die Lehne eines Stuhls und ließ sich auf die Sitzfläche fallen. »Um Gottes willen. Warum denn?«

»Das werden wir rauskriegen«, sagte Peter. Danach erst stellte er seinen Großvater vor, der in der Tür stehen geblieben war.

»Sie haben doch einen Schlüssel zu Herrn Markerts Wohnung, wegen der Katze, nicht wahr?«

»Ja. Er hat ja großes Vertrauen zu mir … gehabt. Ich hab ja sogar gedacht – a Zeit lang … aber für Frauen hat er sich ja net interessiert.«

»Ja, des soll's gebe«, ließ sich Heinrich Heiland von der Tür her hören.

Guido Markerts Wohnung war eine Überraschung. Während in jedem Stockwerk des Hauses links und rechts vom Treppenhaus eine Dreizimmerwohnung lag, hatte das Dachgeschoss fünf Räume, zwei Bäder und eine Küche, die in das Wohnzimmer integriert war. Die Ausstattung war von modernstem Design – wenige Möbel, die meisten aus Glas, zwei Sessel, eine Couch und eine Ottomane aus weißem Leder. An der Wand hingen Bilder, die vor allem junge Menschen zeigten, die sich wenig bekleidet ihres Lebens zu freuen schienen. Dazwischen gab es großformatige Fotos nackter junger Männer in aufreizenden Posen.

Die Katze kam ihnen miauend entgegen und wurde von Frau Lieblich auf den Arm genommen.

Opa Henry war wieder in der Tür stehen geblieben. »Was wollen wir da?«, fragte er unsicher.

Peter antwortete nicht. Er hatte sich an den Schreibtisch gesetzt. Unter dessen Schreibfläche aus Glas standen zwei Container aus glattem weißen Plastik. Peter zog die Schubladen nacheinander auf und prüfte jedes Schriftstück. Schließlich fand er einen schmalen Ordner mit Bankunterlagen. Als er ihn grade aufschlug, hörten sie das Geräusch vieler Füße auf der Treppe. Peter schob den Ordner seinem Großvater zu. »Lass das mal verschwinden!« Opa Henry schob den Ordner unter seine Lodenjacke, die er stets trug, wenn er aus dem Haus ging, ob es Winter oder Sommer war. Im gleichen Moment hatten die Leute aus dem Treppenhaus das oberste Stockwerk erreicht. Ein Mann, der den anderen ein paar Schritte voraus war, ein blonder Hüne so groß wie Peter Heiland, aber sehr viel breiter und muskulöser, stürmte herein und schrie: »Wer sind Sie? Was machen Sie hier?«

»Das ist Frau Lieblich. Sie wohnt im ersten Stock und betreut Herrn Markerts Katze, wenn er nicht da ist«, sagte Peter Heiland. »Und das ist Herr Heinrich Heiland, der nur zufällig hier ist, weil er mein Großvater ist. Und ich bin Peter Heiland, leitender Hauptkommissar beim Landeskriminalamt Berlin. Ich weiß, dass Herr Markert gestern Abend Opfer eines Mordanschlags auf der Fähre nach Romanshorn geworden ist.« Er zog seinen Polizeiausweis heraus und zeigte ihn dem Kollegen.

»Also wenn ich ehrlich bin: Ich hab Probleme, das alles zu verstehen«, sagte der andere. Er versuchte zu lächeln und stellte sich vor: »Hauptkommissar Ralf Schlotterbeck, Kripo Albstadt.«

»Sehr erfreut«, sagte Peter Heiland und reichte dem Kollegen die Hand. »Ich muss Ihnen das erklären: Ich bin wegen eines Mordfalls hier, der am letzten Mittwoch in Berlin geschehen ist.« Und dann erzählte er Schlotterbeck und dessen Kollegen die ganze Geschichte. Eine junge Kriminalbeamtin schrieb alles mit. Peter sah sie zwischendurch an. »Soll ich langsamer reden?«

»Nein«, antwortete die Kollegin, »ich kann stenografieren.«

»Das des heut noch jemand kann«, ließ sich Opa Henry hören, »Respekt!«

Als Peter am Ende seines Berichtes war, schien Schlotterbeck aufzuatmen. »Sieht so aus, als wär das gar nicht unser Fall, sondern ein Teil Ihres Falles, stimmt's?«

»So kann man das sehen, ja.«

»Und was schlagen Sie jetzt vor?«

»Ich denke, wir nehmen gemeinsam Kontakt zu den Schweizer Kollegen auf. Und das so schnell wie möglich.«

Der Leiter der Schweizer Mordkommission, den Schlotterbeck am Telefon erreichte, hieß Imboden und schlug vor, sich möglichst bald zu treffen. »Am besten noch heute.«

Peter Heiland und der Ebinger Kommissar sahen sich an und nickten gleichzeitig. »Gut, Herr Kollege, vielleicht können Sie uns bis Friedrichshafen entgegenkommen«, sagte Schlotterbeck.

Das sei kein Problem, antwortete der andere und schlug als Treff die dortige Polizeistation vor, mit der er sowieso immer mal wieder Kontakt habe. Man arbeite schon lange kollegial grenzüberschreitend zusammen.

»Fahren wir mit Ihrem Dienstwagen?«, fragte Peter den Kollegen Schlotterbeck. »Ich könnte dann meinen Mietwagen abgeben. Allerdings müsste mein Großvater mitkommen.«

Der Ebinger Kommissar musterte den alten Mann, der noch immer in der Nähe der Tür stand. »Ich kann auch mit dem Zug nach Stuttgart fahren«, schlug Opa Henry vor »und wir treffen uns am Flughafen.«

So viel Weltläufigkeit hätten ihm weder sein Enkel noch der Ebinger Kommissar zugetraut. Sie sahen sich wieder an, und nickten dann beide gleichzeitig. »Gut«, sagte Schlotterbeck, »ein Kollege bringt sie zum Bahnhof.«

Vor dem Haus wartete Heinrich Heiland, bis er glaubte, unbeobachtet zu sein, und fragte Peter: »Was mach ich mit dem Ordner unter mei'm Kittel?«

»Heb ihn gut auf, den brauchen wir noch!«

Dass sein Enkel *wir* sagte, gefiel dem alten Heiland, fühlte er sich so doch vertrauensvoll in dessen Arbeit miteinbezogen.

34. KAPITEL

Imboden war ein gemütlicher Dicker, kaum größer als 1,70 Meter. Sein rundes Gesicht, vor allem aber seine dicke Nase zeigten das Rot eines geübten Weintrinkers. Auf seinem kahlen Schädel saß eine karierte Schirmmütze, die er links bis hinters Ohr hinuntergezogen hatte, und die er die ganze Zeit nicht abnahm.

Der Chef des Friedrichshafener Polizeipostens empfing sie in einem edel eingerichteten Besprechungsraum. »Es ist natürlich ein bisschen diffizil«, sagte Imboden und betonte *diffizil* auf der ersten Silbe. »Wir wissen ja nicht, ist der Mord noch auf deutschem oder schon auf schweizerischem Territorium begangen worden. Aber natürlich sind zunächst einmal wir zuständig, oder? Weil ja der Tote bei uns, in der Schweiz, gefunden wurde.«

Weder der Friedrichshafener Kommissar noch sein Ebinger Kollege widersprachen.

»Man wird wohl eine gemischte, also eine bilaterale Arbeitsgruppe einsetzen müssen.«

Wieder nickten die anderen nur. Man wurde sich einig, dass zunächst Peter Heiland referieren sollte.

»Ich wollte Guido Markert wegen eines Mordes einvernehmen, der zwar erst vor wenigen Tagen in Berlin geschehen ist, der aber mit einem anderen Fall zusammenhängen dürfte, der schon fünf Jahre zurückliegt«, begann der Berliner Kommissar. »Eigentlich war das Gespräch mit Markert für heute Nachmittag vorgesehen gewesen. Ich hatte aber in Ebingen ein Fahrzeug mit einer Berliner Nummer entdeckt. Ich habe einen Kollegen gebeten, den Besitzer festzustellen. Und dann war ich doch ziemlich perplex. Der Wagen gehörte Karsten Hartung. Und der war eine wichtige Figur in dem älteren Fall. Deshalb bin ich dann gleich zur Privatwohnung Markerts gefahren, hab ihn aber nicht angetroffen. Eine Zeugin sagte aus, dass Markert zusammen mit einem Mann, vermutlich in dessen Berliner Auto, weggefahren sei. Nach Zürich.«

»Augenblick!«, meldete sich der Friedrichshafener Kollege. »Ein schwarzer Audi Quattro, Kennzeichen Berlin, KH 2714?«

»Ja genau!«

»Steht auf unserem Parkplatz. Eine Streife hat ihn auf dem Hafengelände, wo absolutes Halteverbot herrscht, gefunden. Der Schlüssel steckte. Wir sind dann die Meldungen durchgegangen und haben festgestellt, dass das Fahrzeug in Berlin als gestohlen gemeldet wurde. Unsere Spurensicherer haben das Auto durchsucht. Im Kofferraum lagen zwei Nummernschilder. Wir gehen davon aus, dass der Dieb sie für seine Fahrt von Berlin hierher benutzt hat.«

Heiland rief Norbert Meier an und bat ihn festzustellen, wann und von wem das Auto als gestohlen gemeldet worden war. Seinen Kollegen Schlotterbeck fragte er: »Glauben Sie, dass man Ihnen am Telefon sagt, wie der Berliner Gast hieß, der im ›Adler‹ in Ebingen übernachtet hat?«

»Eine der leichteren Übungen«, sagte der Ebinger, »ich kenn den Wirt!«

Während Schlotterbeck telefonierte, gab Peter Heiland den beiden anderen Kollegen einen Überblick über die beiden Berliner Mordfälle.

»Ich beneide Sie nüd«, sagte Imboden am Ende, »da hängen ja eine Menge lose Fäden raus, oder?«

»Der Mann aus Berlin hat keinen Meldezettel ausgefüllt«, teilte Schlotterbeck zehn Minuten später mit. »Er wollte das am Abend machen, hat sich dann in seinem Zimmer hingelegt und ist später weggegangen.«

Im gleichen Moment meldete sich Norbert Meier auf Peter Heilands Handy. »Der Wagen wurde von Karsten Hartung gestohlen gemeldet.«

»Wann?«, fragte Peter.

»Gestern Abend kurz vor 24 Uhr. Hartung war im ›Arabella-Club‹, und als er rauskam, war sein Auto weg.«

»Und es ist sicher, dass er das war?«

»Die Personalien wurden ordnungsgemäß aufgenommen.«

»Danke!« Peter legte auf und erzählte den anderen, was er soeben erfahren hatte. »Ein anonymer Typ sozusagen, fährt ausgerechnet mit dem Auto Karsten Hartungs nach Ebingen und trifft dort Guido Markert, der bis vor fünf Jahren für die Hartungs gearbeitet hat. Das kann kein Zufall sein.«

Imboden hob den Zeigefinger. »Nehmen wir mal an, dieser Mensch hat den Markert dazu gebracht, mit ihm nach Zürich zu fahren. Auf dem Schiff hat er ihn in der Toilette erschossen. Wir nehmen an, er hat dazu eine Pistole mit Schalldämpfer benutzt. Danach hat er die Leiche in eine WC-Kabine geschleppt und eingeschlossen. Er selber muss über die Wand wieder raus geklettert sein. Das alles hat unsere Spurensicherung so rekonstruiert. Kann sein, dass er dann in Romanshorn in die nächste Fähre Richtung Friedrichshafen gestiegen ist. Und als der Putztrupp die Leiche endlich gefunden hat, war der Mörder vielleicht schon wieder in Deutschland.«

»Klingt schlüssig«, sagte der Friedrichshafener.

»Und verdammt clever«, ergänzte Schlotterbeck.

Imboden nickte. »Sieht ganz nach einem Profi aus, oder?«

»Menschenskind, ja! So könnte es sein: Ein bezahlter Profikiller!«, rief Peter Heiland.

»Also ich weiß nicht«, meldete sich Schlotterbeck. »Wie kriegt so einer den Markert dazu, in sein Auto zu steigen und mit ihm nach Zürich zu fahren.«

»Guido Markert stand vor der Pleite. Vermutlich hat ihm keine Bank mehr Kredit gegeben. Und wenn nun einer kommt und sagt: Ich beschaffe dir frisches Geld, das müssen wir aber bar in Zürich holen …«

»Am Sonntag?«, fragte Schlotterbeck ungläubig.

»Kein Problem bei uns«, sagte Imboden. »Man muss ein Geldgeschäft natürlich gut vorbereiten, aber dann geht das immer. Und wenn man den anderen unterwegs sowieso umbringt, braucht man ja auch nichts vorzubereiten, oder?«

»Und das Motiv?«, fragte der Kommissar aus Friedrichshafen.

»Der Täter, oder der Auftraggeber für den Mord, könnte ein Mensch sein, der sich davor fürchtet, dass Markert mir gegenüber eine Aussage macht, die ihm schwer schaden könnte«, meinte Peter Heiland.

»Theoretisch passt alles zusammen«, sagte Imboden. »Jetzt müssen Sie's nur noch beweisen, Kollege Heiland.«

»Ich hab erst neulich mit unserem Kriminaldirektor darüber gesprochen, wie gefährlich es ist, sich frühzeitig auf eine Theorie festzulegen. Wir haben festgestellt, dass manche Ermittlungen daran gescheitert sind, dass wir nicht genügend Fantasie entwickelt haben. Und dann sind die Ermittlungen in eine falsche Richtung gelaufen. Manchmal haben wir Spuren übersehen, weil es einfacher war, sich auf einen Tatverdächtigen zu konzentrieren. Im Fall Steinhorst, wo Markert der Hauptzeuge war, ist es aller Wahrscheinlichkeit nach so gelaufen.«

»Und was sagt uns das?«, fragte Schlotterbeck.

»Dass der Mord an Markert auch ganz andere Gründe gehabt haben könnte. Wir wissen verdammt wenig über ihn. Vor allem haben wir keine Ahnung, was in den fünf Jahren mit ihm passiert ist, seit er aus Berlin weg ist.«

»Da kann ich mich ja mal drum kümmern«, sagte der Ebinger Kommissar.

Peter Heiland stand auf. »Das wäre klasse. – Und wie geht es sonst weiter?«

»Ich rede mit unserer Polizeiführung«, meldete sich Imboden. »Und Sie mit der Ihren, nehm ich an, oder?«, wendete er sich an seinen Friedrichshafener Kollegen.

Der nickte. »Es wird eine länderübergreifende Arbeitsgruppe geben, und Sie halten wir auf dem Laufenden«, sagte er zu Schlotterbeck und Heiland.

35. KAPITEL

Peter nahm den nächsten Zug nach Stuttgart. Am Hauptbahnhof stieg er um in die S-Bahn zum Flughafen. Er war unruhig. Sein Großvater hatte sich immer hartnäckig geweigert, ein Mobiltelefon anzuschaffen. Sie hatten auch nicht ausgemacht, wo und wann Sie sich treffen könnten. Peter traute Opa Henry zwar viel zu, aber nicht, dass er sich irgendetwas ausdenken würde, wie sie sich auf dem belebten Flughafen finden könnten. Er würde ihn ausrufen lassen, das war wohl das Einfachste.

Peter fuhr mit der Rolltreppe vom S-Bahnhof zur Abflughalle hinauf. Sein Großvater stand am oberen Ende. »I hab denkt, da muss er raufkommen, wenn er mit dem Zug und mit der S-Bahn g'fahre ischt. Und tatsächlich …« Der alte Mann ließ den Satz in der Luft hängen und strahlte seinen Enkel an.

»Wie lang stehst du denn schon da?«, fragte Peter überrascht.

»Weiß net genau. Zwei Stund vielleicht.«

»Mensch Opa, du bist echt gut drauf! Jetzt müssen wir nur noch zusehen, wann ein Flieger geht, und ob wir noch einen Platz finden.«

»20.25 Uhr. Ich hab schon gebucht. Des reicht uns jetzt noch für ein Bier und einen Leberkäs, bevor's losgeht.« Opa Henry zog den schmalen Aktenordner unter seiner Lodenjacke hervor und reichte ihn Peter. »I bin froh, wenn ich das Ding endlich los bin!«

Sie hatten noch anderthalb Stunden Zeit bis zum Abflug, und so hatte Peter Heiland Gelegenheit genug, seinem Großvater genau zu erzählen, was inzwischen passiert war. »Ich muss mir diesen alten Hartung unbedingt amol angucke«, sagte Heinrich Heiland, als sie ihre Plätze eingenommen hatten. Eine Minute später war er schon eingeschlafen, und Peter begann, den Aktenordner zu studieren. Sein Großvater wachte erst wieder auf, als die Maschine etwas zu hart auf der Landebahn des Flughafens Tegel aufsetzte.

Die Luft war dumpf und stickig, deshalb rissen Peter und sein Großvater alle Fenster auf, als sie die Wohnung in der Stargarder Straße betraten. Die Temperaturen waren nicht mehr so hoch wie vor Peters Reise, aber noch immer zeigte das Thermometer 28 Grad, und das gegen 23.00 Uhr. »Was steht denn jetzt da drin?«, fragte Opa Henry, als Peter die schmale Akte auf den Küchentisch warf.

»Der Markert war bis über beide Ohren verschuldet. Aber das Interessante sind nicht die Kontoauszüge, sondern ein Brief von Guido Markert an Karsten Hartung aus der letzten Zeit, den er hinten eingeheftet hat. Es geht darum, dass die Firma Hartung das Unternehmen in Ebingen übernehmen sollte.«

»Kaufen?«, fragte der Großvater.

»Mehr oder weniger. Übernehmen mit allen Lasten, schlägt Markert vor, und eine Abfindung von 150.000 Euro für ihn persönlich.«

»Was denn? Dafür, dass er den Laden runtergewirtschaftet hat?«

»Pass auf!« Peter blätterte in dem Ordner. »Da heißt es: *Sollten Sie einer solchen Vereinbarung nicht zustimmen, sehe ich mich gezwungen, die wahren Umstände und Hintergründe des Todes von Oswald Steinhorst an zuständiger Stelle zu Protokoll zu geben. Ich erwarte Ihre Antwort bis 4. Juli.* Und der war gestern, Opa! Also für mich klingt das nach versuchter Erpressung.«

Opa Henry nickte. »Das seh ich genauso. Und was hat der Hartung darauf geantwortet?«

»Nichts! Wenigstens ist hier kein Schreiben von ihm drin.«

»Dann war das, was auf der Fähre passiert ist, die Antwort?«

»Ja vielleicht. – Weiß oder rot?«

»Im Winter rot, im Sommer weiß. Des müsstescht eigentlich noch wisse! Aber jetzt hätt ich doch lieber einen Roten, weil ich dann besser schlafen kann.«

»Gott sei Dank. Ich hab nämlich keinen Weißwein eingekühlt.« Während Peter eine Flasche Lemberger aus Uhlbach entkorkte, sagte Opa Henry: »Eins versteh ich nicht: Warum gibt der Hartung dem Mörder sein Auto mit?«

»Es ist ihm doch gestohlen worden, Opa.«

»Ja, aber wir sind doch beide der Meinung, dass der Karsten Hartung das so eingefädelt hat.«

»Haben *könnte*«, verbesserte der Enkel. »Und wenn es so war, gibt's dann ein besseres Alibi, als wenn der Hartung bei der Polizei war und sein Auto als gestoh-

173

len gemeldet hat? Auf jeden Fall ist jetzt aktenkundig, dass er nicht der Täter gewesen sein kann.«

»Aber ein Schachspieler kann des net sei!«

»Und warum net?«

»Weil er dann die nächsten Züge mit eingerechnet hätte.«

»Er hat ja nicht wissen können, dass ich ausgerechnet zur gleichen Zeit in Ebingen bin.«

»Und warum hat er dann den Mörder g'schickt?«

»Wegen dem Brief, Opa. Der Markert hat doch unmissverständlich gedroht. Er hat dem Hartung ja sogar eine Frist gesetzt. Der wäre womöglich morgen schon bei uns auf der Matte gestanden und hätte ausgepackt.«

»Da hascht au wieder recht. Los, schenk ei!«

36. KAPITEL

Atelier und Verwaltung der Textilfirma »Friedhelm Hartung und Sohn« lagen am Einsteinufer des Landwehrkanals in direkter Nachbarschaft zur Fakultät für Gestaltung der Universität der Künste, kurz HdK. Ein schmuckloser Betonbau, den man über eine breite flache Treppe betrat. Das Foyer überraschte die Besucher. Entworfen und gestaltet hatte es ein Starinnenarchitekt. Die Wände waren aus hellem Holz und wurden im Abstand von je einem Meter durch Spiegel unterbrochen, welche die Bilder in den gegenüberliegenden Spiegeln zurückwarfen und ins Endlose vervielfachten.

Eine junge Frau an der Rezeption fragte: »Zu wem wollen Sie, bitte?«

»Zu Herrn Karsten Hartung, und wenn sein Großvater auch da ist, wäre das besonders günstig«, antwortete Peter Heiland, während Opa Henry staunend die Wirkung der Spiegel ausprobierte.

»Sind Sie angemeldet?«

»Das ist in unserem Fall nicht nötig«, Peter Heiland legte seinen Polizeiausweis auf den Tisch.

»Oh«, machte die junge Frau. »Gehört der ältere Herr …«

Opa Henry fuhr herum. »Sie könnet ruhig ›alt‹ sage!«

Das Lächeln in ihrem Gesicht wirkte wie eingebrannt. »Gehören Sie zusammen?«

»Ja«, sagte Peter Heiland und sah sich nicht genötigt, eine weitere Erklärung abzugeben.

»Es ist grade mal acht Uhr!«, sagte die Frau.

Peter grinste: »Ich kann die Uhr schon lesen. Und ich weiß von früheren Besuchen, dass die beiden Herren Hartung immer schon sehr früh in ihren Büros sind.«

»Das stimmt allerdings.« Die Frau an der Rezeption wählte eine Nummer am Telefon und sagte dann: »Herr Hartung, da wären zwei Herren von der Polizei.«

»Also um das gleich zu klären«, sagte Peter Heiland nach einer kurzen sehr förmlichen Begrüßung. »Herr Heiland ist mein Großvater. Er ist überraschend bei mir in Berlin zu Besuch. Wenn es Sie stört, kann er gerne draußen warten.«

»Friedhelm!«, rief Opa Henry plötzlich.

»Wie bitte?« Der alte Hartung wirkte befremdet.

»Heeresgruppe Nord, 4. Armee, 11. Infanteriedivision. Waren ja nur ein paar Tage. Das Oberkommando der Wehrmacht hat uns sitzen lassen. Schrecklicher Winter. Dann die Russen: ›Ruki Werch – Hände hoch!‹ Im Gefangenenlager hab ich dich dann aus den Augen verloren.«

»Tut mir leid. Kann ich mich nicht daran erinnern.«

»Macht ja nix«, sagte Opa Henry. »Ich warte dann draußen.«

»Ja gut. Sagen Sie der Sekretärin, wenn Sie etwas zu trinken wollen.«

Opa Henry stapfte zur Tür. Dort drehte er sich noch einmal um. »Wir sind die letzten Zeugen für damals, Kamerad Hartung.« Leise schloss er die Tür hinter sich.

Peter hatte Mühe, die Konzentration zu finden, die er für das Gespräch jetzt brauchte. »Ihr Wagen ist in der Nacht zu vorgestern gestohlen worden«, wendete er sich an Karsten Hartung.

»Das ist korrekt.«

»Der tauchte dann in Ebingen wieder auf.«

»In Ebingen?«

»Kennen Sie die Stadt?«

»Ein ehemaliger Mitarbeiter von uns lebt dort.«

»Jetzt nicht mehr!«, sagte Peter lakonisch.

»Ist er weggezogen?«

»Nein, er wurde ermordet. Auf der Fähre zwischen Friedrichshafen und der Schweiz. Aus nächster Nähe erschossen.«

»Murmansk – das muss in Murmansk gewesen sein.« Der alte Hartung saß weit nach vorne gebeugt auf seinem Stuhl und stützte seinen Kopf mit der rechten Hand. »Das OKW hätte uns tatsächlich verrecken lassen. Eigentlich verdanken wir es den Russen, dass wir überlebt haben.«

Peter Heiland schob den Brief über den Tisch, den er in Markerts Akten gefunden hatte. »Diesen Brief hat Guido Markert 14 Tage vor seinem Tod an Sie geschrieben.«

Friedhelm Hartung schreckte hoch. »Was?« Er griff nach dem Schreiben und zog es an sich.

»Ich war am Wochenende in Ebingen. Übrigens nicht zufällig. Ich wollte Herrn Markert noch einmal vernehmen«, fuhr Peter Heiland fort.

»Warum das denn?«, fragte Karsten Hartung.

»Weil wir den Mord an Oswald Steinhorst noch einmal untersuchen wollen. Wir sehen da einen gewissen Zusammenhang zu dem Mord an Ihrer Frau Sylvia.«

»Hirngespinste!« Der alte Hartung warf den Brief auf den Tisch. »Das hat man nun davon, wenn man so einem armen Kerl unter die Arme greift.«

»Wie haben Sie ihm denn geholfen?«, fragte Peter Heiland.

»Wir haben ihm eine anständige Abfindung bezahlt«, antwortete Karsten Hartung. »Er ist immerhin an den Entwürfen für unsere Kollektion 2011 maßgeblich beteiligt gewesen. Und die war ein ganz außergewöhnlicher Erfolg. Der Beginn einer neuen Ära, wenn man so will. Es war Markerts Idee gewesen, neben Prêt-à-porter-Mode für die Kaufhäuser, die ja immer in unserem Haus geschneidert wurde, eine exquisite Haute Couture-Linie zu entwickeln, die ihrerseits Inspiration für die erschwinglichen Modelle sein sollte. Das war natürlich ein Wagnis. Aber seine Entwürfe und die der freien Gestalter, die er für uns gewonnen hat, haben sofort Furore gemacht. Markert war eine echte Begabung. Viel besser als sein Vorgänger!«

»Sein Vorgänger war wer?«

»Oswald Steinhorst. Markert hatte schon die wesentlichen Impulse gegeben, solange Steinhorst noch mein Stellvertreter war.«

»Und trotzdem haben Sie sich von ihm getrennt?«

Jetzt nahm der Alte das Wort: »Er wollte mehr, als ihm zustand. Eine Beteiligung! Wir sind ein Familienunternehmen. Da wird niemand beteiligt, der nicht zur Familie gehört.«

Peter Heiland nahm den Brief wieder an sich. »Man kann das Schreiben an Sie durchaus als Drohung, vielleicht sogar als Erpressungsversuch werten.«

»Deshalb haben wir auch gar nicht erst darauf geantwortet«, sagte Karsten Hartung kühl.

»Eine Drohung bleibt immerhin bestehen: Wir werden den alten Fall wieder aufrollen.«

»Was versprechen Sie sich denn davon?« Karsten Hartung hatte nun das Gespräch ganz an sich gezogen. Sein Großvater saß weit zurückgelehnt in seinem Sessel, die Augen halb geschlossen. Es war nicht auszumachen, ob er seinen Gedanken nachhing oder das Gespräch verfolgte.

Peter Heiland antwortete nicht direkt auf die Frage Karsten Hartungs. »Ihr Bruder hat Ihre verstorbene Frau laut Zeugenaussagen am Tag seiner Entlassung in der Oper getroffen. Es kam zu einer erregten Auseinandersetzung zwischen den beiden, an deren Ende Ihre Frau sagte: ›Aber das müssen doch alle erfahren. Man kann nicht mit so einer Lüge durchs Leben gehen‹. Und dann hat sie noch gesagt: ›Wenn du es nicht machst, mache ich es‹.«

»Was denn?« Karsten Hartung schien völlig unbeeindruckt zu sein.

»Ich nehme an, das, was tatsächlich zu Oswald Steinhorsts Tod geführt hat. Wir sind inzwischen der Meinung, dass Ihr Bruder Sven nicht dessen Mörder war.«

Der alte Hartung hob den Kopf. Seine Augen waren nun weit offen. »Sagen Sie das noch mal!«

Peter Heiland hatte große Lust mit einem Satz seines früheren Chefs vom LKA in Stuttgart, Ernst Bienzle, zu antworten: »Zweimal predigt der Pfarrer nicht.« Stattdessen sagte er. »Ich denke, Sie haben mich sehr gut verstanden.«

»Mein Bruder hat ein Geständnis abgelegt«, sagte Karsten Hartung.

»Vielleicht widerruft er es ja.«

»Nach beinahe sechs Jahren?« Karsten Hartung schüttelte den Kopf.

»War's das?«, fragte Friedhelm Hartung schroff.

»Fürs Erste ja, es sei denn, Sie hätten von sich aus noch eine Aussage zu machen.«

Karsten Hartung stand auf. »Ich kann mir einfach nicht erklären, wie mein Auto ausgerechnet nach Ebingen gekommen sein soll.«

»Es gibt manchmal die seltsamsten Zufälle«, sagte sein Großvater mit einer überraschend weichen Stimme. »So wie der mit Ihrem Großvater und mir. Ich muss mich unbedingt noch mit ihm unterhalten.«

Peter stand auf, deutete eine Verbeugung an und ging zur Tür.

»Wann krieg ich mein Auto wieder?«, fragte Karsten Hartung.

»Sobald die Spurensicherung damit fertig ist.«

»Was wollen die denn rauskriegen?«

»Hinweise auf den Mann, der das Auto gefahren hat.« Peter vermied bewusst den Ausdruck *gestohlen*.

Seinen Großvater fand er im angeregten Gespräch mit der Sekretärin, einer Frau um die 60 mit akkurat onduliertem Haar. Sie trug eine weiße Bluse und einen knielangen schwarzen Rock. »Ach wissen Sie«, sagte sie gerade zu Opa Henry, »wenn man so lange in einer Firma ist ...«

»Wie lange denn?«, mischte sich Peter in das Gespräch ein.

»Seit 32 Jahren.«

»Da kennen Sie sicher auch alle Familienmitglieder?«

»Nicht gut. Der Chef achtet sehr darauf, dass das getrennte Welten sind, seine Familie und seine Firma.«

»Welcher Chef, der alte oder der junge?«

»Es gilt immer noch, was der Senior sagt. Aber ich denke, sein Enkel vertritt die gleiche Haltung.«

»Und sein Sohn Gregor?«

»Den kenne ich nur sehr flüchtig. Über ihn kann ich gar nichts sagen.«

»Kennen Sie denn jemanden, der über die Familie Hartung besser Bescheid weiß als Sie?«

»Da müsste ich nachdenken. Frau Heidelinde natürlich, aber ...«

»Und wer ist das?«, unterbrach sie Peter.

»Die geschiedene Frau vom Seniorchef.«

»Ach«, machte Peter Heiland, »komisch, ich habe den alten Herrn für einen Witwer gehalten.«

»Na ja, so groß ist der Unterschied dann auch wieder nicht«, die Sekretärin zeigte ein melancholisches

Lächeln. »Die alte Frau Hartung lebt in einem sehr noblen Altersheim am Dianasee. Ich glaube, ihr Sohn Gregor kümmert sich sehr um sie.«

Ein Summer ertönte. »Oh, ich muss rein!« Die Sekretärin sprang auf, griff nach einem Stenoblock und einem Bleistift. Zu Opa Henry sagte sie: »Hat mich sehr gefreut!«

»Diktiert Ihr Chef Ihnen die Briefe noch immer in den Block?«, fragte Peter überrascht.

»Der Senior schon. Und es wär jammerschade, wenn es anders wär!« Damit verschwand sie hinter der gepolsterten Tür zum Chefzimmer.

»Als ob's keine Computer gäbe«, sagte Peter.

»Sehr sympathisch, die Frau«, meinte Opa Henry und stand ächzend auf.

37. KAPITEL

Zum Landeskriminalamt nahmen sie ein Taxi. Als sie in der Keithstraße ausstiegen, sagte Opa Henry: »Und wenn du jetzt einfach zu diesem Karsten Hartung gehst und behauptest, ihr hättet im Nachlass von diesem

Markert einen Bericht gefunden, wie das damals war, als der Steinhorst ermordet wurde?«

»Einen Bericht? Was denn für einen Bericht? Wir wissen nicht, wie es war, Opa!«

»Das müsstest du natürlich erfinden.«

»Und wenn's dann gar nicht stimmt?«

»Dann hätt' der Markert halt gelogen.«

»Opa, das geht nicht. Kommst du mit rein?«

»Ich sag nur schnell Grüßgott, dann mach ich mich selbstständig.«

Ron Wischnewski freute sich sichtlich, den alten Heiland wiederzusehen. Er nahm die Rechte Opa Henrys in seine beiden Hände. »Wir müssen unbedingt sehen, dass wir mal einen Abend zusammensitzen können.«

»Vielleicht ladet ihr den Friedhelm Hartung dazu ein, der will sich auch noch mit meinem Großvater treffen«, sagte Peter Heiland zu dem Kriminaldirektor gewendet.

»Und warum das?«

»Alte Kriegskameraden!«

»Das glaub ich jetzt nicht!«, rief Wischnewski.

»Ist aber so. Es gibt solche Zufälle. Günter Grass erzählt in seinem Roman ›Vom Häuten der Zwiebel‹, wie er in der Kriegsgefangenschaft mit dem Josef Ratzinger, also dem späteren Papst Benedict XVI., in einem Erdloch lag. Ganz sicher ist er allerdings nicht, und ich glaube, die beiden haben nie miteinander darüber geredet.«

»Wir schon«, sagte Opa Henry. »Und ich glaube, der Kamerad Hartung erinnert sich ganz gut, auch wenn er so tut, als hätt er's vergessen.«

Heinrich Heiland und Ron Wischnewski verabredeten sich für den übernächsten Abend. Bevor er ging, bestand Opa Henry noch darauf, Hanna Iglau zu begrüßen. Sie war höchst überrascht, als er in ihr Büro trat, das sie mit Carl Finkbeiner teilte. »Wie geht's Ihnen denn?«, fragte der alte Heiland.

»Geht so!«, antwortete Hanna schmallippig.

»Aha!« Henry hatte begriffen. »Schade eigentlich!«, sagte er und verließ das Büro.

»Was meint er denn damit?«, fragte Carl Finkbeiner.

»Vergiss es!«, schnappte Hanna Iglau und vertiefte sich in eine Akte.

38. KAPITEL

Sven Hartung hatte einen Kleinlaster samt Fahrer gemietet. Er selbst traute sich das Autofahren nach seiner langen Zeit im Gefängnis noch nicht wieder zu. Gemeinsam hatten sie sein gesamtes Tonstudio darauf

verladen. Dr. Loos, der Direktor der Justizvollzugsanstalt, erwartete den Transport, der ihm telefonisch
angekündigt worden war, vor dem Gefängnistor. Als
Sven auf der Beifahrerseite aus dem Führerhaus sprang,
schüttelte Dr. Loos ihm begeistert die Hand. »Das ist
eine tolle Spende! Sie wissen ja am besten, wie sehr ich
die Musik als Therapie schätze.«

»Ich möchte so schnell wie möglich wieder los«,
sagte Sven. »Haben Sie Leute, die das Zeug abladen
können?«

»Ja sicher. Ist alles vorbereitet. Aber ich habe noch
eine Frage an Sie, lieber Sven. Ich darf doch Sven
sagen?«

Hartung hob die Schultern. »Wenn Sie wollen …«

»Tja also, wie wär's denn, wenn Sie die Band weiter leiten würden? Wir haben ja auch Leute von der
Volksbühne, die mit unserer Theatergruppe arbeiten,
und ein Dozent von der HdK betreut unsere Mal-
gruppe, wie Sie wissen.«

Sven Hartung schüttelte den Kopf. »Tut mir leid,
Herr Direktor. Ich bin nur noch wenige Tage in Berlin.«

»Schade. Aber ich verstehe Sie.«

»Gut.« Sven Hartung nickte dem Direktor kurz zu.
»Alles Gute, Dr. Loos!«

»Oh, das wünsche ich Ihnen auch, Sven!«

Auf einen Wink von Dr. Loos steuerte der Fahrer
den Kleinlastwagen durch das Tor in den Gefängnis-
hof.

39. KAPITEL

»Die Spurensicherung geht inzwischen davon aus, dass Sylvia Hartung mit einem Jagdgewehr erschossen wurde«, berichtete Jenny Kreuters bei der morgendlichen Besprechung des Teams. »Die Munition, die vom Gerichtsmediziner aus dem Kopf des Opfers herausoperiert wurde, lässt diesen Schluss zu. Der Standort des Schützen war etwa 30 Meter entfernt, dicht bei einer Säule. Friedhelm Hartung besitzt ein Jagdrevier in Brandenburg, hinter Templin. Er selbst jagt zwar nicht mehr, sagte uns der zuständige Förster am Telefon, aber sein Sohn Gregor.«

Peter Heiland nickte. »Sehr gut, Jenny!«

Die Kollegin grinste, sah zu Hanna hinüber und sagte: »War eine Gemeinschaftsarbeit.«

»Ich hab mit Karsten Hartung gesprochen«, meldete sich Carl Finkbeiner, »wegen seines Alibis. Er hat mir den Namen und die Anschrift seiner Geliebten verraten, und die hat bestätigt, dass er an dem Mordabend bei ihr gewesen sei. Bis gegen zwei Uhr nachts.«

»Glaubhaft?«, fragte Peter.

Finkbeiner wiegte den Kopf hin und her. »Sagen wir mal so: Sie wirkte gut vorbereitet. Ich hab dann auch noch mit Gregor Hartung gesprochen. Er hat mir sehr bereitwillig den Waffenschrank im Hause Hartung gezeigt. Ein Gewehr, zu dem das Kaliber in Sylvia Hartungs Kopf gepasst hätte, war nicht dabei.«

»So blöd ist ja wohl keiner, dass er mit einem Gewehr eine Frau umbringt und die Waffe danach wieder in den Schrank stellt«, ließ sich Norbert Meier hören.

Schließlich berichtete Peter von seinem Besuch bei Friedhelm und Karsten Hartung in deren Firma. »Die Sekretärin hat uns erzählt …«

»Uns?«, fragte Norbert Meier und sah fragend zwischen Hanna und Peter hin und her.

»Meinem Großvater und mir. Also, sie hat uns erzählt, dass die geschiedene Frau des alten Hartung in einem Altenheim am Dianasee wohnt. Und sie meinte, die alte Dame wisse möglicherweise viel über die Familienverhältnisse der Hartungs. Man müsste sie befragen.«

»Wer *man*?«, fragte Hanna spitz.

Norbert Meier rief: »Am besten doch der Chef und sein Opa!«

Die Runde genehmigte sich ein kurzes Lachen.

Zur Überraschung seiner Mitarbeiter antwortete Peter Heiland: »Genau das wollte ich auch grade vorschlagen.« Dann erst gab er einen detaillierten Bericht über seine Ermittlungen und Erlebnisse auf der Schwäbischen Alb und am Bodensee. Er schloss: »Dich, Norbert, bitte ich, den Kontakt zu dem Kollegen Schlotterbeck in Ebingen zu halten. Carl, du könntest Gregor Hartung noch mal befragen. Wir müssen wissen, was er im Oktober 2014 in Ebingen gemacht hat. Und krieg doch mal raus, wo genau das Jagdrevier von Friedhelm Hartung ist. Gewöhnlich gehört da ja eine Jagdhütte

187

dazu. Vielleicht finden wir dort die Tatwaffe.« Die beiden Kollegen notierten sich die Aufträge.

40. KAPITEL

Das Altenheim am Dianasee nannte sich »Seniorenstift« und war in einem schönen Jugendstilbau untergebracht. Von der Leiterin erfuhren Peter Heiland und sein Großvater, dass sich im Hauptgebäude acht Wohnungen mit je zwei Zimmern, Küche und Bad befanden. Alle hatten große Südbalkone. Das Erdgeschoss beherbergte einen geräumigen Speisesaal mit einer anschließenden großen und sehr modernen Küche sowie einen Salon mit Bibliothek. In zwei Nebengebäuden gab es je drei weitere Wohnungen, dazu Räume der Verwaltung und eine gut ausgestattete Pflegestation. Zum See hin fiel eine Rasenfläche sanft ab, auf der verstreut ein paar Liegestühle standen.

Frau Heidelinde Hartung war eine hochgewachsene dünne Frau, die sich sehr gerade hielt. Sie trug ein knöchellanges schwarzes Kleid mit einem schönen runden Spitzenkragen. In der Hand hielt sie ein feines

Taschentuch, mit dem sie sich alle paar Augenblicke die Mundwinkel abtupfte. Ihre Stimme war sehr leise, als sie sagte: »Kommen Sie doch herein. Ich habe Zeit.« Sie bat ihre Gäste, auf zwei Sesselchen an einem Glastisch Platz zu nehmen. Eine Hausangestellte brachte auf einem Tablett Teegeschirr und Gebäck und servierte mit geschickten Bewegungen. »Danke, Eva«, sagte Frau Hartung. Wie sie die zwei Worte aussprach, vermittelte ihren Besuchern, dass Frau Hartung eine große Distanz zu der Bedienerin zu wahren wusste, und der Eindruck verstärkte sich noch, als sie sagte: »Eva kommt aus Polen. Sie ist eine angenehme Person.«

Eva machte einen kleinen Knicks und verließ den Raum.

»Nun, meine Herren Polizisten, was kann ich für Sie tun?«

»Ich bin kein Polizist«, sagte Opa Henry. »Ich begleite nur meinen Enkel.«

Frau Hartung sah ihn etwas befremdet an. »Das verstehe ich nicht.«

Heinrich Heiland lachte kurz auf. »Des kann mr au net verstehe, gnädige Frau. Und wenn i Sie stör, wart ich drunten im Foyer auf ihn.«

»Lassen Sie nur. Bitte greifen Sie doch zu, meine Herren.«

»Sind Sie informiert über das, was in der Familie Ihres geschiedenen Mannes passiert ist?«, fragte Peter Heiland.

»Es ist immer noch auch meine Familie«, antwortete die alte Dame mit hocherhobenem Kopf. »Gregor ist mein Sohn, der sich rührend um mich kümmert, und Sven ist und bleibt mein Enkel, ganz egal, was geschehen ist.«

»Karsten ja wohl auch, nicht wahr?«

»Nein, mit Karsten verhält es sich anders.« Behutsam stellte sie ihre Teetasse auf das Untertellerchen.

»Das verstehe ich nicht«, sagte Peter, »Er ist doch genauso Gregors Sohn wie Sven.«

»Oh nein. Das ist er nicht!«

»Bitte?« Überrascht sah Peter die alte Frau an.

»Er hat einen anderen Vater!«

»Und? Kennen Sie den?«, fragte Opa Henry.

»Und ob ich den kenne!« Plötzlich hatte die sonst so angenehme Stimme von Heidelinde Hartung einen schrillen Klang.

»Oh du lieber Gott!«, sagte Heinrich Heiland leise. »Wenn des stimmt, was ich jetzt denk!«

Peter fragte: »Ist denn Karsten ein adoptiertes Kind gewesen?«

»Fast könnte man es so nennen«, antwortete die Gastgeberin. »Aber jetzt Schluss damit! Ich habe schon zu viel geredet.«

»Wie ist denn das Verhältnis zu Ihrer Schwiegertochter?«, fragte der Kommissar.

»Wie soll das sein? Es ist, wie es ist.«

»Entschuldigung, aber das war jetzt nicht sonderlich aufschlussreich.«

»Nun, Anneliese kommt aus kleinen Verhältnissen.«

»Das ist ja keine Schande, oder?«, mischte sich Opa Henry ein.

»Nein, natürlich nicht. Trotzdem …«

Der alte Heiland lächelte: »Bei uns im Schwäbischen gibt es einen Spruch: *Die Reiche sollet die Reiche heirate, ond die Arme sollet's genau so mache.* Aber damit ist nicht gemeint, die Armen sollen auch die Reichen heiraten.«

»Ganz recht«, erwiderte Frau Hartung. »Besser, man bleibt in seinen Kreisen.«

»Und das war bei Ihrer Schwiegertochter nicht so, hab ich das richtig verstanden?«, fragte Peter Heiland.

»So ist es!«

»Ihren Sohn Gregor scheint das aber nicht gestört zu haben.«

»Mein Mann hat es so gewollt.«

»Ihr Mann? Sie meinen Friedhelm Hartung?«

»Ich hätte natürlich sagen müssen: mein Exmann.«

»Wollen Sie damit sagen, dass Ihr Exmann entschieden hat, wen Ihr Sohn heiraten sollte?«

»Richtig«, sagte sie noch einmal.

»Wie war denn Ihr Verhältnis zu Sylvia?«

»Zu der geborenen Niedermeier? Als sie Karsten geheiratet hat, hab ich sie im Stillen umbenannt: die geborene Niedertracht.«

»Sie waren mit der Heirat nicht einverstanden?«

»Natürlich nicht! Aber auch diese Geschichte geht auf das Konto meines früheren Mannes. Für ihn sind Menschen nur Figuren in seinem eigenen Schachspiel. Bei unserer Scheidung damals hat mich mein Anwalt gefragt, welche Begriffe meinem Mann am ehesten zuzuordnen seien. Ich habe gesagt: Macht, Kraft, Sex und Gewalt. Das, meine Herren, sollten Sie bei Ihrer Arbeit immer bedenken!«

»Haben Sie sich denn selbst auch so gesehen?«, fragte Peter vorsichtig.

»Wie?«

»Als Figur im Schachspiel Ihres Mannes?«

Frau Hartung beugte sich ein wenig vor. »Zunächst nicht. Wir haben sehr früh geheiratet. Schon wenige Jahre nach Kriegsende. Und als er anfing ...« Sie unterbrach sich und lehnte sich wieder zurück. »Ende der Befragung.«

»Schade«, sagte Opa Henry. »Jetzt müssen wir uns alles Mögliche zusammenreimen, und wer weiß, was dabei rauskommt.«

»Denken Sie sich, was Sie wollen. Ich habe das alles hinter mir. Ich lese viel. Und ich erinnere mich genau an ein Interview mit Doris Lessing in einer großen Zeitung ... wissen, Sie wer das war?«

Peter lächelte. »Sie meinen die englische Nobelpreisträgerin für Literatur und Großtante Gregor Gysis?«

»Sie war die Tante Gregor Gysis«, verbesserte Frau Hartung. »Doris Lessings Schwester hat Klaus Gysi, diesen späteren DDR-Minister und Vater von Gregor, geheiratet.«

»Danke«, sagte Peter Heiland, mit leichter Ironie. »Dann weiß ich das jetzt auch.«

»Jedenfalls: Doris Lessing hat damals, kurz vor ihrem Tod 2013, gesagt, älter werden sei interessant. Viel gäbe es aber darüber nicht zu sagen. Das Schlimmste sei, dass die Kräfte nachlassen, ohne dass man etwas daran ändern könne. Das Schöne aber sei, dass man langsam davonschwebe und der Welt mehr und mehr zusehe wie einer großen Komödie.«

»Der g'fällt mir!«, ließ sich Opa Henry hören.

»Sie haben mir nicht den Eindruck gemacht, als hätten Sie uns eine Komödie erzählt, eher klang es nach einer Familientragödie«, sagte Peter Heiland.

»Sagen wir Tragikomödie! Und lassen wir es dabei. Ich bin müde, meine Herren.«

»Nur eine Frage noch«, sagte Peter Heiland, während er sich bereits von seinem Sessel erhob. »Hatten Sie mit Ihrem Enkel Sven während seiner Gefängniszeit Kontakt?«

»Wir haben uns ein paar Mal geschrieben. Ein Gefängnis würde ich niemals betreten.«

»Glauben Sie, dass er schuldig war?«

»Wer weiß, welche Abgründe in einem Menschen schlummern. Wenn Sie einmal mit dieser Familie zu tun hatten, halten Sie alles für möglich. Ich bringe Sie zur Tür.« Sie war inzwischen ebenfalls aufgestanden. Sehr aufrecht durchschritt sie das Zimmer, nickte den beiden Männern zu, ohne ihnen die Hand zu geben, und öffnete die Tür zum Treppenhaus.

Heinrich und Peter Heiland verließen das Seniorenstift nicht sofort, sondern gingen über den gepflegten Rasen zum Seeufer hinunter. »Des glaubscht doch net«, sagte Opa Henry, »mitten in der Stadt so ein See. Und da badet sogar Leut!«

Peter zeigte zum gegenüberliegenden Ufer hinüber, wo ein weitläufiges Terrassenhaus stand. »Ja, da müsste man wohnen. Jetzt im Hochsommer könnt man jeden Morgen vor der Haustür schwimmen gehen.«

Die beiden drehten sich um und sahen zu dem Gebäude hinauf, das sie vor wenigen Minuten verlassen hatten. Auf ihrem Balkon im dritten Stock stand Heidelinde Hartung. »Weißt, was mich wundert?«, fragte Opa Henry.

»Hm?«

»Die Frau wirkt gar nicht verbittert, obwohl sie ja scheint's a ziemlich schlimmes Leben g'habt hat.«

»Auf mich hat sie gewirkt, als sei sie eher stolz darauf«, gab der Enkel zurück.

Sie setzten sich auf eine Bank, die unter einer Birke stand. »Wir müssten mit der Frau von dem Gregor reden«, sagte Heinrich Heiland.

»Opa! Wir müssen für dich jetzt ein anderes Programm machen. Du kannst nicht die ganze Zeit bei meinen Ermittlungen dabei sein.«

»Warum denn net? Ist doch interessant für mich.«

»Es geht nicht! Die Kollegen zerreißen sich jetzt schon die Mäuler.«

»Na und? Die halten dich doch sowieso für einen komischen Vogel.«

Peter starrte seinen Großvater sprachlos an. Und dann brachen sie plötzlich im gleichen Augenblick in lautes Gelächter aus.

Sie verließen das Grundstück, und Peter erklärte seinem Großvater, wie er mit öffentlichen Verkehrsmitteln zu seiner Wohnung in der Stargarder Straße gelangte. Opa Henry war leicht verstimmt, obwohl er im Stillen eingesehen hatte, dass er nicht den ganzen Tag mit seinem Enkel verbringen konnte. Peter hatte ihm den Zweitschlüssel zu seiner Wohnung gegeben und versprochen, spätestens um sieben Uhr daheim zu sein. Er wollte dann mit ihm beim Spanier auf der gegenüberliegenden Straßenseite essen gehen. Bis zur Haltestelle Hagenplatz begleitete er den Großvater noch. Als der alte Mann in den Bus einstieg, sagte er: »Du musst unbedingt die Frau Hartung, also die junge, fragen, wer der Vater von dem Karsten ist. Ich will wissen, ob ich mit meiner Vermutung recht hab.«

»Welcher Vermutung?«

Aber da schloss sich schon zischend die Omnibustür.

41. KAPITEL

Peter rief Hanna Iglau an. »Ich würde gerne mit dir zu Frau Hartung gehen, der jüngeren Frau Hartung. Ihre Schwiegermutter habe ich grade kennengelernt. Und dabei sind ein paar Dinge hochgekommen, denen ich nachgehen will. Den Dienstwagen lass ich hier stehen. Zum Wildpfad sind es ja nur ein paar Minuten zu Fuß.« Das alles hatte er schnell und ohne Atem zu holen gesagt. Jetzt fügte er noch hinzu. »Ist das okay?«

»Ja sicher«, sagte Hanna.

»Gut! Treffen wir uns Ecke Hagenstraße, Wildpfad.«

Eine Viertelstunde später stieg Hanna aus einem Taxi. Sie sah hinreißend aus, fand Peter, und sagte es ihr auch gleich.

»Wir sind dienstlich hier, oder?«, fragte Hanna schnippisch.

»Ja natürlich. Auf dem Weg erzähl ich dir, was uns die alte Dame in ihrem Seniorenstift gesagt hat. Übrigens: Wie die auf ihre letzten Tage wohnt – es hat schon immense Vorteile, wenn man im Alter viel Geld hat.«

»Das wird für uns nie gelten, oder erbst du mal ein paar Millionen?«

»Nein. Nur das Häuschen meines Opas in Pflummern. Aber da könnte man hinziehen.«

»Zur Sache bitte«, sagte Hanna. Es klang zwar ernst, aber sie lächelte dabei. Als sie das Villengrundstück der Familie Hartung erreichten, hatte Peter das Gespräch ziemlich genau wiederholt, das er und sein Großvater mit Heidelinde Hartung geführt hatten.

Peter Heilands Überlegung, dass Anneliese Hartung um diese Zeit, von ein paar dienstbaren Geistern abgesehen, alleine in der Villa war, erwies sich als richtig. Es schien, als wäre außer ihr überhaupt niemand da.

»Wenn Sie wollen, können wir uns im Garten unterhalten«, sagte die Hausherrin. »Da ist es schattig, und vom Grunewaldsee her kommt ein wenig frische Luft. Kann ich Ihnen etwas zu trinken anbieten?«

»Ein Wasser vielleicht«, sagte Hanna.

»Gehen Sie schon mal voraus? Ich bring es gleich.«

»Haben Sie denn niemand, der …«

»Ich kann mit Dienstboten nicht so gut umgehen. Deshalb mache ich alles, was ich kann, lieber selber.«

»Da sind Sie aber das glatte Gegenteil von Ihrer Schwiegermutter«, sagte Peter.

»Sie kennen Heidelinde?« Frau Hartung war unwillkürlich stehen geblieben.

»Ich war grade bei ihr. Und, um ehrlich zu sein, das brachte mich auf den Gedanken, das Gespräch mit Ihnen fortzusetzen.«

Hanna sah überrascht zu Peter herüber. Wie gewählt der sich auf einmal ausdrücken konnte.

»Sie wird nicht viel Freundliches über mich gesagt haben.«

»Stimmt!« Peter Heiland lächelte Anneliese Hartung an.

Sie gab das Lächeln zurück. »Ich werde vielleicht ein Fläschchen Wein zu dem Wasser mitbringen.«

Am Ende des weitläufigen Gartens, der direkt an den Grunewald angrenzte, stand ein sechseckiger weißer Pavillon, an dessen Innenwänden eine blau gestrichene Bank entlanglief. In der Mitte stand ein ebenfalls sechseckiger Tisch. Ein buntes Blumenbeet, in dem ein Heer von Insekten summte, strömte ein ganzes Bouquet an Düften aus. Hanna atmete tief durch. »Du hast schon recht, manchmal kann es wohl auch ganz schön sein, reich zu sein.«

Anneliese Hartung kam mit einem Tablett, darauf sechs Gläser, zwei Flaschen Wasser, eine Flasche Weißwein und ein Teller mit Salzgebäck. »Bitte nehmen Sie doch Platz!«

»Wir sind in diesem Haus nicht immer so freundlich empfangen worden«, sagte Peter Heiland.

»Tja, jeder nach seiner Fasson. – Wasser mit oder ohne Kohlensäure?«

»Mit bitte!«, antworteten Hanna und Peter wie aus einem Mund.

»Bei dem Wein bedienen Sie sich bitte selber. Setzen wir uns.« Sie atmete einmal tief durch und fragte dann: »Also was hat die Alte wieder Böses über mich furchtbare Schwiegertochter gesagt?«

»Offenbar hielt sie Sie nicht für standesgemäß.«

»War ich ja auch nicht. Heidelindes Vater war Staatssekretär im Wirtschaftsministerium, als sie 1930 geboren wurde. Ein später Vater übrigens, damals schon über 40. Er hat es geschafft, 1933 von den Nazis nicht davongejagt zu werden wie so viele andere. Staatssekretär durfte er zwar nicht bleiben, aber er hat sich angepasst. Er ist natürlich in die Partei eingetreten und hat die zwölf Jahre des 1000-jährigen Reichs gut überstanden. Nach dem Krieg wurde er in einer hohen Position übernommen. Und da ist er meinem Schwiegervater begegnet.«

»Mein Gott, ist das weit weg«, sagte Hanna.

»Sie haben recht. Aber diese Zeit hat unser Leben bestimmt. Selbst meines, und ich wurde ja lange nach Kriegsende geboren. Na gut! Jedenfalls setzte sich der alte Herr zu Segensburg, so hieß Heidelindes Familie, in den Kopf, seine Tochter mit Friedhelm zu verheiraten. Mein Schwiegervater war sicher sofort damit einverstanden. Bei Heidelinde weiß ich es nicht.«

»Aber irgendwann haben die beiden sich getrennt«, sagte Peter Heiland.

»Keine Frau wäre bei Friedhelm geblieben.« Es klang bitter.

»Warum nicht?«

»Weil er nichts neben sich gelten lässt. Weil er überhaupt keine Fähigkeit hat, zu lieben. Weil er …« Sie brach ab.

Peter Heiland, der, wie bei jedem Ermittlungsgespräch, sein Notizbuch herausgezogen hatte und eifrig mitschrieb, musste plötzlich an eine Diskussion mit Wischnewski denken, in dessen Verlauf der gesagt hatte: »Manchmal werden wir zu Beichtvätern, weil die Menschen in so einer Vernehmung zum ersten Mal Gelegenheit haben, über ihren ganzen Jammer zu reden.«

»Sie sind sehr offen zu uns«, sagte Peter. »Deshalb wage ich, Sie zu fragen: Wer ist der Vater Ihres Sohnes Karsten?«

Anneliese Hartung, die gerade einen Schluck trinken wollte, setzte das Glas hart wieder ab. »Was soll die Frage?«

»Ihre Schwiegermutter sagt, Ihr Mann Gregor sei nicht der Vater von Karsten. Ich hatte das Gefühl, sie verachtet ihn genauso, wie – bitte entschuldigen Sie – genauso wie Sie, obwohl er ihr Sohn ist. Und obwohl sie behauptet, er kümmere sich rührend um sie.«

»Ich müsste Ihnen erzählen, wie ich in diese Familie gekommen bin.«

»Bitte!«, sagte Peter. »Es ist Ihre Entscheidung.«

»Eigentlich ist es eine ganz banale Geschichte. So eine, wie in der Familie Springer oder in der Familie Mohn von Bertelsmann. Ich war die Sekretärin Friedhelm Hartungs. Allerdings bin ich heute nicht die Firmenchefin wie Frau Liz Mohn bei Bertelsmann oder Friede Springer in dem Hamburger Verlagsimperium. Aber eines Tages ergab sich die Chance, Teil der Familie Hartung zu werden. Sie müssen wissen, ich komme wirklich aus ganz ärmlichen Verhältnissen. Eine genauere Beschreibung möchte ich mir ersparen.« Frau Hartung goss sich ein Glas Wein ein und trank sofort einen kräftigen Schluck davon. Das ermunterte Peter dazu, sich selbst auch einzuschenken. Als er Hanna fragend anschaute, schüttelte die heftig den Kopf.

»Jede in meiner Situation – sagen wir fast jede«, verbesserte sich Frau Hartung, »hätte zugegriffen. Ich hatte nicht nur die Chance, für den Rest meines Lebens versorgt zu sein. Friedhelm bot mir sogar an, meine Familie finanziell so zu unterstützen, dass sie aus ihrem Elend herauskommen konnte. Also habe ich zugesagt.«

»Was zugesagt?«, fragte Hanna fast atemlos.

»Gregor zu heiraten. Es war die einzige Lösung. Eine Abtreibung wäre für mich niemals infrage gekommen.«

»Langsam, langsam«, meldete sich Peter. »Sie waren schwanger?«

»Worüber rede ich denn die ganze Zeit?« Sie trank ihr Glas in einem Zug leer.

Plötzlich war für Peter die Situation klar: »Sie waren von Friedhelm Hartung schwanger.« Es war keine Frage, es war eine Feststellung.

Anneliese Hartung neigte in einer sehr langsamen Bewegung ihren Kopf nach vorne, ihr Oberkörper folgte, bis er auf ihren Knien lag. Aber sie sagte keinen Ton.

Hanna rückte ein wenig zu ihr hin und legte ihren Arm um die Schultern der Frau. Eine ganze Zeit war nur das Summen der Hummeln und der Bienen in den Blumenbeeten zu hören. Das war es also, was Heidelinde Hartung eine Tragikomödie genannt hatte, ging es Peter durch den Kopf. Und gleich danach fragte er sich, wie er jetzt weitermachen sollte?

Hanna sagte in nüchternem Ton: »Dafür muss sich kein Mensch schämen.«

Peter hörte sich plötzlich laut sagen: »Lauter Spielfiguren auf einem Schachbrett.«

Anneliese Hartung richtete sich ruckartig auf. »Was haben Sie da gerade gesagt?«

Peter blätterte in seinem Notizbuch zwei Seiten zurück. »›Für ihn sind Menschen keine Menschen, sondern nur Figuren in seinem eigenen Schachspiel‹, das hat Ihre Schwiegermutter gesagt.«

»Ja. Ja natürlich. Sie war ja auch nichts anderes, eigentlich hätte sie mich verstehen müssen. Eigentlich hätten wir gemeinsam ... eigentlich ...« Sie verstummte.

»Ja«, sagte Hanna, »sie hätten sich gegen ihn verbünden müssen.«

»Wenn das so einfach gewesen wäre. Heidelinde verachtete mich. Für sie kam so etwas wie Solidarität mit mir überhaupt nicht infrage. Und unterschätzen Sie nicht die Macht, die der alte Hartung hatte und noch immer hat. Gegen so einen Menschen kommen Sie nicht an.«

»Und Ihr Mann?«, fragte Peter.

»Ach der arme Gregor. Ein Leben lang hat er alles versucht, damit ihn sein Vater akzeptiert.« Sie lachte unfroh auf. »Er hat es sogar geschafft, mit mir ein Kind zu zeugen, was für ihn bestimmt nicht einfach war.« Wieder dieses Lachen ohne Fröhlichkeit. »Aber das hat alles nichts genützt ... nichts genützt ... Ja, einen Nichtsnutz hat ihn der Alte ein ums andere Mal genannt. Wieder und wieder! Wissen Sie, wenn es in dieser Familie einen Mord hätte geben müssen, dann wäre es der von Gregor an seinem Vater gewesen. Manchmal habe ich mir das vorgestellt, manchmal habe ich tatsächlich Träume gehabt, in denen genau das passiert ist. Aber wenn Gregor sich einmal gegen seinen Vater gestellt hat, hat der Alte nur gelacht, sich abgewendet, und mein Gregor stand da mit hängenden Armen.« Sie füllte ihr Glas und trank. »Mir steigt der Wein in den Kopf. Kein Wunder. Man soll bei dieser Hitze überhaupt keinen Alkohol trinken. Und ich bin es auch nicht gewöhnt.«

»Wie standen Sie denn zu Sylvia, Ihrer Schwiegertochter?«

»Ich mochte sie. Sie war anders als wir alle. Sie hat sich nie unterworfen. Auch Friedhelm nicht. Bei ihr haben alle seine Mechanismen nicht funktioniert. Umso mehr hat er um sie geworben.«

»Im Ernst?«, fragte Hanna. »Sie war 60 Jahre jünger!«

»Nicht so, wie Sie vielleicht denken. Er wollte nicht mir ihr ins Bett. Das hatte er ja auch ein Leben lang mit allen möglichen Weibern ausgelebt. Nein, mit Sylvia war das etwas anderes. Er fühlte sich zu ihr hingezogen. Manchmal habe ich gedacht, der Mann war ein Leben lang unfähig zu lieben. Ihm ging's immer nur um Sex. Und jetzt auf einmal, in den letzten Tagen seines Lebens, verliebt er sich wirklich. Vielleicht war es ein Hirngespinst, aber es kam mir wirklich so vor.«

Peter fiel der Satz seines Stuttgarter Chefs wieder ein: »Dr Mensch ischt ein Myschterium.« Aber er zitierte ihn nicht. Stattdessen sagte er: »Wenn ich Sie recht verstehe, haben Sie sich arrangiert.«

»Das sehen Sie richtig, junger Mann. Alle meine Fantasien, meine Pläne, hier auszubrechen, sind kläglich gescheitert. Auch meinen Söhnen zuliebe. Wichtig ist nur noch, dass Sven endlich Gerechtigkeit widerfährt!«

»Da sind wir uns einig«, sagte Peter fast ein bisschen feierlich.

Als Hanna und Peter die Villa verließen, gingen sie schweigend zu Peters Dienstwagen, der noch immer vor dem Seniorenstift im Königsträßchen parkte. Erst als sie dort ankamen, sagte Hanna: »Schade, ich hätte gerne den Abend mit dir verbracht. Aber dein Opa ist ja da.«

Peter nickte. »Und wie wär's mit einem Abend zu dritt?«

»Nicht heute. Ein anderes Mal gerne. Und auf jeden Fall brauche ich noch einen Abend mit dir alleine!« Plötzlich warf sie die Arme um seinen Hals, zog ihn ganz eng an sich und küsste ihn leidenschaftlich, ließ aber genauso plötzlich wieder von ihm ab und sagte: »Los, lass uns fahren!«

42. KAPITEL

Bevor Peter Heiland am Abend sein Büro verließ, ging er noch bei Wischnewski vorbei. Es gehörte zu seinen Privilegien, dass er den Kriminaldirektor nahezu jederzeit stören durfte. »Kommen Sie rein! Kommen Sie rein!«, rief Wischnewski, als Peter anklopfte und vorsichtig seinen Kopf durch die Tür streckte. »Wie läuft Ihr Fall?«

»Wächst sich zu einer Familientragödie aus.« Peter berichtete in kurzen Zügen, was er bei den beiden Frauen aus dem Hause Hartung erfahren hatte.

Wischnewski ließ sich gegen die Rückenlehne seines Schreibtischsessels fallen und legte die Füße auf den Tisch. »Sind Sie immer noch der Meinung, dieser Karsten habe damals Steinhorst mit dem Bügeleisen erschlagen, und der Großvater habe darauf bestanden, dass dessen Bruder die Tat auf sich nimmt?«

»Den zweiten Teil halte ich für ziemlich sicher. Aber wer nun Steinhorst ins Jenseits befördert hat und warum – da tappen wir nach wie vor im Dunkeln.«

»Und wer war Ihrer Meinung nach der Mörder Guido Markerts?«

»Da gehe ich immer noch davon aus, dass es ein bezahlter Killer war. Aber wer ihn beauftragt und bezahlt hat, wissen wir nicht. Ich erwarte morgen einen Bericht des Kollegen Schlotterbeck aus Ebingen. Vielleicht wissen wir dann mehr.«

»Oder alles wird noch verworrener. – Bitte halten Sie mich auf dem Laufenden, ja?«

Peter nickte und schickte sich an, Wischnewskis Büro zu verlassen. Aber der hielt ihn noch mal auf. »Wie sieht es denn mit Ihnen und Hanna aus?«

Peter zuckte mit den Achseln. »Weiß nicht. Wir müssen einfach noch mal in Ruhe miteinander reden.«

»Tun Sie das!«

205

Peter wünschte dem Chef einen guten Abend und verließ dessen Büro. Auf dem Korridor kam ihm Carl Finkbeiner entgegen. »Wir haben die Jagdhütte Hartungs gefunden. Dort hingen zwei Jagdgewehre, und in einem Schrank war ein Kistchen Munition, aus dem sechs Patronen fehlten. Ich habe die Gewehre und etwas von der Munition zu den Ballistikern gebracht.«

»Du hast das Zeug einfach mitgenommen?«

»Offenbar färbt das Verbrechen auf unsereinen ab. Ich hab überhaupt kein schlechtes Gewissen gehabt. Wenn die Untersuchung nichts bringt, schaff ich die Flinten wieder hin.«

»Dann sorg aber dafür, dass du keine Fingerabdrücke hinterlässt.« Die beiden grinsten sich fröhlich an und wünschten sich einen schönen Feierabend.

43. KAPITEL

Heinrich Heiland stand am offenen Fenster in Peters kleiner Wohnung. Das bunte Leben in der Stargarder Straße betrachtete er mit einer Mischung aus Faszination und Abscheu. Wie konnte man so leben? Wenn er in Pflummern vor seinem Häuschen saß, kamen im Verlauf eines Nachmittags vielleicht zwei oder drei Leute vorbei. Hier hasteten unzählige Menschen in einem nicht enden wollenden Strom in beiden Richtungen durch die Häuserschlucht. Freilich, da war auch dieser Mann, der auf der anderen Straßenseite vor der Kirche auf dem Mäuerchen saß, vor sich eine Blechdose, neben sich einen Besen, mit dem er nun schon zwei Mal, seitdem Heinrich Heiland am Fenster stand, den Gehweg gefegt hatte. Immer wieder blieben Frauen bei ihm stehen und hielten ein Schwätzchen. Aber noch mehr Kinder schienen den Bettler zu besuchen. Überrascht hatte Opa Henry gesehen, wie einige von ihnen dem alten Mann ihre Schulhefte gezeigt hatten und sich irgendetwas erklären ließen. Der gibt Nachhilfeunterricht mitten auf der Straße, dachte Heinrich Heiland bei sich. Dass es so was gibt! Und dann sah er plötzlich seinen Enkel bei dem Mann stehen bleiben. Sie redeten kurz miteinander, Peter warf ein Geldstück in die Blechdose zu Füßen des Bettlers, nickte ihm noch einmal zu und sah dann zu seiner Wohnung hinauf. Als er den Großvater sah, winkte er ihm zu, wollte schnell die Straße überqueren, stolperte aber über den Besen des Bettlers und wäre längelang hingestürzt, wenn ihn der nicht aufgefangen hätte. »Immer noch der gleiche Tollpatsch!«, hörte sich Opa Henry sagen.

Eine halbe Stunde später: Der spanische Wirt servierte verschiedene Tapas und für jeden ein Glas Sangria.

»Temperaturen wie bei uns zu Hause«, schwärmte er, »wunderbar!« Henry sah ihn kopfschüttelnd an. »Wie mr's nimmt.«

Opa und Enkel saßen auf einfachen Hockern an einem wackeligen Gartentisch auf dem Trottoire, dicht bei der Tür, die ins Lokal führte. Pedro stand an die Wand gelehnt neben ihnen und wischte seine Hände an einem Handtuch trocken, das er in seinen Gürtel gesteckt hatte. Peter sagte: »Jetzt, Opa, erzähl, was war deine Vermutung?«

»Also ich denk: Dieses hochnäsige Weib, also die alte Frau Hartung, hasst ihre Schwiegertochter gar nicht so sehr, weil sie aus ärmlichen Verhältnissen kommt, sondern weil ihr Exmann ihr ein Kind g'macht hat.«

»Mensch Opa!«

»Was?«

»Genauso ist es. Das hat die Anneliese Hartung heut mir und der Hanna bestätigt.«

»Dir und der Hanna? Geht's wieder mit euch?«

»Wer sagt denn, dass es nicht gegangen ist?«

»Ich sag des, weil ich's g'merkt hab, Kerle! – Übrigens des süße Zeug da«, er meinte den Sangria, »schmeckt mir net zum Essen. Des geht vielleicht als Nachtisch.«

Pedro, der noch immer neben der Eingangstür lehnte, hatte es gehört, lachte: »Ich bringe euch einen Rioja!«

»Also«, nahm Opa Henry den Faden wieder auf, »der Alte hat die junge Frau geschwängert und danach seinen Sohn – wie heißt der gleich noch mal?«

»Gregor.«

»Den Gregor hat er gezwungen, sie zu heiraten. Fragt sich bloß, wie ist des junge Mädle in das Haus gekommen?«

»Sie war die Sekretärin von Friedhelm Hartung.«

Der alte Heiland nickte, als ob er nichts anderes erwartet hätte, und fragte dann: »Sag amal, ist der Gregor vom anderen Ufer?«

»Du meinst, ob er homosexuell ist?«

»Ja schwul halt.«

»Es scheint so, ja.«

»Und dieser Markert war doch auch schwul, oder? Es gibt ja heut so viele davon …«

Pedro, der den Rioja in einer Karaffe brachte, goss den Wein in zwei einfache Gläser. »Das sind nicht mehr als früher, sie trauen sich nur endlich, sich zu zeigen«, bemerkte der Wirt und kehrte zu seiner Position neben der Tür zurück.

»Und wenn jetzt der Gregor was mit dem Markert g'habt hat?«

»Vieles ist möglich.«

Opa Henry trank einen Schluck von dem tiefroten spanischen Wein, stellte sein Glas mit einem lang gezogenen »Aaah« auf den Tisch zurück und sagte: »Des ischt doch glei was anderes!«

Eine Weile aßen und tranken sie schweigend, bis Opa Henry sagte: »Wie schaff ich's denn, dass ich noch amal mit dem Friedhelm Hartung reden kann?«

Peter zog sein Mobiltelefon heraus und wählte eine Nummer. »Guten Abend, Herr Hartung, Peter Heiland hier. Sie wollten sich doch noch mal mit meinem Großvater austauschen ... Wie bitte? ... Ja, wir sitzen auf der Straße, aber ich verstehe Sie gut ... Bitte? ... Ja, ich denke, das geht. Warten Sie, ich frage ihn gleich.« Peter beugte sich über den Tisch und sagte: »Morgen zum Frühstück? Ist dir das recht?«

Opa Henry nickte und Peter sagte ins Telefon. »Ja, das passt ihm. Um wie viel Uhr? ... Ja, ich denke, das geht ... Vielen Dank und einen schönen Abend noch.« Er schaltete das Handy aus. »Um neun Uhr bei Hartung daheim.«

»Gut. Vielleicht erfahr ich ja was, was dir weiterhilft.«

»Ich nehme an, er wird auch versuchen, von dir zu erfahren, wie weit wir mit unseren Ermittlungen sind.«

44. KAPITEL

Etwa um die gleiche Zeit saß Kommissar Schlotterbeck im »Gasthof Adler« einer etwa gleichaltrigen Frau gegenüber.

Schlotterbeck war in Ebingen geboren und aufgewachsen und hatte die Stadt nur verlassen, um seine Polizeiausbildung in Göppingen zu machen. Er war auch innerhalb der Stadt nie umgezogen. Mit seiner Frau und seinen beiden Kindern lebte er im elterlichen Haus in der Tailfinger Straße. Sein Vater war sehr früh gestorben. Für seine Mutter hatte der Sohn im Obergeschoss eine Einliegerwohnung ausgebaut.

Schon als Zwölfjähriger war Ralf Schlotterbeck in den Sportverein eingetreten. Aber im Gegensatz zu den meisten seiner Altersgenossen, hatte er sich nicht für Fußball oder Handball interessiert, sondern für Leichtathletik. Und die Trainer hatten rasch erkannt, dass der groß gewachsene und kräftige Junge alle Anlagen für den Mehrkampfsport hatte. Und so war er Zehnkämpfer geworden. Mit 20 Jahren wurde er Zweiter bei den Baden-Württembergischen Landesmeisterschaften und brachte es in seinem Heimatkreis zu einer gewissen Berühmtheit, die er bis heute zu nutzen verstand. Den aktiven Sport hatte er vor acht Jahren aufgegeben, war dem Verein aber treu geblieben, dessen stellvertretender Vorsitzender er jetzt war. Den offiziellen Titel »Vizepräsident« mochte er nicht.

Natürlich kannte der Kommissar auch Leute, die in der Firma Markert arbeiteten. Darunter Iris Greiner, eine einstige Klassenkameradin, die in der Textilfabrik zur Direktrice aufgestiegen war und ihm jetzt gegenübersaß. Im Verlauf des Abends wollte er auch noch mit dem Wirt über den Gast aus Berlin reden und konnte so zwei Fliegen mit einer Klappe schlagen.

»Es gibt Leute, die sind quasi zum Chef geboren«, sagte Iris. »Du bist vielleicht so einer.«

Schlotterbeck lachte auf. »Wenn du dich da mal nicht täuschst.«

»Du weißt, was ich mein: Menschen mit einer natürlichen Autorität. So Leut halt wie du, Ralf. Aber so einer war der Markert nicht. Eigentlich ein herzensguter Mensch, aber halt a bissle labil. Wenn du eine Firma leitest, und dann auch noch in so schwierigen Zeiten, dann musst du eben auch manchmal harte Entscheidungen treffen.«

Schlotterbeck nickte. »Er ist ja auch kaum unter Menschen gegangen.«

»Hier in Ebingen nicht, sonst schon. Er ist dann halt nach Stuttgart oder Reutlingen gefahren. Da hat er dann …«, Iris hüstelte, »… also seinesgleichen getroffen.«

»Also war er schwul, oder was?«

»Ja freilich.«

»Und weißt du das ganz genau?«

»Da bin ich mir sicher, Ralf. Das ist noch gar nicht so lang her, da waren mein Mann und ich in Reutlingen. Das war während der Betriebsferien, die man ja überhaupt auch bloß g'macht hat, weil die Auftragslage schon so schlecht war. Nachmittags waren wir a bissle shoppen, abends schön essen, und zum Schluss wollten wir noch einen Absacker trinken. So richtig in einer Bar. Ich bin ja noch nie in so einem Laden g'wesen. Mein Manfred schon. Aber aus Versehen sind wir in eine Schwulenbar geraten. Ich kann dir sagen:

Ich war die einzige Frau. ›Wir gehen wieder‹, hab ich gleich zu mei'm Manfred g'sagt. Aber den hat des grad interessiert. Und die waren auch ganz freundlich zu uns. Also wir setzet uns auf zwei Barhocker, und mein Mann bestellt – ganz Fachmann! – zwei Bloody Mary. Mein Gott, war des Zeug scharf! Ich krieg auch prompt einen Hustenanfall, und wie ich wieder klar gucken kann, fällt mein Blick direkt auf meinen Chef. Der sitzt da in einer Nische und knutscht mit einem anderen Mann. ›Raus hier!‹, hab ich zu meinem Mann g'sagt. ›Und zwar schnell. Ich geh schon voraus.‹ Der Manfred hat mich anguckt wie a Gans, wenn's blitzt. Aber des war mir egal. Mir war bloß wichtig, dass mich mein Chef net sieht. Hat er au net. Er war ja viel zu beschäftigt. Aber sein – wie sagt mr da? Freund? Partner? Geliebter? – also der hat mich gesehen. Und zwar sehr genau.«

»Woher weißt du des?«, fragte Schlotterbeck.

»A paar Tag später hat er den Herrn Markert besucht, und da bin ich ihm über den Weg g'laufe. Er hat mich direkt drauf angesprochen. ›Sie hätten in der Rosé Bar nicht so fluchtartig wegrennen müssen‹, hat er g'sagt, ›wir tun ja nix Verbotenes‹.«

»Recht hat er«, sagte Schlotterbeck. »Aber a bissle gewöhnungsbedürftig ist des für unsereinen trotzdem, gell?«

»Da hast du recht«, sagte Iris Greiner. »Also, wenn sich zwei Männer küsset … noi!«

»War denn der Mann öfter beim Markert in der Firma?«

»Ich hab in bloß des eine Mal g'sehen.«

Schlotterbeck bestellte noch zwei Viertel Wein. Es war inzwischen schon nach neun Uhr am Abend. Die Gaststätte leerte sich langsam. »Und jetzt sag: Steht die Firma Markert wirklich vor dem Aus?«

»Ja. Ohne Wenn und Aber, Ralf. Wir haben schon für einen Lohnverzicht gestimmt, ich mein, wo will mr denn sonst hier noch a Arbeit finde? Aber unser Betriebsratsvorsitzender …«

»Ich kenn ihn. Der Roleder …«

»Ja. Der hat klipp und klar gesagt: ›Noch vor dem Jahresende kommt das Aus. Es sei denn, der Markert findet einen Partner, der mit sehr viel Geld einsteigt.‹ Und ich hab dann g'sagt: ›Das funktioniert aber auch bloß, wenn wir eine ganz neue Produktpalette finden.‹ Alle haben mir zugestimmt. Denn der Markert hat mehr und mehr so elitäres Zeug entworfen, das im Grund keine Frau trage kann, und in der Männermode war's noch schlimmer. Ich bin ja bloß Direktrice, also ›ausführendes Organ‹ …« Sie lachte ein wenig. »Aber ich hab ein Gespür für das, was ang'sagt ist und sogar für das, was kommt. Aber der Markert hat ja ums Verrecke nicht auf mich g'hört. ›Schneidern Sie mal, ich entwerfe‹, hat er g'sagt. Und weil er dann des G'fühl g'habt hat, er sei zu unfreundlich zu mir g'wesen, hat er mir zwei Stund später einen Blumenstrauß g'schickt und sich auf einem Kärtle schriftlich entschuldigt. So einer war der.« Plötzlich hatte Iris Greiner Tränen in den Augen. »Ich begreif das einfach net, dass er auf einmal tot sein soll.«

»Wie sein schwuler Freund heißt, weißt du nicht?«
Iris wischte sich mit dem Handrücken die Tränen
aus den Augenwinkeln. »Nein. Keine Ahnung.«

Als es ans Zahlen ging, zog sie ihren Geldbeutel aus
ihrer Handtasche, aber Schlotterbeck winkte ab. »Du
warst natürlich eingeladen. Das Land Baden-Württemberg gibt sich die Ehre. Geht alles auf Spesen.«

»Ja dann bedank ich mich.« Iris Greiner stand auf.
Schlotterbeck erhob sich ebenfalls, sagte aber: »Ich
bleib noch a bissle.«

»Tut mir leid, ich muss heim. Net, dass mein Manfred auf falsche Gedanken kommt.« Sie reichten sich
die Hand, und Iris ging schnell hinaus.

Der Wirt kam an den Tisch. Schlotterbeck sagte: »Ich
zahl dann!«

»Geht auf's Haus«, sagte der Wirt. »Man muss sich
mit der Polizeigewalt gut stellen, oder?«

Aber der Kommissar bestand darauf, die Rechnung zu
begleichen. »Du kannst mich noch zu einem Glas Wein
einladen. Das ist unterhalb der Bestechungsgrenze.«

Der Wirt ging zum Tresen und kam mit einer Flasche und zwei Henkelgläschen wieder. Schlotterbeck
sah auf das Etikett: »Cannstatter Zuckerle? Machen die
jetzt auch einen Lemberger?«

»Es ist wie überall: Die Nachfrage bestimmt das
Angebot.« Der Gastwirt goss ein, und die beiden pros-
teten sich zu.

»Da neulich, also genau am Samstag letzter Woche,
hat doch dieser Berliner bei euch logiert«, begann
Schlotterbeck.

»Der, nach dem du am Telefon g'fragt hast?«

»Jetzt beschreib den doch amal so genau du kannst.«

»Hoppla! Wird das jetzt ein Verhör?«

»Ha jetzt komm! Ich frag dich doch bloß was.«

Der Wirt lehnte sich zurück, nahm einen Schluck aus seinem Weinglas und schloss die Augen. »Gut aussehender Mann. A bissle geckenhaft gekleidet. So zwischen 50 und 60, heut kannst ja des Alter von den meisten Leuten nimmer so genau bestimmen. Der Sprache nach war's bestimmt ein Berliner.«

»Schwul?«

»Das kannst du heut auch nicht mehr auf Anhieb sagen, Ralf. Aber ausschließen will ich's nicht. Warum fragst du?«

»Markert war schwul.«

»Wie gesagt, kann sein, kann nicht sein. Auf jeden Fall hatte der Mann erstklassige Manieren. Eigentlich ein feiner Herr. Mehr kann ich nicht sagen. Er hat ja nicht einmal was gegessen bei uns. Und geschlafen hat er auch nicht in seinem Zimmer. Plötzlich war der verschwunden. Den Zimmerpreis und ein anständiges Trinkgeld hat er mitsamt seinem Zimmerschlüssel an der Rezeption hingelegt. Dazu einen kleinen Zettel mit einem Dankeschön. Den hat er mit unserer Rufglocke beschwert.«

»Hast du den Zettel noch?«

»Mann, du stellst Fragen! Was willst du denn damit?« Aber der Wirt begriff plötzlich. »Ach so, du denkst an einen Schriftvergleich?«

»Gut, der Mann!«, sagte Schlotterbeck fröhlich. »Er denkt mit!«

»Kommt drauf an, ob wir das Altpapier schon weggebracht haben. Das sammeln wir für die Kindertagesstätte, und die verdienen ein paar Euro damit. Aber du glaubst doch nicht im Ernst, dass ich jetzt das ganze Papier durchsuche?«

»Das machen wir schon. Du musst nur dafür sorgen, dass wir den ganzen Wust kriegen. Und wenn wir ihn durchsucht haben, bringen wir das Altpapier brav zur Kindertagesstätte.«

Schlotterbeck sah auf die Uhr. »Noch nicht mal zehn Uhr, und alle Gäste sind schon weg.«

»Fußball. Champions League. Wenn du jetzt freundlicherweise auch gehst, kann ich noch die zweite Halbzeit sehen.«

Schlotterbeck stand auf. »Danke für den Wein!«

Gegen neun Uhr am nächsten Tag holten zwei Beamte der Polizeistation Ebingen das Altpapier des »Gasthofs Adler« ab. Um die gleiche Zeit stieg Heinrich Heiland im Wildpfad aus einem Taxi. Und Peter Heiland erreichte ein Anruf des Kollegen Schlotterbeck aus Albstadt-Ebingen. Er berichtete von seinen Gesprächen mit der Direktrice der Markert-Werke und mit dem Wirt des Gasthofs. Falls der Zettel mit der Notiz des Gastes gefunden würde, wollte er ihn rüber faxen. Dann erzählte er, wie der Wirt den Gast aus Berlin beschrieben hatte und schloss: »Wenn ihr mir Fotos von allen Verdächtigen schickt, kann ich sie ihm vorlegen.«

Peter bedankte sich, legte auf und machte sich ein

paar Notizen. Hanna kam herein. »Guten Morgen. Gibt's was Neues?«

Halb setzte, halb lehnte sie sich auf die Schreibtischkante. Peter berichtete ihr von dem Gespräch mit Schlotterbeck.

»Es gibt doch eine Firmenbroschüre, in der alle abgebildet sind – also alle außer Sven.« Sie zitierte aus dem Gedächtnis: »Drei Generationen, eine Firma: Friedhelm, Gregor und Karsten Hartung bilden den Vorstand.«

»Nur dass Gregor nichts zu sagen hat«, warf Peter ein. »Haben wir die Broschüre irgendwo?«

»Ich glaube, Jenny hat sie. Ich kümmere mich gleich drum.« Sie sprang mit einem kleinen Hüpfer von Peters Schreibtisch herunter und ging zur Tür. Dort drehte sie sich noch einmal um. »Hast du heute irgendwann mal ein Stündchen Zeit für mich?« Ihr Ton hatte sich gegenüber den letzten Tagen verändert und war fast so vertraulich wie noch vor ein paar Wochen. »Ist irgendwas passiert?«, fragte Peter.

»Warum?«

»Nur so. Du klingst plötzlich ganz anders.«

Sie lachte. »Du weißt doch, wie launisch wir Frauen sind.«

45. KAPITEL

In dem Pavillon, wo tags zuvor Hanna und Peter Anneliese Hartung gegenübergesessen hatten, war ein reichhaltiger Frühstückstisch gedeckt: Wurst, Käse, Marmelade, frisch aufgeschnittenes Obst, allerlei Brotsorten und eine Platte mit Filets von der geräucherten Forelle. Und kaum hatten die beiden Männer Platz genommen, brachte eine junge Frau auf zwei Tellern frisch zubereitetes Rührei mit Schinken.

»Lassen Sie sich's schmecken«, sagte Friedhelm Hartung.

»Ich bin so was gar nicht gewöhnt«, sagte Opa Henry, der plötzlich befangen war. »Ich komm ja aus ganz einfachen Verhältnissen, net wahr.«

Hartung winkte ab. »Wenn man so alt geworden ist wie wir, spielt das keine Rolle mehr.«

»Ich glaub da täuschst ... – sagen wir jetzt eigentlich Du oder Sie?«

»Bleiben wir beim Sie!« Das kam sehr bestimmt.

»Also was ich sagen wollt: Vielleicht täuschen Sie sich da. Wenn man keinen Mangel leidet, weiß man auch nicht, wie er auf einen wirkt.«

»Wir haben hier auch nicht nur rosige Zeiten erlebt«, sagte Friedhelm Hartung. »Es hat nicht viel gefehlt, und wir wären völlig verarmt.«

»Ich hab davon gehört. Ihr Enkel Karsten hat den Karren wohl aus dem Dreck gezogen.«

Der alte Hartung nickte. »Ja, er ist sehr tüchtig.«

»Wahrscheinlich kommt er ganz nach Ihnen.«

»Sie haben recht, und das ist ein großes Glück. Wie weit ist denn *Ihr* Enkel mit seinen Ermittlungen?«

»Er redet nicht viel über seine Arbeit. Scheint's ist es ein sehr komplizierter Fall, weil er mit irgendeiner alten Geschichte zusammenhängt.«

Hartung winkte ab. »Da irrt er sich. Darauf wird er schon noch kommen. Aber jetzt zu uns, beziehungsweise zu unserer gemeinsamen Vergangenheit: Was war denn Ihr Dienstgrad?«

»Hauptfeldwebel. Sie waren Offizier, nicht wahr?«

»Ja, Major. Wir haben uns also auch im Krieg schon nicht geduzt.«

»Stimmt natürlich. In der Gefangenschaft, da hat sich das mit dem Du und dem Sie allerdings ziemlich schnell verspielt, wie man so sagt.«

»Ich bin schon nach wenigen Tagen verlegt worden, und dann hat es nur vier Wochen bis zu meiner Entlassung gedauert.«

»Ehrlich? Das war ja dann ein richtiges Wunder!«

»Ja, da haben Sie recht! – Und Ihr Enkel hat noch gar keinen Verdacht, wer die Frau meines Enkels erschossen haben könnte?«

»Ich weiß es nicht. Wir haben über ganz andere Dinge gesprochen. Wenn man sich so lang nicht g'seha hat. Aber ich frag ihn gern. – Wohin sind Sie denn damals verlegt worden?«

»Zuerst auf die Krankenstation, danach sollte ich in so eine Art Umschulungslager kommen, aber davon bin ich dann verschont geblieben. – Bringt denn Ihr Enkel den Mord an Guido Markert mit dem Geschehen hier in Verbindung?«

»Glaub schon. Aber Genaueres weiß ich nicht. – Wie kam das denn, dass Sie so schnell aus russischer Kriegsgefangenschaft frei gekommen sind?«

»Einer der leitenden Offiziere war in seiner Jugend ein paar Jahre in Berlin gewesen. Ich weiß nicht, woher er unsere Firma kannte, aber er schien sie irgendwie in guter Erinnerung zu haben. Und er freute sich darüber, im Gespräch mit mir sein Deutsch aufzufrischen. Wir sind uns nähergekommen, und ich habe ihm gesagt, falls ich lebend nach Hause käme, und falls er irgendwann einmal in Berlin wäre, solle er mich doch besuchen. Ich würde bestimmt Mittel und Wege finden, mich angemessen für seine Freundlichkeit zu bedanken. Er hat dann dafür gesorgt, dass ich so früh entlassen wurde.«

»Es gibt halt Leut, die fallet immer wieder auf d' Füß«, sagte der alte Heiland. »Haben Sie denn Ihren Russen wiedergesehen?«

»1955 stand er plötzlich vor unserer Haustür. Er war in der DDR stationiert und hatte sich in eine Deutsche verliebt. Ich konnte mich tatsächlich bei ihm revanchieren.«

»Und wie?«

»Ich hab ihm zu einem neuen Start im Westen verholfen. Bei einem guten Geschäftsfreund in Bayern. In Berlin wäre er zu gefährdet gewesen.«

»Eine schöne Geschichte!«, sagte Heinrich Heiland. »Aber ich will Sie jetzt nicht länger aufhalten.«

Er stand mühsam auf und griff nach seinem Stock. Friedhelm Hartung zog aus seinem Westentäschchen eine Visitenkarte. »Sie können mich jederzeit anrufen, wenn Sie meinen, mir etwas mitteilen zu wollen. Und vielleicht ergibt sich ja noch mal die Gelegenheit auf ein Gläschen Wein oder so ...«

»Ich weiß noch nicht, wie lange ich in Berlin bleibe.« Opa Henry steckte das Kärtchen ein und reichte dem alten Hartung die Hand. »Wir wissen ja nicht, wie die Geschichte ausgeht. Und vielleicht wollen Sie mich dann ja gar nicht mehr sehen.«

Zum ersten Mal lächelte Friedhelm Hartung. »Es gibt keine Sippenhaft mehr, lieber Herr Heiland!«

46. KAPITEL

Kurz nach elf Uhr kam das Fax aus Ebingen: ein kurzer Gruß von Schlotterbeck und eine Wiedergabe des Zettels, den seine Leute im Altpapier des »Hotels Adler« gefunden hatten. Die Schrift darauf war gut zu erkennen: *Ich muss leider weg. Vielen Dank für Ihre Freundlichkeit. Vielleicht ein ander Mal.* Ein Name stand nicht darunter. Hanna brachte das Fax in Peter Heilands Büro und legte es auf den Tisch. »Ich hab dem Kollegen auch gleich die Bilder aus dem Firmenprospekt zugefaxt.«

»Sehr gut, vielen Dank! Ich glaube allerdings nicht, dass irgendwer aus der Familie Hartung persönlich nach Ebingen gefahren ist.«

»Ja, das ist ziemlich unwahrscheinlich.« Hanna machte keine Anstalten, Peters Büro zu verlassen. »Ist noch was?«, fragte er.

»Was hältst du davon, wenn wir zusammen mittagessen?«

»Ja gern!« Peter sah auf die Uhr. »Es ist zwar erst halb zwölf, aber Hunger hätte ich schon.«

»Wie wär's mit dem Café am neuen See? Da können wir zu Fuß hingehen.«

»Einverstanden!«

Auch so eine Idylle mitten in der Riesenstadt Berlin: Gleich hinter den Häusern und nicht weit vom Zoo erstreckte sich ein Park mit alten Bäumen und einem kleinen See. Am oberen Ende des leicht abschüssigen Geländes stand ein lang gezogenes helles Gebäude mit bodentiefen Fenstern, in dem das Restaurant untergebracht war. Davor auf der Rasenfläche, die sich zum Wasser hinabsenkte, standen Biertische und Bänke. Hier saßen die Gäste, die sich ihr Essen und ihre Getränke an der Selbstbedienungstheke holten. Hanna und Peter suchten sich einen Platz an einem der langen Tische, und Peter ging zur Essens- und Getränkeausgabe. Er kam mit zwei Portionen Schmorbraten mit

223

Kartoffelsalat und zwei Gläsern Bier auf einem Tablett zurück. »Meinst du, ich kann das Bier noch gegen ein alkoholfreies umtauschen?«, fragte Hanna.

»Kann ich für dich machen.« Peter nahm ein Glas und ging rasch zu der Getränkeausgabe zurück.

»Geht nicht«, sagte der junge Mann dahinter, »ist 'n anderer Preis, und überhaupt, da könnt ja jeder kommen. Also weeßte, Getränkeumtausch ham wa noch nicht einjeführt.«

»Diese Berliner Freundlichkeit haut mich noch immer jedes Mal um«, sagte Peter. »Dann geben Sie mir bitte ein alkoholfreies Bier und trinken Sie das da oder schütten Sie's weg!«

Als er an den Tisch zurückkam, sagte er: »Verträgst du neuerdings kein anständiges Bier mehr?«

»Doch, aber ich soll möglichst wenig Alkohol trinken, hat meine Frauenärztin gesagt.«

»Bist du krank?«

Hanna fragte im gleichen Ton zurück: »Bist du begriffsstutzig?«

Peter, der grade seinen ersten Schluck Bier nehmen wollte, stellte das Glas im Zeitlupentempo auf den Tisch zurück. »Du bist ... bist du ... jetzt Moment mal ... du bist schwanger?«

Hanna nickte nur und fasste unwillkürlich an ihren Bauch, der sich bis jetzt noch keinen Millimeter verändert hatte.

»Hoffentlich von mir!« Als ihm der Satz herausgerutscht war, hätte ihn Peter am liebsten zurückgeholt. Aber das ging ja nicht. »Entschuldige, ich ... ich ...«

Aber Hanna lachte hell auf. »Das war genau der richtige Satz!« Sie stand auf, beugte sich über den Tisch, warf dabei ihr Bierglas um, was sie überhaupt nicht kümmerte, nahm Peters Kopf zwischen ihre beiden Hände und küsste ihn. Ein paar junge Leute, Studenten vermutlich, die mit am Tisch saßen, applaudierten fröhlich und halfen dann, den Tisch trocken zu wischen, während Peter ein neues alkoholfreies Bier holte. Als er sich wieder hinsetzte, sagte Hanna: »Ich habe drei Nächte nicht geschlafen, weil ich nicht wusste, wie ich's dir beibringen soll, und nun ging es so einfach.« Gemeinsam versuchten sie, sich daran zu erinnern, wann das Baby gezeugt worden war. Sie einigten sich schließlich auf ein Wochenende Mitte Juni, als sie einen Badeausflug zum großen Zechliner See unternommen hatten und in einem Hotel mit dem schönen Namen »Gutenmorgen«, das direkt am Wasser lag, untergekommen waren.

Als sie das Café am neuen See verließen, legte Peter seinen Arm um Hannas Hüfte, und sie drückte sich eng an ihn. »Auf einmal ist alles, wie es immer war«, sagte Peter. »Aber was war denn in den letzten Tagen, seitdem du aus Hiddensee zurückgekommen bist?«

»Erst mal war ich unsicher, ob ich wirklich schwanger bin. Und dann, als ich es erfahren habe – ist ja erst ein paar Tage her – hab ich mir immer ausgemalt, wie du die Panik kriegst, wenn du's erfährst. Wir haben ja nie darüber gesprochen«, erwiderte Hanna. »Und überhaupt: Du ziehst dich doch immer so zurück, wenn es um deine Gefühle geht, dass ich nie weiß: Magst du mich noch oder nicht.«

Peter seufzte. »Vielleicht sollte ich mal zu einem Psychotherapeuten gehen.«

»Vielleicht kriegen wir das auch so hin.« Hanna schlüpfte aus seiner Umarmung, stellte sich vor ihm auf die Zehen, zog seinen Kopf zu sich herunter und küsste ihn. Ein Radfahrer, der dem plötzlichen Hindernis gerade noch ausweichen konnte, rief: »Ja geht's denn so, ihr Idioten?« Und Hanna rief ihm fröhlich nach: »Nur so geht's, du Vollpfosten.« Dann gingen sie Hand in Hand weiter und ließen sich erst kurz vor dem Eingang zum Landeskriminalamt wieder los.

47. KAPITEL

Carl Finkbeiner hatte versucht, Gregor Hartung telefonisch zu erreichen, hatte aber in der Firma die Auskunft bekommen, man wisse nicht, wo er sich aufhalte. Danach hatte der Kommissar in der Villa angerufen. Anneliese Hartung weigerte sich, Finkbeiner die Handynummer ihres Mannes zu geben, sagte aber, vermutlich könne er Gregor im Segelhafen am Wannsee erreichen. Sie beschrieb ihm, wo das Boot lag.

Die Straße hieß »Am Großen Wannsee« und führte am Max-Liebermann-Haus und kurz danach am Haus der Wannseekonferenz vorbei, das eine Gedenkstätte enthielt, weil hier der Plan zur Vernichtung der Juden im Dritten Reich verabschiedet worden war. Wenige Hundert Meter danach erreichte Finkbeiner das Heckeshorn. Der Jachthafen war übersichtlich. Weniger als zehn Boote lagen an den Stegen. Auf einem der größten Schiffe saß Gregor Hartung unter einem Sonnenschirm an einem kleinen Tisch, vor sich einen Laptop. Als Finkbeiner den Verbindungssteg zu der Jacht betrat, blickte Hartung auf, weil sich das Boot leicht bewegte. »Bitte an Bord kommen zu dürfen!«, rief Carl Finkbeiner.

Gregor Hartung stand auf. Er trug nur Shorts und ein Paar leichte Bastschuhe an den Füßen. Sein gebräunter Körper wirkte durchtrainiert. »Ach Sie sind's. Was wollen Sie denn noch von mir?« Er maß den Kommissar mit einem abschätzenden Blick. Finkbeiner trug wie immer seine Cordhosen und dazu ein kariertes Hemd aus einem dicken Stoff. Er schwitzte.

»Ich habe nur ein paar Fragen.«

»Sie werden langsam lästig! Aber okay, setzen Sie sich. Mögen Sie einen Orangensaft, frisch gepresst und eisgekühlt? Sie sehen aus, als ob Sie ihn brauchen könnten.«

»Ja, sehr gerne.«

»Bin gleich wieder da!« Hartung verschwand im

Inneren der Jacht. Finkbeiner warf einen Blick auf den Bildschirm des Laptops. Hartung hatte offenbar auf seinem Computer eine Patience gelegt. Die Hoffnung des Kommissars, auf dem Tisch etwas Handgeschriebenes von ihm zu finden, erfüllte sich nicht.

»Also schießen Sie los!« Hartung stellte ein Glas Orangensaft vor Finkbeiner auf den Tisch.

»Wo waren Sie am vergangenen Samstag?«

»Mein Gott, geht das jetzt wieder los? Habt ihr müden Beamtenseelen nichts Besseres zu tun, als immer wieder die gleichen Fragen zu stellen?«

»Über den letzten Samstag haben wir Sie noch nicht befragt.«

»Und warum tun Sie es jetzt?«

»Weil neue Fakten aufgetaucht sind. Je rascher Sie antworten, umso schneller bin ich wieder weg.«

»Wie war noch mal die Frage?«

Finkbeiner war überzeugt, dass Hartung die Frage zuvor schon gut verstanden hatte, blieb aber ruhig. »Wo Sie am vergangenen Samstag waren?«

»Hier auf meinem Boot. Ich war schon Freitag hier, hab auch hier übernachtet und bin erst am Sonntag wieder nach Hause. Reicht das?«

»Zeugen?« Finkbeiner nahm einen ersten Schluck von dem Orangensaft.

»Na ja, der eine oder andere Nachbar hier wird mich schon gesehen haben.«

»Aber Sie waren alleine auf dem Schiff?«

»Ja, ich hatte gehofft, dass mein Sohn Karsten noch kommen würde, aber er war zu beschäftigt.«

»War er verreist?«

»Wie? Nein, ich glaube nicht. War's das? Trinken Sie aus und verschwinden Sie dann, ich hab zu tun.«

Finkbeiner warf einen Blick auf den Laptop, aber das Patience-Spiel war verschwunden und einem Bildschirmschoner gewichen.

Carl Finkbeiner zog ein kleines Notizbuch aus seiner hinteren Hosentasche und blätterte es auf. »Sie waren am 17. September 2014 in Ebingen.«

»War ich das? Wie kommen Sie dadrauf?«

»Sie haben in der ›Pension Auberle‹ übernachtet. Wir nehmen an, Sie haben Guido Markert besucht.«

»Aha, nehmen Sie an. Mann, Sie langweilen mich!«

Finkbeiner hatte das Gefühl, in seinem Bauch stelle sich eine Drahtbürste auf. »Stimmt es denn?«

»Was sollte ich sonst für einen Grund gehabt haben?«

Carl Finkbeiner breitete die Arme aus und hob die Schultern. »Woher soll ich das wissen. Wie war denn Ihre Beziehung zu Guido Markert?«

»Na ja, wir kannten uns.«

»Gut?«

»Was meinen Sie mit gut?«

Finkbeiner gab sich einen Ruck: »Sie sind … äh … Sie sind beide schwul, nicht wahr?«

Hartung sprang auf, nahm Finkbeiners halb volles Glas vom Tisch, ging zur Reling und schüttete den Inhalt ins Wasser. »Runter von meinem Schiff!«

Finkbeiner blieb ruhig sitzen. »Das ist doch nichts Ehrenrühriges, Herr Hartung.«

»Runter von meinem Schiff, habe ich gesagt!«

Der Kommissar stand langsam auf. Die Drahtbürste in seinem Bauch wurde immer größer. »Es wäre gut, wenn Sie den einen oder anderen Zeugen dafür beibringen könnten, dass Sie am Samstag tatsächlich hier gewesen sind.«

»Hauen Sie ab, Mann!«

»Nur eine Frage noch: Ihre Schwiegertochter Sylvia hat Markert ebenfalls besucht. Wissen Sie, warum?«

»Ich habe keine Ahnung. Wann soll denn das gewesen sein?«

Finkbeiner sah in seinem Notizbuch nach. »Im März 2012.«

»Sie war eine erwachsene und ziemlich selbstständige Person und konnte reisen, wohin sie wollte.«

»Das war, bevor sie Karsten heiratete. Vielleicht wollte sie von Markert erfahren, ob es wirklich Sven gewesen war, der Steinhorst getötet hat.«

»Kann sein. Und dann hat sie wohl die richtige Antwort erhalten. Und jetzt verschwinden Sie endlich!«

»Ich hätte aber noch ein paar Fragen.«

Gregor Hartung kam mit geballten Fäusten auf Finkbeiner zu. »Hören Sie gefälligst auf, in meiner Intimsphäre rumzuschnüffeln! Hauen Sie ab, Mann! Oder muss ich Sie eigenhändig runterwerfen?«

Auch jetzt blieb Finkbeiner ruhig. »Ich kann Ihnen natürlich auch eine amtliche Vorladung zukommen lassen.«

Gregor Hartung ließ die Arme sinken. »Was können Sie? Sie wollen mir im Ernst …?« Er brach ab.

»Wir sind mitten in einer Mordermittlung, und da kann man auf die Empfindlichkeiten Einzelner keine Rücksicht nehmen, Herr Hartung. Leider.«

»Okay! Schicken Sie mir die Vorladung, aber jetzt will ich Sie nicht mehr sehen!«

Finkbeiner schüttelte verständnislos den Kopf. »Was regt Sie nur so auf? Ich meine, dass Sie schwul sind, ist doch kein Geheimnis, zumindest in Ihrer Familie nicht.«

»Ich erwarte Ihre Vorladung, und jetzt verlassen Sie endlich mein Schiff!«

»Na dann!« Carl Finkbeiner stieg scheinbar ungerührt von der Jacht. Seine Wut, die während des Disputs in ihm aufgestiegen war, wusste er geschickt zu verbergen. Auf dem Rückweg, der über die Einbahnstraße »Zum Heckeshorn« führte, stellte er seinen Dienstwagen oberhalb des Max-Liebermann-Hauses ab, schlenderte durch einen schmalen Durchgang zur Straße »Am Großen Wannsee« hinab, löste ein Ticket, ging aber nicht in die Ausstellungsräume, sondern setzte sich in das Café auf der Gartenterrasse und bestellte einen frisch gepressten Orangensaft. Nach und nach fand er sein inneres Gleichgewicht wieder. Der Blick über den See, hinüber zum Sandwerder, beruhigte ihn. Nach einer Weile zog er sein Mobiltelefon aus der Hosentasche und berichtete Peter Heiland von dem Besuch auf Gregor Hartungs Jacht.

»An eine Schriftprobe bist du also nicht gekommen?«, fragte der Abteilungsleiter.

»Tut mir leid, nein.«

Etwa um die gleiche Zeit erreichte eine Nachricht von Schlotterbeck aus Albstadt-Ebingen via Fax das 4. Morddezernat des Landeskriminalamtes Berlin: *Der Adlerwirt hat auf den Fotos niemand zweifelsfrei erkannt. Am ehesten könnte nach seiner Erinnerung der abgebildete Gregor Hartung der Gast am letzten Wochenende gewesen sein. Er ist sich aber absolut nicht sicher.*

»Das ist für'n Arsch«, sagte Robert Meier, der das Fax aus dem Gerät geholt hatte.

»Ich hab mir sowieso keine großen Hoffnungen gemacht, dass uns das was bringt«, erwiderte Peter Heiland, »aber man darf nichts unversucht lassen.«

Carl Finkbeiner verließ das Max-Liebermann-Haus und ging den schmalen Weg zu seinem Wagen zurück. Er wollte gerade in das Dienstfahrzeug einsteigen, als ein Jaguar Mark X mit offenem Verdeck Richtung Stadt an ihm vorbeifuhr. Hinter dem Steuer saß Gregor Hartung. Der Kommissar ließ sein Auto stehen und machte sich zu Fuß auf den Weg zurück zum Jachthafen.

Carl Finkbeiner musste an seinen Einbruch in die Jagdhütte im Wald hinter Templin denken. »Wenn das mal nicht zur Gewohnheit wird«, sagte er zu sich selbst und musste unwillkürlich lachen. Er war auf Hartungs Schiff gestiegen und hatte keinerlei Skrupel dabei gehabt. Auch nicht, als er die Tür zur Kabine aufbrach, was mit Hilfe eines Schraubenziehers, den er an Deck gefunden hatte, erstaunlich leichtfiel. Er stieg die wenigen Stufen in die Kabine hinab, an deren Ende sich eine kleine Küche anschloss. Dort fand er an der Tür eines schmalen Kühlschranks mehrere gelbe Merkzettel, die mit Magneten festgemacht waren. Soweit er das auf den ersten Blick übersehen konnte, waren sie nur in zwei verschiedenen Schriften geschrieben. Er wollte überprüfen, ob eine davon der Notiz aus dem Ebinger Hotel entsprach, die er in der in der Hosentasche bei sich hatte, aber just in diesem Moment begann die Jacht leicht zu schaukeln, und von draußen waren Schritte zu hören. Finkbeiner schob wahllos ein paar der Zettel in die Hosentasche und beeilte sich, an Deck zu kommen.

Gregor Hartung erreichte genau in dem Moment das Deck, als der Kommissar aus dem Niedergang kam. Dicht hinter dem Bootsbesitzer ging ein junger Mann. Er trug einen dunklen Kapuzenpulli und sehr enge Jeans. Seine Füße steckten in knöchelhohen Turnschuhen, deren Schnürsenkel lose herabhingen.

»Wenn ich jetzt eine Waffe hätte, würde ich Sie erschießen«, schnaubte Gregor Hartung. »Einbrecher, auf frischer Tat ertappt.«

»Lass mich mal machen«, sagte der junge Mann und kam mit langsamen Schritten auf Finkbeiner zu.

»Vorsicht, junger Mann«, sagte Finkbeiner, »ich bin Polizeibeam…« Weiter kam er nicht. Der Angreifer packte ihn an beiden Schultern und stieß ihm sein rechtes Knie in die Leistengegend. Er schob Finkbeiner, der sich vor Schmerzen krümmte, vor sich her. Der

Kommissar wollte sich wehren, stolperte aber über ein zusammengerolltes Seil, verlor fast das Gleichgewicht und prallte mit dem Rücken so heftig gegen die Reling, dass er gepeinigt aufschrie. Gregor Hartung rief: »Kevin, lass das. Wir zeigen den Kerl an!«

Aber der junge Mann schien nicht auf ihn zu hören. Er löste die rechte Hand von Finkbeiners Schulter und schlug ihm die Faust ins Gesicht.

»Keine Gewalt, hörst du!«, schrie jetzt Hartung.

Finkbeiners Gegner lachte nur. »Jetzt auf einmal?«, rief er über die Schulter zurück und schlug erneut zu. Finkbeiners Füße verloren vollends den Halt. Rückwärts stürzte er über die Bordwand ins Wasser hinab.

Sportlich war er nie gewesen, aber wenigstens hatte er richtig schwimmen gelernt. Mit ein paar Zügen erreichte er den Nachbarsteg und kletterte über die Leiter hinauf. Von Hartungs Schiffsdeck schrie Hartung herüber: »Das wird Ihnen noch leidtun!«

Carl Finkbeiner zog sein Hemd aus und wrang es aus. Er schlüpfte aus seinen Schuhen und kippte das Wasser in den See. Dann zog er Hemd und Schuhe wieder an. Die Cordhose klebte an seinem Körper, aber bei der Hitze würde sie schon irgendwann trocknen. Er schleppte sich die Böschung hinauf und setzte sich hinter ein Ruderboot, sodass er von Hartungs Schiff aus nicht mehr gesehen werden konnte. Aus der Hosentasche kramte er sein Handy und testete, ob es noch funktionierte. Zu seiner Überraschung leuchtete die Schrift auf dem Display auf, als ob nichts gewesen wäre. Finkbeiner wählte Peter Heilands Nummer.

In knappen Worten schilderte er, was ihm widerfahren war.

Peter Heiland entschied: »Bleib dort und beobachte, was passiert. Ich schicke dir Norbert, der kann übernehmen. Und du kommst dann auf dem schnellsten Weg ins Büro.«

Finkbeiner ließ sich auf den Rücken fallen und tastete sein Gesicht ab. Die Partie rechts über dem Kinn begann zu schwellen. Aus der Oberlippe sickerte ein wenig Blut. Die Schmerzen in der Leistengegend ließen langsam nach. Vorsichtig schob er seinen Körper etwas höher, sodass er hinter dem Heck des Ruderbootes den Blick auf Gregor Hartungs Schiff richten konnte.

Der Jachtbesitzer redete wild gestikulierend auf den jungen Mann ein. Aber der schien nur zu lachen, verschwand unter Deck und kam mit einer Flasche wieder, die er schon auf dem Rückweg an den Mund setzte. Hartung riss ihm die Flasche weg und herrschte offensichtlich seinen Gast an. Der zuckte die Achseln, lachte wieder, verschwand erneut im Bauch des Schiffes und kam mit zwei Gläsern wieder. Hartung goss ein, der Jüngere nahm das Glas, verbeugte sich mit einer übertriebenen Geste und leerte es in einem Zug. Auffordernd hielt er Hartung das Glas wieder hin. Der schlug es ihm wütend aus der Hand. Der andere breitete die Arme aus und drehte sich tänzerisch um sich selbst. Dann ging er mit tänzelnden Schritten zum Niedergang, und Gregor Hartung folgte ihm.

»Siesta beendet!«, hörte Finkbeiner eine knappe Viertelstunde später die Stimme Norbert Meiers hinter sich. Finkbeiner richtete sich auf.

»Mann, du siehst ja schlimm aus.« Der Kollege klang plötzlich besorgt.

»Halb so wild!« Finkbeiner stand ächzend auf und deutete zu der Jacht hinüber. »Das ist Hartungs Schiff. Er ist jetzt mit dem Typen, der mich zusammengeschlagen hat, unter Deck.«

»Okay, ich übernehme«, sagte Meier. »Fahr du mal ins Büro und lass dich verarzten.«

Carl Finkbeiner suchte sich einen Weg, der von Hartungs Segelboot aus nicht eingesehen werden konnte, und ging zu seinem Auto. Jeder Schritt tat ihm weh.

Norbert Meier ging zum Uferweg hinauf. Dort stand eine Bank, auf die er sich setzte. Aus der hinteren Hosentasche seiner leichten Jeans zog er die »BZ«, schlug sie auf und behielt über den oberen Rand hinweg die Jacht im Auge. Es dauerte nicht lange, da kamen die beiden Männer aus der Kabine. Meier stand von der Bank auf und schlenderte den Uferweg entlang, um möglichst nahe an das Schiff heranzukommen. Die beiden ungleichen Männer beachteten ihn nicht.

Als er nur noch wenige Meter von dem Schiff entfernt war, hörte Norbert Meier, wie Hartung sagte: »Du verschwindest. Wir haben uns nie gesehen, verstanden?«

Der junge Mann lachte, klopfte mit der Faust auf die Brust seines Kapuzenpullis. »Alles klar! Und wenn du mich mal wieder brauchst – jederzeit!«

»Hau endlich ab!«, herrschte ihn der Bootsbesitzer an. Meier hatte sich inzwischen noch näher herangepirscht. Gregor Hartung wurde auf ihn aufmerksam. Meier rief schnell: »Sagen Sie, das Boot von Jens Havenmöller, welches ist das denn?«

»Keine Ahnung, ich kümmere mich nicht um andere Leute«, antwortete Gregor Hartung.

»Schade. Muss ich eben weiter rumfragen, wa?«

»Ciao, Alter!«, sagte der junge Mann.

»Ciao, Kevin!«, antwortete Hartung. »Und wie gesagt …«

»Ja Mensch, ich hab's kapiert!«, sagte der andere.

Gregor Hartung kehrte ins Innere des Schiffes zurück. Kevin sprang leichtfüßig vom Schiff und machte sich zu Fuß auf den Weg.

48. KAPITEL

Norbert Meier ging in die entgegengesetzte Richtung, schlug hinter einem Bootshaus einen Bogen und rannte auf dem Sträßchen oberhalb zurück. Er erreichte seinen Dienstwagen. Etwa 100 Meter voraus schlenderte der junge Mann. Meier fuhr los, und als er Kevin erreichte, fuhr er im Schritttempo neben ihm her, kurbelte das Fenster herunter und rief: »Soll ich Sie ein Stück mitnehmen?«

Der junge Mann sah ihn misstrauisch an. Aber Norbert Meier war ein Meister darin, einen harmlosen Menschen zu spielen, der kaum bis drei zählen konnte. »War nur ein Anjebot, muss ja nicht sein.« Er beschleunigte ein wenig.

»Nee, halt! Warte mal.« Der junge Mann lief zur Beifahrertür, öffnete sie und sprang in das Fahrzeug. »Tach auch, Meier mein Name!«, sagte der Kommissar.

»Kevin!«

»Heeßte vorne so oder hinten?«, fragte Meier.

»Kevin Konnert!«

»Ah – KK. Praktisch«, sagte Norbert Meier.

»Wo fährste hin?«

»Grunewald.« Meier lachte keckernd. »Nicht, was du denkst. Kennste die Kneipe am S-Bahnhof?«

»Nee, ich komm nie in die Gegend.«

»Heißt ›Floh‹. Kannste gut essen, und die zapfen 'n gutes Bier.«

»S-Bahnhof ist praktisch für mich.«

Dann redeten sie eine Weile nicht. »Haste das Spiel Hertha gegen Schalke gesehen?«, fragte Meier schließlich.

Sein Fahrgast nickte. »Im Fernsehen.«

»Ick hab 'ne Dauerkarte.«

»War in dem Fall aber rausgeschmissenes Geld, wa?«

Nun lachte auch Meiers Fahrgast. »Ich wär hingegangen, wenn ich in Berlin gewesen wäre. Aber ich war dann froh.«

»Weeßte, für mich heeßt et: ›In guten wie in schlechten Tagen. Hertha ist halt mein Leben.‹«

»Also da weeß ick Besseres.«

»Gloob ick dir gerne!« Wieder schwiegen sie. Und wieder war es Meier, der das Schweigen brach. »Wat machste denn so?«

»Was grade kommt.«

»Verstehe!« Meier schien sich mit der Antwort zufriedenzugeben. »Und der Typ auf dem Superschiff, ist dit dein Vater?«

Der junge Mann lachte schallend. »Ne du. Das fehlte noch!«

Meier hakte nicht nach. Er wirkte total uninteressiert. Der junge Mann auf dem Beifahrersitz sah zu ihm herüber. »Eher 'n Geschäftsfreund.«

»Nicht schlecht«, Meier nickte nachdrücklich. »Wenn man so einen zum Geschäftsfreund hat. Der muss doch Kohle ohne Ende haben.«

»Hat er ooch. Aber du weeßt ja, von den Reichen kannste Sparen lernen.«

»Ick muss dit nich lernen«, sagte Meier. »Ich bin dazu gezwungen.«

»Darf ich rochen?«, fragte der junge Mann.

»Keen Problem. Ick hab 's zwar uffjejeben, aber ich riech et immer noch gern«, log Meier.

Sie hatten inzwischen die Avus erreicht und fuhren stadteinwärts.

»Sag mal, der Typ auf dem Schiff, war das nicht der Hartung?«

Kevin Konnert sah wieder herüber und musterte Meier aus schmalen Augen. »Was interessiert dich das denn?«

»Es interessiert mich nicht. Aber ich hab erst neulich 'n Foto von dem in der Zeitung gesehen. Von irgend so 'ner Benefizveranstaltung.«

»Kann schon sein.« Kevin war jetzt erkennbar auf der Hut. Deshalb wechselte Meier rasch das Thema. »Nächste Woche spielt Hertha in Stuttgart. Da müssen se gewinnen. Schon weil mein Chef 'n Schwabe ist.«

Zwar lachte der junge Mann ein wenig bemüht. Aber er ließ sich jetzt nicht mehr in ein Gespräch ziehen. Meier nahm die Ausfahrt Hüttenweg und bog am Hagenplatz links ein. Am S-Bahnhof Grunewald stoppte er sein Fahrzeug und sagte: »War mir 'n Vergnügen, Kevin!«

»Gleichfalls!« Der junge Mann stieg rasch aus und lief in die Unterführung hinein. Norbert Meier parkte umständlich, stieg aus und setzte sich vor dem kleinen Gasthaus auf einen hohen Hocker an einen Tisch, der einem Fass nachgebildet war. Aus den Augenwinkeln sah er, wie Kevin Konnert noch mal kurz aus der Unterführung kam und herüberschaute. Meier grinste und sagte leise zu sich selbst: »Ganz schön misstrauisch, der junge Mann.« Er nahm sein Handy aus der Tasche. Die Bedienung brachte im gleichen Augenblick sein Bier. Auf einer Tafel hatte er gelesen, dass es Schnitzel mit Bratkartoffeln gab. »Jenau det ess ick«,

240

sagte er zu der Bedienung und deutete auf die Schrift. Zu sich selbst sagte er: »Erst essen, dann telefonieren. Man soll nie den zweiten vor dem ersten Schritt tun.«

49. KAPITEL

Carl Finkbeiner war zehn Minuten zuvor im Landeskriminalamt angekommen. Inzwischen war er wieder halbwegs trocken. Die Cordhose allerdings hielt die Feuchtigkeit hartnäckig. »Tut mir leid«, sagte Peter Heiland, »du siehst ziemlich mitgenommen aus.«

Finkbeiner winkte ab. »Halb so wild.« Er zog aus der Hosentasche sein völlig durchweichtes Notizbuch, die Kopie von Schlotterbecks Fax und die Zettel, die er in der Kombüse des Segelboots vom Kühlschrank abgenommen hatte.

»Müsste man bügeln«, sagte Jenny Kreuters.

»Ist doch alles lesbar!« Peter zog die Papiere zu sich her. Er verglich die Zettel mit dem Fax. »Die Schrift da ist der verdammt ähnlich«, sagte er und deutete zunächst auf einen der Zettel und dann auf das Fax. »Aber wem ist die zuzurechnen?«

»Jedenfalls einem, der regelmäßig auf dem Boot ist«, sagte Carl Finkbeiner.

Peter Heiland nickte. »Am wahrscheinlichsten trifft das wohl neben Gregor Hartung auf seinem Sohn Karsten zu, der freilich gar nicht sein Sohn ist, wie wir inzwischen wissen. Dass sich der alte Hartung auf dem Schiff aufhält, ist wenig wahrscheinlich.«

»Kann aber auch ein ganz fremder Mensch sein. Dieser Mann zum Beispiel, der mich über Bord geworfen hat.«

»Wir lassen da jetzt einen Schriftsachverständigen ran.« Peter Heiland hob die durchfeuchteten Zettel hoch. »Jenny, kannst du dich darum kümmern?«

»Ja locker«, sagte die junge Kollegin. »Und ich soll die Fetzen nicht doch vorher bügeln?«

»Untersteh dich, nachher bügelst du noch die Schrift weg«, sagte Finkbeiner.

Jenny ging lachend hinaus.

»Ich würde Gregor Hartung gerne offiziell vorladen«, wendete sich Finkbeiner an Peter Heiland.

»Eigentlich müssten wir sie alle vorladen. Die ganze Familie. Und zwar gemeinsam. Einschließlich der alten Frau Hartung aus dem Seniorenstift.«

»Und warum machen wir das nicht? Je schneller, je lieber!«

»Weil ich den Schriftvergleich noch abwarten will. Von denen läuft uns keiner davon.«

Als auch Finkbeiner hinausgegangen war, griff Peter Heiland zum Telefon und rief seinen Schweizer Kollegen Imboden an. »Ah, grüezi, Herr Kollege«, rief der aufgeräumt. »Wie kommen Sie vorwärts?«

»Geht so, aber ich denke, wir schaffen es diese Woche noch.«

»Respekt. – Wir haben übrigens Fingerabdrücke auf dem Schiff und DNA-Spuren abgenommen, gleich nachdem die Leiche gefunden wurde. Das Ergebnis geht Ihnen zu. Vielleicht können Sie etwas damit anfangen. Es sind allerdings eine ganze Menge unterschiedlicher Spuren.«

Peter Heiland bedankte sich. Und als ob sie sich verabredet hätten, meldete sich wenige Minuten später der Kollege aus Friedrichshafen. »Wir haben eine Zeugenaussage von einem Mann der Schiffsbesatzung, der regelmäßig auf der Fähre Dienst tut. Er hat gesehen, wie zwei Männer aus dem Berliner Audi Quattro ausgestiegen sind. Er erinnert sich deshalb so genau daran, weil er sich darüber aufgeregt hat, dass die den Wagen einfach auf der Pier abgestellt haben und dort stehen ließen. Mit offenen Türen! Er hat seinen Kapitän noch darauf aufmerksam gemacht, aber der soll nur gesagt haben: ›Nicht unser Problem. Das ist Sache der Polizei.‹ Aber jetzt kommt's: Unser Zeuge hat auch gesehen, wie einer der beiden Männer in Romanshorn von Bord gegangen ist, und zwar in Begleitung eines ganz anderen Passagiers, also nicht jenes Mannes, mit dem er auf die Fähre gegangen war.«

»Gibt es eine brauchbare Personenbeschreibung?«

»Leider nicht. Unserem Zeugen ist lediglich aufgefallen, dass in Friedrichshafen zwei Männer in Anzügen und mit Krawatte eingestiegen sind. Der andere, mit dem einer der beiden das Schiff verließ, trug aber einen dunklen offenen Kapuzenpulli, darunter ein olivfarbenes Shirt, das ihn ans Militär erinnerte, und Jeans. Leider hat er die beiden nicht weiter beobachtet.«

»Ich bewundere Sie«, sagte Peter.

»Wofür denn, bitte?«

»Für die Art, wie sie alles kurz und knapp, ja druckreif formulieren.«

Der Kollege am anderen Ende der Leitung lachte. »Ich hab grade meinen Bericht fertig gemacht, und den habe ich Ihnen praktischerweise vorgelesen. Ich faxe Ihnen den Text rüber, dann haben Sie alles schön beieinander.«

»Vielen Dank!« Peter legte auf, erhob sich von seinem Schreibtischstuhl und begann im Kreis in seinem Zimmer herumzugehen. Er bildete sich ein, so am besten nachdenken zu können.

Hanna kam herein und blieb an der Tür stehen. »Irgendwann einmal wird sich dein Rundweg tief ins Parkett eingegraben haben«, sagte sie.

Peter vollendete den Kreis und blieb dann dicht vor ihr stehen. »Und wann heiraten wir?«

Hanna sah ihn überrascht an. »Ist das ein Antrag, oder was?«

»Wenn du es so nennen willst.«

»Der müsste aber lauten: ›Hanna, willst du meine Frau werden?‹« Sie lachte. Er wollte etwas sagen, aber sie legte ihre Hand auf seinen Mund und sagte: »Peter, willst du mein Mann werden?«

»Sag ich doch!«

Wieder lachte sie. »Ich glaube, romantischer wurde so ein Heiratsantrag noch nie gemacht.« Sie schlossen sich kurz in die Arme und küssten sich. Peter kehrte an seinen Schreibtisch zurück, und Hanna wollte hinausgehen.

»Warte mal«, rief Peter, »was wolltest du eigentlich?«

»Ich? Ach so. Eigentlich wollte ich genau das, was passiert ist.« Sie ging hinaus und stieß dabei fast mit Jenny Kreuters zusammen, die ein Papier schwenkte. »Ich hab das Ergebnis vom Schriftexperten! Die Schrift auf zweien der Zettel stimmt mit der aus dem Hotel in Ebingen überein.«

»Sieht so aus, als kämen wir unserem Ziel langsam näher«, sagte Peter Heiland.

»Ein bisschen begeisterter hättest du schon reagieren können«, meinte Jenny und legte das Gutachten auf den Tisch. »Ich war persönlich bei dem Sachverständigen, und er hat sich mir zuliebe sehr beeilt.«

Hanna lachte: »Du weißt doch, wie's bei den Schwaben heißt?«

»Nee, keine Ahnung!«

Hanna versuchte Peters Dialekt nachzumachen: »Nix g'sagt ischt g'lobt g'nug!«

Peter lächelte. »Gute Arbeit, Jenny! Ich spür's, wir biegen auf die Zielgerade ein.«

In diesem Augenblick meldete sich Norbert Meier vom »Gasthaus Floh« am Bahnhof Grunewald und berichtete von seiner Fahrt mit dem Mann im Kapuzenpulli.

50. KAPITEL

Die Adresse Kevin Konnerts herauszufinden, war für Jenny Kreuters eine Arbeit von drei Minuten. Fünf Minuten später war sie in Begleitung von zwei Schutzpolizisten auf dem Weg zur Beusselstraße in Moabit. Peter Heiland rief Meier an und bat ihn, zur selben Adresse zu fahren, sich aber im Hintergrund zu halten und nur einzugreifen, wenn er das Gefühl habe, dass es nötig sei.

»Verstanden!«, sagte Meier, legte Geld auf den Tisch und ging zu seinem Auto.

Auf dem Klingelbrett stand der Name Kevin Konnert nicht. Aber da waren viele Felder leer oder enthielten unlesbare Zettel. Jenny betrat einen Dönerladen, der im Erdgeschoss untergebracht war. Dort saßen vier Männer um einen Tisch, und ein fünfter stand am Tresen. Der Wirt bereitete gerade einen Döner zu. Jenny stellte sich neben den Kunden. Norbert Meiers Beschreibung konnte auf den jungen Mann zutreffen. »Herr Konnert?«, fragte die Polizistin.

Der junge Mann, der gerade seinen Döner in Empfang nahm, fuhr zu ihr herum. »Ja, was ist?«

Jenny zeigte ihren Polizeiausweis. »Polizei! Wir haben eine Anzeige gegen Sie. Ein gewisser Gregor Hartung …« Weiter kam sie nicht. Mit ein paar schnellen Sätzen war Konnert an der Tür und lief den beiden uniformierten Polizisten, die Jenny begleitet hatten, direkt in die Arme. Der eine wurde von der Wucht des Zusammenpralls umgeworfen, den anderen rempelte Konnert so hart an, dass er gegen die Wand prallte. Mit einem Sprung landete der junge Mann auf der Straße. Norbert Meier stand breitbeinig da. »Hallo, Kevin!« Er packte den jungen Mann am Arm und warf ihn mit einem geübten Griff zu Boden. Die Polizisten hatten sich inzwischen von dem Angriff erholt, Und der größere der beiden legte Kevin Konnert Handschellen an.

51. KAPITEL

Gegen 16 Uhr betrat Peter Heiland den Verhörraum. Kevin Konnert lümmelte in seinem Stuhl, die Beine weit von sich gestreckt. Peter Heiland musste unwillkürlich lächeln. Wie oft hatte er schon Menschen, die er verhören musste, so angetroffen. Irgendwann würde sich auch Konnert aufrichten, auf die Stuhlkante nach vorne rutschen, die Arme auf den Tisch legen oder mit den Fäusten trommeln. Bei den meisten ging die gespielte Sicherheit schnell verloren.

»Gregor Hartung hat Sie nicht besonders gut bezahlt«, sagte er. »Die 2.000 Euro steckten noch in der Innentasche Ihres Pullis. Also viel ist das nicht, wenn man bedenkt, dass es möglicherweise der Lohn für einen Mord war.«

»Hä?«, machte Kevin Konnert. Dann lachte er.

»Woher kennen Sie Gregor Hartung?«

»Vom Strich am Bahnhof Zoo. Wie alle meine Kunden. Er zahlt gut. In der letzten Zeit hab ich meinen Arsch ausschließlich für ihn hingehalten!«

»Sie waren mit ihm auf der Fähre von Friedrichshafen nach Romanshorn.«

»Ach ja? Wann soll das denn gewesen sein?«

»Letzten Sonntag!«

»Hat er das etwa behauptet?«

»Nein, wir behaupten das. Und die Zeugen, die gesehen haben, wie Sie in Romanshorn das Schiff verlassen haben.«

»Und wenn es so wäre, was ist daran strafbar?«

»Der Mord an Guido Markert – der ist strafbar. Und zwar mit lebenslänglich, Herr Konnert!«

»Sie reden in Rätseln!«

Norbert Meier, der das Verhör durch den falschen Spiegel verfolgte, sagte zu Jenny Kreuters, die neben ihm stand: »Wie der sich auf einmal ausdrücken kann. Bei mir im Auto hat er den Kleindoofi mit Plüschohren gespielt.«

»Du aber auch, nehme ich an«, sagte Jenny.

Meier grinste: »Aber ich war besser.«

Peter Heiland beendete das Verhör abrupt. »Wir

reden morgen weiter«, sagte er. »Sie haben Zeit, darüber nachzudenken, wie Sie Ihre Rolle bei der ganzen Geschichte darstellen wollen. War es Mord oder Beihilfe zum Mord? Überlegen Sie sich das gut!«

Peter Heiland stand auf und verließ den Raum. Ein Beamter brachte Kevin Konnert in seine Zelle zurück.

»Warum bricht er denn so plötzlich ab?«, fragte Meier.

»Lass mal, der Heiland hat Verhörmethoden, da blickt keiner durch. Am Ende sind sie aber meistens erfolgreich«, antwortete Jenny Kreuters.

52. KAPITEL

Die letzten Dienststunden an diesem Tag brachte Peter damit zu, einen ausführlichen Bericht für die Staatsanwaltschaft zu verfassen. Als er den Text fertig hatte, druckte er ihn aus und marschierte damit zu Wischnewski.

»Sie wissen genau, ich lese nicht gerne. Also erzählen Sie, was drin steht«, sagte der Kriminaldirektor. Als

Peter seinen mündlichen Bericht beendet hatte, sagte sein Chef: »Also, ich fasse noch mal zusammen, und Sie korrigieren mich, wenn etwas nicht stimmt: Nach Ihrer Meinung hat Sven Hartung vor fünfeinhalb Jahren den Mord an Oswald Steinhorst nicht begangen, sondern vermutlich ein anderer aus der Familie, für den er die Schuld auf sich genommen hat. Er wurde dazu entweder erpresst oder er wurde dafür sehr hoch bezahlt. Ohne Murren hat er fünf Jahre abgesessen, ist, sobald er frei war, zu seiner einstigen Verlobten, die jetzt mit seinem Bruder verheiratet war, gegangen und hat ihr erzählt, wie alles wirklich war. Die hat dann gesagt, das müsse alle Welt erfahren. Aber das durfte nicht passieren. Deshalb hat entweder Sven Hartung oder jemand, der die beiden verfolgt und belauscht hat, das arme Mädel mit einem Jagdgewehr erschossen. So weit richtig?«

Peter nickte nur, und Wischnewski fuhr fort: »Ein Zeuge hat damals im Prozess gegen Sven Hartung ausgesagt, er habe gesehen, wie der Steinhorst erschlagen habe. Dieser Zeuge – wie hieß der gleich noch mal?«

»Guido Markert. Damals Chefdesigner und stellvertretender Geschäftsführer der Firma Hartung.«

»Dieser Zeuge hat kurz darauf Berlin verlassen und sich in eine Firma auf Ihrer Schwäbischen Alb eingekauft. Das Geld dafür hatte er vermutlich von der Familie Hartung bekommen. Richtig?«

»Richtig!«

»Dieser Markert hat vor ungefähr drei Wochen versucht, von Karsten Hartung neues Geld zu erpressen.

Er hat damit gedroht, die ganze Wahrheit ans Licht zu bringen. Dazu kam es nicht, weil er rechtzeitig ermordet wurde. Kurz vorher war ein Unbekannter in Ebingen bei Markert. Und der ist offensichtlich mit Karsten Hartungs Auto angereist. Karsten Hartung selbst war allerdings nachweislich in Berlin in so 'nem Edelpuff und hat danach seinen Wagen gestohlen gemeldet. Stimmt alles bisher?«

»Ja.«

Wischnewski fuhr fort: »Wer nun wirklich in Ebingen gewesen ist, wissen wir nicht. Aber wir nehmen an, dass es der Mann war, mit dem Markert nach Friedrichshafen gefahren ist.«

»Und wir wissen, dass es jemand war, der auf der Familienjacht der Hartungs Merkzettel geschrieben hat«, ergänzte Peter Heiland. »Das könnte Gregor Hartung gewesen sein oder auch dessen Sohn Karsten. Aber es ist nicht auszuschließen, dass es einen weiteren Mann gibt, der regelmäßig auf dem Schiff war und im Auftrag der Familie nach Schwaben gereist ist, um den Mord an Markert zu organisieren. Leider hat die Personenbeschreibung und der Vergleich der Bilder keinen eindeutigen Hinweis gegeben.«

»Also gut: Was schlagen Sie vor?«

»Wir sollten alle zusammenbringen …«

»Sie meinen: aufeinander loslassen?«

»Gemeinsam vernehmen und sehen, was passiert.«

»Einverstanden. Versuchen Sie, das zu organisieren.«

Als Peter Heiland sich gerade anschickte, Wischnewskis Büro zu verlassen, klopfte es, und Carl Finkbeiner trat herein. »Ich stör nicht gern, aber es ist wichtig.«

»Und?«, machte Wischnewski.

»Der Bericht der Ballistiker: Die Munition, die ... ähem ... die wir in der Jagdhütte gefunden haben, ist identisch mit dem Geschoss, das aus Sylvia Hartungs Kopf rausoperiert wurde.«

»Das nützt wenig, solange wir die Waffe nicht haben.«

»Die haben wir!«

»Was?«

»Eines der Gewehre, die wir ... also ...«

»Ich will doch gar nicht wissen, wie Sie an die Dinger gekommen sind«, rief Wischnewski.

»Also gut. Das tödliche Geschoss stammt aus einer der beiden Waffen, die wir in der Jagdhütte Hartungs ... ähem ... gefunden haben.«

53. KAPITEL

Gregor Hartung saß wieder vor seinem Laptop. Aber die Patience ging nicht auf. Das beunruhigte ihn, denn im Stillen hatte er sich ein Orakel gemacht: Wenn sie aufgeht, wird alles gut, wenn nicht, droht Gefahr. Gregor Hartung ging in die Kombüse hinunter, um sich einen Drink zu machen. Es war ihm nicht gleich bewusst, was nicht stimmte, aber dann registrierte er, dass einige von den Merkzetteln fehlten, die mit Magneten an die Kühlschranktür geheftet gewesen waren. Hatte der Polizist die mitgenommen? Wenn ja, warum? Gregor Hartung kam auf keine Antwort. Doch die Beunruhigung blieb.

Sven Hartung, Gregors Sohn, hielt sich nun kaum mehr in der Villa im Wildpfad auf. Er hatte sich meist bei Stefanie Zimmermann einquartiert. »Wenn ich mir vorstelle, es kommt einer nach fünf Jahren aus dem Knast und hat überhaupt keinen Kontakt mehr zu anderen Menschen, niemand ist da, der ihn aufnimmt – wie will der sich denn zurechtfinden?«, sagte er an einem ihrer gemeinsamen Abende zu ihr.

»Deshalb gibt's den Freigang, aber den hast du ja abgelehnt.«

Sven antwortete nicht darauf. Seiner Meinung nach hatten sie oft genug darüber gesprochen. Er fand es immer noch richtig, diese Vergünstigung abgelehnt zu haben.

Inzwischen hatte er einen alten Musikerfreund in Kopenhagen aufgetrieben und per E-Mail Kontakt zu ihm aufgenommen. Charly Rabenfeld hatte sofort reagiert. »Mann, mach dich auf die Socken. Komm hierher. Du kannst sofort bei uns einsteigen.«

»Charly ist ein guter Typ«, hatte Sven zu Stefanie gesagt. »Aber er weiß natürlich, dass ich nicht mittellos bin. Er hatte schon immer eine Nase für Geld.«

»Willst du denn auf sein Angebot eingehen?«

»Ja! Aber in dem Bewusstsein, dass er mindestens so sehr hinter meiner Kohle her ist wie hinter meinem Talent.«

»Und du meinst nicht, dass du ein bisschen zu misstrauisch geworden bist in all den Jahren?«

»Schadet ja nichts, oder?«

»So lange es nicht mich betrifft …«

Sven hatte nicht darauf geantwortet.

Den Tag verbrachte er jetzt meistens in der Stadt, ohne sich etwas Bestimmtes vorgenommen zu haben. »Ich versuche einfach, mich zu akklimatisieren«, sagte er, wenn er von diesen Streifzügen zurückkam. Aber das war nicht die ganze Wahrheit. Inzwischen betrieb er intensiv den Umzug nach Kopenhagen. »Die Wohnung, die ich suche, muss so groß sein, dass du jederzeit nachkommen kannst«, sagte er zu Stefanie.

»Ich hab zum Jahresende gekündigt und ich hab noch vier Wochen Urlaub. Also kann ich Ende November bei dir sein«, antwortete sie.

Sie saßen sich bei diesem Gespräch am Küchentisch gegenüber, und die Unterhaltung hatte etwas Geschäftsmäßiges. Auch als Sven antwortete: »Du glaubst gar nicht, wie sehr ich mich darauf freue«, klang das in Stefanies Ohren nicht wirklich euphorisch.

54. KAPITEL

Heinrich Heiland hatte sich für den Abend mit Wischnewski verabredet. Er wollte ins LKA kommen, den Weg kannte er ja inzwischen, und die beiden hatten sich vorgenommen, beim »Diener« in der Grohlmannstraße essen zu gehen und »das eine oder andere Bierchen oder Weinchen miteinander zu trinken«, wie Wischnewski sich ausdrückte. Peter und Hanna planten für den Abend, gemeinsam zu kochen und möglichst nicht über die Arbeit zu reden.

Gegen sechs Uhr erschien Opa Henry in Peters Büro. Als er seinen Enkel nicht antraf, ging er zu Hanna hinüber. Die junge Frau schien sich zu freuen. »Ich hab schon gehört, Sie gehen heute mit unserem Chef einen trinken«, sagte sie fröhlich. »Irgendwann müssen wir aber auch noch mal zusammen was unternehmen.«

Überrascht sah Heinrich Heiland sie an. Neulich war sie so schnippisch gewesen, richtig ablehnend eigentlich. Irgendetwas musste passiert sein. »Ich tät mich freuen«, sagte Opa Henry.

Peter kam herein. »Ach du bist schon da?« Er legte seine Hände auf Hannas Schultern. »Wir kochen heute Abend zusammen. Eigentlich könntet ihr dazu kommen – du und Wischnewski.«

»Ja ich weiß net …« Peters Großvater wirkte irritiert. »Ist bei euch alles wieder in Ordnung?«

255

Hanna sah überrascht zu Peter hinauf. »Was hast du ihm denn erzählt?«

»Nix!«, antwortete Opa Henry. »Das hab ich schon selber g'merkt, dass bei euch was nicht g'stimmt hat. Man hat ja schließlich eine gewisse Lebenserfahrung, net wahr?! Aber wenn's vorbei ischt, soll's mir recht sei!«

Die beiden jungen Leute wurden einer Antwort enthoben, denn in diesem Augenblick kam Wischnewski zur Tür herein. »Da sind Sie ja. Wollen wir losziehen?«

»Wir wollten euch eigentlich zu uns einladen«, sagte Hanna. »Wir kochen was.«

»Einverstanden. Wann kommt denn das Essen auf den Tisch?«, fragte Wischnewski.

»Spätestens halb neun!«

»Dann nehmen wir den Aperitif im ›Diener‹ und kommen dann rechtzeitig. Wo findet denn das Essen statt?«

»Bei mir«, sagte Hanna.

55. KAPITEL

Um 19 Uhr wurde im Hause Hartung schon gegessen. Überraschend war Sven dazugekommen, und er hatte Stefanie Zimmermann mitgebracht. »So was kündigt man vorher an«, hatte ihn sein Großvater gerügt. Aber der Enkel hatte nur gegrinst. »Ich lebe inzwischen nach meinen eigenen Regeln, Opa. Darf ich euch meine Lebenspartnerin vorstellen? Stefanie Zimmermann.«

»Wo habt Ihr euch denn kennengelernt?«, fragte Karsten.

»Im Knast!«, antwortete sein Bruder. »Sie ist Vollzugsbeamtin. Aber nicht mehr lange. Wir gehen zusammen nach Kopenhagen.«

Das Essen wurde von der polnischen Haushaltshilfe Agnjeschka aufgetragen. Anneliese Hartung hatte rasch ein zusätzliches Gedeck aufgelegt und einen weiteren Stuhl an den Tisch gestellt.

Friedhelm Hartung versuchte gar nicht erst, seine schlechte Laune zu verbergen. »Ich hatte eigentlich vor, ein paar Familieninterna zu besprechen«, knurrte er.

»Wenn ich störe, kann ich gerne wieder gehen«, sagte Stefanie.

Überraschend meldete sich Gregor: »Bleiben Sie mal! Dafür ist später noch Zeit genug.«

Sein Vater fuhr zu ihm herum, als wollte er ihm in die Parade fahren, schwieg dann aber und wendete sich der Vorspeise zu. Erst als das Hauptgericht aufgetragen wurde, räusperte sich der Patriarch. »Wir verschieben den Familienrat auf morgen. Ich bitte, dass alle gegen elf Uhr hier sind.«

»Ich auch?«, fragte Sven.

»Du besonders!«, bellte der Großvater.

56. KAPITEL

Bei Hanna und Peter gab es Linsen und Spätzle auf schwäbische Art, dazu Saitenwürstchen und Bauchspeck. Opa Henry und Ron Wischnewski hatten sich ein klein wenig verspätet und waren in bester Stimmung. Der Kriminaldirektor hatte im »Diener« einem afrikanischen Rosenverkäufer seinen kompletten Strauß abgekauft, und Opa Henry hatte darauf bestanden, die Hälfte des Preises zu übernehmen.

»Als ob ihr gewusst hättet, dass es was zu gratulieren gibt«, feixte Peter Heiland, als Wischnewski Hanna die Blumen mit einer galanten Verbeugung überreichte.

Die beiden Neuankömmlinge sahen das junge Paar fragend an.

Hanna platzte heraus: »Wir kriegen ein Kind, und im August heiraten wir.«

»Nein!«, rief Wischnewski.

»Doch!«, sagte Peter.

»Dass ich das noch hab erleben dürfen!« Heinrich Heiland hatte Tränen in den Augen.

Lange hielten sie sich allerdings nicht bei der großen Neuigkeit auf. Schon beim Nachtisch war der Mordfall Sylvia Hartung wieder einziges Thema am Tisch.

»Dass wir die Mordwaffe gefunden haben, ist ein ausgesprochener Glücksfall«, sagte Wischnewski.

»Wie kann oiner bloß so dumm sei«, wunderte sich Heinrich Heiland, »der muss doch des G'wehr verschwinde lasse!«

»Einen Fehler macht jeder Mörder«, wusste Wischnewski und fragte Peter: »Haben Sie denn diesen Termin bei der Familie Hartung vorbereitet?«, Peter nickte. »Mehr oder weniger. Ich habe vor ein paar Minuten noch mit Anneliese Hartung telefoniert. Sie sagte, morgen um elf Uhr solle der Familienrat tagen. Da sind dann wohl alle beieinander. Ich werde versuchen, Friedhelm Hartungs geschiedene Frau in ihrem Altersheim abzuholen und mitzubringen.

»Das wird dir gelingen«, sagte Hanna, »bei deinem Charme.«

»Ich nehme an, das war ironisch gemeint«, entgegnete Peter.

»Aber ganz und gar nicht!«

»Für alle Fälle hab ich die Frau Staatsanwältin gebeten, eine richterliche Durchsuchungsanordnung zu beschaffen. Und ich bin sicher, die kriegen wir auch«, erzählte Wischnewski.

»Und dann überraschen wir die ganze Familie mit unserem Besuch«, sagte Peter Heiland.

»Könnt ich da dabei sein?«, fragte Opa Henry.

Wischnewski schüttelte den Kopf. »Also bei allem Wohlwollen, Herr Heiland, das geht beim besten Willen nicht.«

57. KAPITEL

Der Wetterbericht nach den Frühnachrichten um sieben Uhr hatte einen Temperatursturz angekündigt. Für Berlin wurden nur noch zwölf Grad angesagt. Als Wischnewski um 9.30 Uhr die Mitarbeiter der 4. Mordkommission im Konferenzraum um sich versammelte, fröstelten alle außer Carl Finkbeiner, der zu seinen Cordhosen einen dicken wollenen Pullover trug.

Der Kriminaldirektor bat Peter Heiland, den bevorstehenden Einsatz zu skizzieren.

»Ich werde versuchen, Heidelinde Hartung in ihrer Seniorenresidenz abzuholen«, sagte der Chef der

4. Kommission, »aber wir können nicht sicher sein, ob sie mitkommt. Um 11.15 Uhr treffen wir uns auf jeden Fall vor dem Haus Wildpfad 127. Herr Wischnewski, Hanna und ich wollen dann die ganze Familie, von der wir wissen, dass sie um elf Uhr zusammenkommt, mit unseren Ermittlungsergebnissen konfrontieren. Jenny, Carl und Norbert warten vor dem Anwesen der Hartungs, um uns gegebenenfalls zu verstärken und eventuelle Verhaftungen vorzunehmen. Carl, du bringst das Gewehr mit, wartest aber, bis wir dich rufen.«

»Gut!«, sagte Wischnewski. »Ich möchte aber auf jeden Fall dabei sein!«

Heidelinde Hartung saß vor dem Fernsehapparat und schaute sich eine Tiersendung an, als die Leiterin des Seniorenstifts bei ihr eintrat und den Besuch des Kriminalkommissars Peter Heiland ankündigte.

»Ich denke, ich habe ihm alles gesagt, was er wissen muss«, sagte die alte Dame, ohne den Blick vom Bildschirm zu wenden, wo gerade ein Löwenrudel in eine Zebraherde einbrach.

Peter war nun ebenfalls ins Zimmer getreten. »Es wäre wichtig, dass Sie mir noch mal ein bisschen Zeit schenken«, sagte er.

»Da!«, rief Heidelinde Hartung, »sie suchen sich das schwächste Tier aus und fallen es gemeinsam an! Und es sind nur die Weibchen, die jagen!«

»Ich wollte Sie bitten, mit mir in den Wildpfad zu kommen.«

»Das arme Tier hat keine Chance. Hilflos ausgeliefert! Es ist hilflos ausgeliefert!« Frau Hartung schaltete das Gerät ab und sagte plötzlich ganz nüchtern: »Ich hab das alles schon bei Ernest Hemingway gelesen.« Jetzt erst schaute sie Peter Heiland an. »Was wollen Sie?«

»Ich möchte Sie bitten, mich in den Wildpfad zu begleiten.«

»Um was geht es?«

»Um Ihren Enkel Sven. Ich glaube, wir können beweisen, dass er den Mord an Oswald Steinhorst nicht begangen hat.«

»Sie meinen, er hat wegen eines Justizirrtums fünf Jahre unschuldig im Gefängnis gesessen?

»Ob es ein Justizirrtum war – das wollen wir klären und einiges mehr.«

»Und warum soll ich da dabei sein?«

Peter lächelte. »Ich glaube, es wird eine sehr interessante Veranstaltung. Auf keinen Fall werden Sie sich langweilen.«

Jetzt huschte auch ein Lächeln über das Gesicht der alten Dame. »Na dann!« Sie stand auf und sagte zu der Heimleiterin: »Im Schrank hängt ein leichter blauer Übergangsmantel. Wenn Sie mir den bitte herausholen. Es ist ja ziemlich kühl geworden.«

Die Familie Hartung hatte sich kurz nach elf Uhr im Salon versammelt. Gregor war der Einzige, der sich um ein paar Minuten verspätet hatte. Friedhelm Hartung hob nur die rechte Augenbraue, aber jeder im

Raum erkannte darin einen strengen Verweis. Man setzte sich um den Esstisch. Am Kopfende der Großvater, links neben ihm Anneliese, seine Schwiegertochter, ihr gegenüber Gregor. Sven saß neben seiner Mutter, und Karsten hatte seinen Platz gegenüber dem Patriarchen eingenommen. Der Stuhl rechts neben Gregor blieb leer. Bis vor wenigen Tagen hatte dort Sylvia gesessen.

»Was jetzt gesprochen wird, bleibt absolut unter uns«, begann der alte Hartung. »Keine Silbe davon darf nach außen dringen. Und trotzdem müssen wir alles offen besprechen. Nur so können wir für die nächste Zeit eine Strategie entwickeln, die uns unsere Feinde vom Leibe hält.«

Sven sagte: »Ich denke, es ginge auch mit weniger Pathos, Opa.«

Der Alte funkelte seinen Enkel an. »Ich wünsche nicht, dass hier einer ungefragt dazwischenredet.«

Sven lächelte und sagte leise zu seiner Mutter: »Wie wenig sich doch verändert hat in all den Jahren.«

»Kann ich dann mal um Ruhe bitten!«, rief Friedhelm Hartung. In der darauffolgenden Stille schien die Haustürglocke besonders schrill zu läuten.

»Ist irgendwer angemeldet?«, fragte Friedhelm Hartung.

Anneliese war bereits aufgestanden. »Ich sehe nach!«

Um den Tisch herrschte gespannte Ruhe. Die vier Männer rührten sich nicht. Als ob ein Film plötzlich angehalten worden wäre, dachte Sven bei sich.

Von draußen waren Stimmen zu hören. Und dann stand Anneliese unter der Tür. »Eine Frau und zwei Männer von der Polizei. Und Heidelinde!«

»Schick sie weg!«, herrschte der Alte seine Schwiegertochter an.

»Ja ich weiß nicht …«

»Wegschicken hab ich gesagt!«

Ron Wischnewski betrat als Erster den Salon. »Das wird nicht so einfach gehen. Tag allerseits. Mein Name ist Wischnewski, Kriminaldirektor Ron Wischnewski vom Landeskriminalamt. Meinen Kollegen Peter Heiland kennen Sie schon, und meine Kollegin Hanna Iglau ist wenigstens einigen von Ihnen bekannt.« Er zeigte auf Heidelinde Hartung. »Die Dame muss ich Ihnen ja nicht vorstellen.«

»Verlassen Sie sofort mein Haus!«, schrie Friedhelm Hartung. »Sie haben kein Recht …!«

»Doch«, unterbrach ihn Wischnewski scharf. »Wir haben eine rechtswirksame Durchsuchungsanordnung für dieses Gebäude, auf Antrag der Staatsanwaltschaft und von einem Richter verfügt.«

»Aber die werden wir nicht brauchen«, übernahm nun Peter Heiland. »Ich bin sicher, dass Sie alle bereit sind, mit uns zu kooperieren. Schließlich geht es darum, den Mord an Sylvia Hartung aufzuklären, und wir nehmen an, dass dies auch in Ihrem Interesse ist.«

Heidelinde Hartung hatte sich inzwischen auf den Stuhl neben Gregor gesetzt. Der war freilich zu angespannt, um seiner Mutter zuzulächeln.

»Na gut. Aber machen Sie's kurz!« Friedhelm Hartung stand auf, ging zu einem Sideboard, nahm aus einem Holzkistchen eine Zigarre, schnitt die Spitze ab und entzündete sie umständlich.

»Das nennt man eine Übersprungsgeste«, sagte Heidelinde.

Der alte Hartung fuhr herum. »Was ist los?«

»Kennt man aus dem Tierreich. Wenn eine Katze etwas fangen will zum Beispiel, aber mit ihren Krallen daneben fasst, fährt sie sich mit der Pfote übers Gesicht, als ob sie sich habe putzen wollen. Dabei will sie nur ihr Fehlverhalten kaschieren. Musst du mal beobachten, Friedhelm.«

»Ach halt doch du den Mund!«

»Bitte nicht in diesem Ton, ja? Wir sind nicht mehr verheiratet.«

Sven lachte auf. »Was für eine Komödie!«

»Dass Sie der Einzige sind, der hier halbwegs entspannt reagiert, kann man verstehen«, sagte Hanna Iglau zu dem Musiker.

Friedhelm Hartung kehrte an den Tisch zurück. »Also was wollen Sie nun eigentlich?«

Wischnewski machte eine auffordernde Geste in Richtung Peter Heiland, und der begann: »Fangen wir damit an, die familiären Verhältnisse in diesem Haus zu klären. Der alte Herr Hartung, der immer noch alle Fäden in der Hand hält, hat vor 35 Jahren seine Sekretärin geschwängert und sie danach dazu gebracht, seinen Sohn Gregor zu heiraten, von dem allerdings bekannt war, dass er schwul ist. Der Sohn

265

aus der Beziehung zwischen Friedhelm und Anneliese Hartung ist Karsten Hartung!«

»Was?« Karsten sprang so heftig auf, dass sein Stuhl umfiel. Peter Heiland bückte sich, hob das Möbelstück auf und stellte es behutsam an seinen Platz zurück. »Wir haben uns fast gedacht, dass Ihnen das nicht bekannt war, aber sicher waren wir uns nicht.«

»Das glaube ich nicht!«, sagte Sven. »Das … nein … also das *kann* doch gar nicht wahr sein!«

Hanna wendete sich an Anneliese: »Frau Hartung?«

Karstens Mutter neigte nur den Kopf, sagte aber nichts.

Peter Heiland fuhr fort: »Karsten hat sich als ausnehmend tüchtiger Firmenchef bewährt. Er fährt seit Jahren satte Gewinne ein. Dabei arbeitet er eng mit seinem Großvater zusammen, der eigentlich sein Vater ist. Sie, Herr Hartung«, wendete sich Peter nun direkt an den Alten, »Sie sind das Urbild eines Familienpatriarchen und bestimmen offenbar nach wie vor, was im Unternehmen und in der Familie zu geschehen hat.«

»Reden Sie nur weiter«, zischte Friedhelm Hartung.

»Sie verfügen über Kraft, Macht, Gewalt und Sex sagt jemand, der sie sehr gut kennt.«

»Ich habe das gesagt«, rief Heidelinde dazwischen und klatschte dabei in die Hände.

»Offenbar war es schon immer sehr schwer, Ihnen zu widerstehen«, fuhr Peter Heiland fort. »Auf ihre Weise hat das auch Ihre Schwiegertochter bestätigt.«

Sven stand auf, ging zum Fenster und sah in den Garten hinaus. Ohne sich umzudrehen, sagte er:

»Wenn jetzt noch jemand behauptet, ich sei auch der Sohn meines Großvaters …«

»Das behauptet niemand«, ergriff nun wieder Peter das Wort. »Ihr Vater ist Gregor Hartung. Seine sexuelle Präferenz hat es ihm nicht unmöglich gemacht …« Peter brach ab. Er kam sich plötzlich blöd vor.

Überraschend meldete sich Gregors Frau Anneliese. »Unsere Ehe war nicht so schlecht, wie Sie vielleicht denken.«

»Sind wir hier eigentlich in einer psychiatrischen Selbsthilfegruppe, oder was?«, schrie Karsten.

»Tut mir leid«, sagte Peter Heiland sanft, »aber das alles spielt eine Rolle in den Mordfällen, die wir nun mal aufklären müssen.«

Mit einem Schlag war es ganz still im Raum. Alle sahen zu Friedhelm Hartung hin, als ob sie von ihm Hilfe, wenn nicht gar die Beendigung des ganzen Spuks erwarteten. Der hielt noch immer die Zigarre in der Hand. Aber weil er ab irgendeinem Punkt vergessen hatte, an ihr zu ziehen, war sie erloschen.

Wischnewski übernahm wieder. »Wir gehen davon aus, dass Oswald Steinhorst vor fünfeinhalb Jahren nicht von Jens, sondern von Karsten Hartung erschlagen wurde.«

»Hören Sie auf, solchen Unsinn zu verzapfen!«, herrschte ihn der alte Hartung an. Aber Wischnewski fuhr ungerührt fort: »Er war es gewesen, der den Betrieb saniert und zu erstaunlichen Erfolgen geführt hat. Man konnte, das heißt …«, er wendete sich nun direkt an den Patriarchen, »Sie konnten nicht auf ihn verzichten. Und da hatten Sie die Idee, Ihrem Enkel Sven den Mord in die Schuhe zu schieben. Da mögen Gefühle eine Rolle gespielt haben. Karsten war Ihr Sohn, Sven war der Nachkomme Ihres ungeliebten Sohnes Gregor. Aber entscheidend waren sicher die wirtschaftlichen Überlegungen. Bei den Verhandlungen zwischen Ihnen und Ihrem Enkel Sven wäre ich gerne dabei gewesen. Obwohl ich befürchte«, nun drehte er sich zu Sven um, der vom Fenster aus das Geschehen beobachtete, »dass Sie da mehr hätten herausholen können.«

Sven grinste. »Ich beschwere mich nicht.«

»Sei still!«, schrie sein Großvater. »Ich verlange, dass keiner von euch auch nur noch ein Wort zu dem Schwachsinn sagt, den diese Leute hier verkünden.«

»Sehr schön«, sagte Wischnewski. »Dann können wir ungehindert den weiteren Fortgang erklären.« Auffordernd sah er seinen Mitarbeiter an. »Herr Heiland!«

»Der Mord an Oswald Steinhorst ist der Schlüssel für die beiden folgenden Morde, die nach dem Ende von Sven Hartungs Haft begangen wurden. Am Tag seiner Entlassung traf er Sylvia Hartung, die früher einmal seine Verlobte gewesen war, und die später Karsten geheiratet hat. Sie begegneten sich in der Kantine der Deutschen Oper in der Bismarckstraße. Zeugen sagen, es sei zu einer heftigen Auseinandersetzung gekommen. Eine andere Zeugin will beobachtet haben, wie Sven seine Schwägerin Sylvia zur Tiefgarage begleitet hat. Dieselbe Zeugin sagt, sie habe gehört – warten Sie, ich zitiere die Aussage wörtlich. Er sah in sein Notizbuch und las vor: »›Man kann doch nicht mit so einer Lüge durchs Leben gehen‹, hat sie ihn angeschrien. ›Wenn du es nicht machst, mache ich es‹.«

Sven Hartung schlug die Hände vors Gesicht und gab ein gequältes Stöhnen von sich. Alle fuhren zu ihm herum. Aber er sagte nichts.

Peter räusperte sich und fuhr damit fort, aus seinen Notizen vorzulesen: »Sie rannte in die Tiefgarage hinein. Sven blieb noch ein paar Augenblicke stehen. Er wirkte irgendwie … wie soll ich sagen – hilflos, resigniert, was weiß ich? Jedenfalls kam in diesem Moment ein Taxi vorbei. Er winkte es ab und stieg ein. Soweit die Zeugenaussage. Wenige Augenblicke später wurde Sylvia Hartung erschossen.«

»Sie hat mir angeboten, mich mit nach Hause zu nehmen. Hätte ich doch angenommen und das alles wäre nicht passiert«, sagte Sven mit fast tonloser Stimme.

»Sven, bitte!«, rief sein Großvater mahnend.

»Wir sind sicher«, sagte plötzlich Hanna Iglau, »Sylvia Hartung musste sterben, damit sie nicht mehr sagen konnte, was ihrer Meinung nach alle Welt erfahren musste!«

Peter nickte. »Dass Sie, Sven Hartung, unschuldig waren.«

»Ich wusste es!«, ließ sich plötzlich Anneliese hören.

»Was wussten Sie?«, fragte Wischnewski.

»Dass mein Sohn unschuldig war. Aber wie hätte ich es beweisen sollen?«

»Was seid ihr bloß für ein verrotteter Haufen!«, sagte Heidelinde Hartung leise.

269

»Das alles sind unbewiesene Theorien«, ließ sich der Alte hören.

»Wusste jemand, dass Sie Sylvia treffen würden?«, fragte Peter Heiland nun Sven Hartung.

»Keine Ahnung. Zu Opa habe ich gesagt: ›Vielleicht gehe ich in die Oper.‹ Natürlich konnte er davon ausgehen, dass ich Sylvia treffen würde.«

Alle sahen den alten Hartung an. Aber der saß nun da und fixierte mit seinen Augen einen Punkt an der gegenüberliegenden Wand. Wischnewski sagte: »Sie haben eine Jagd, nicht wahr?« Auf seinen Wink verließ Hanna den Raum.

Hartung veränderte seine Haltung nicht und schwieg weiter.

»Und Sie können mit einem Gewehr umgehen.«

Auch jetzt rührte sich der Alte nicht.

Plötzlich meldete sich Anneliese. »Vielleicht kann er das. Aber Sylvia hätte er nie etwas angetan. Dafür hat er sie zu sehr geliebt.«

Alle sahen sie an. Sven trat hinter seine Mutter und legte seine Hände auf ihre Schultern. »Sie hat recht. Ich habe meinen Großvater nur einmal weinen sehen. Als er darüber gesprochen hat, wie sehr ihm Sylvia ans Herz gewachsen war.«

»Wir haben da eine interessante Aussage«, meldete sich nun wieder Peter Heiland. »Auch die kann ich wörtlich wiedergeben. Warten Sie – da steht es: *Bei Sylvia funktionierten die alten Mechanismen Friedhelms nicht. Umso mehr hat er um sie geworben. Nicht so, wie Sie vielleicht denken. Er wollte nicht mir ihr ins Bett.*

Das hatte er ja auch ein Leben lang mit allen möglichen Weibern ausgelebt. Nein, mit Sylvia war das etwas anderes. Er fühlte sich zu ihr hingezogen. Manchmal habe ich gedacht, der Mann war ein Leben lang unfähig zu lieben. Ihm ging's immer nur um Sex. Und jetzt auf einmal, in den letzten Tagen seines Lebens, verliebt er sich wirklich.« Peter schlug sein Notizbuch wieder zu.

Friedhelm Hartung fuhr sich mit der flachen Hand über die Augen. Dann knurrte er: »Wer behauptet denn so einen Schwachsinn?«

»Ich«, meldete sich Anneliese. »Das ist meine Aussage!«

Hanna Iglau kam mit Carl Finkbeiner herein, der einen undurchsichtigen Plastiksack trug.

»Wenn es Friedhelm Hartung nicht war, der geschossen hat, wer war es dann?«, fragte Wischnewski. »Wer, außer ihm, hatte Zugriff zu dem Gewehr?«

»Zu welchem Gewehr?«, fragte Karsten.

Wischnewski nickte Finkbeiner auffordernd zu. Der nahm die Jagdflinte aus dem Plastiksack. »Das ist die Mordwaffe. Sie stammt nachweislich aus Ihrer Jagdhütte hinter Templin, ebenso wie die Munition.«

Plötzlich war es ganz still im Raum.

»Und ich war fest überzeugt, dass alles, was geschehen ist, auf Ihren Plan zurückging«, sagte Wischnewski zu dem Familienpatriarchen.

»So war es immer«, sagte Heidelinde.

Peter Heiland trat zu Karsten. »Ihr Alibi ist sehr dünn, Herr Hartung. Sie haben angegeben, bei Ihrer

Geliebten gewesen zu sein, und die hat das auch bestätigt. Aber ...«

»Gregor, rede!« Friedhelm Hartung hatte sich in seinem Sessel aufgerichtet und stützte sich mit beiden Händen an der Tischkante ab.

Jetzt richteten sich alle Blicke auf den Sohn des Patriarchen. Heidelinde griff nach seiner Hand. »Pass auf! Lass dich in nichts hineintreiben von deinem Vater.«

»Einen Nichtsnutz sollen Sie Ihren Sohn Gregor genannt haben«, sagte Peter Heiland. »Wieder und wieder, um seine Mutter zu zitieren.« Dann wendete er sich Gregor zu. »Wollten Sie Ihrem Großvater beweisen, dass Sie doch zu etwas nutze sind?«

»Lassen Sie ihn in Ruhe!«, schrie Heidelinde.

Gregor sagte sehr ruhig: »Das hätte er so oder so irgendwann begreifen müssen.«

Plötzlich meldete sich Carl Finkbeiner. »Sie haben Kevin Konnert zum Mord an Guido Markert angestiftet. Dafür haben wir glasklare Beweise. Sie waren mit ihm in Friedrichshafen und auf der Fähre nach Romanshorn. Er hat Markert umgebracht und die Leiche in der Toilette eingeschlossen. Er selber ist über die Wand des Klos wieder herausgeklettert.«

»Konnert sitzt übrigens in Untersuchungshaft«, sagte nun Peter Heiland. »Wir haben in gestern verhaftet. Er hat noch nicht alles gestanden, aber wir sind ganz sicher, das wird er noch tun.«

»Und dass Sie Sylvia ermordet haben, werden wir Ihnen auch beweisen«, sagte Wischnewski zu Karsten.

»Lassen Sie das«, sagte nun der alte Hartung ganz ruhig. »Karsten war es nicht, Sven sowieso nicht und auch nicht Gregor. Ich war es.«

»Nicht schon wieder ein falsches Geständnis.« Wischnewski schüttelte lächelnd den Kopf. »Okay, Sie sind weit über 80. Viel haben Sie nicht mehr zu erwarten. Und wenn Sie Ihr Lebenswerk erhalten wollen, könnte das persönlich eine richtige Entscheidung sein, um Ihren Sohn Karsten zu schützen. Und nur darum geht es Ihnen. Aber er hat nun mal zwei Morde auf dem Gewissen, den an Steinhorst und den an seiner Frau Sylvia, die er ja vielleicht sowieso loswerden wollte, weil er mit seiner Geliebten viel glücklicher ist. Zudem hatte er das größte Interesse daran, zu verhindern, dass Sylvia die Wahrheit über den Mord an Steinhorst aller Welt verkündet.«

»Moment!« Plötzlich hatte Gregor einen fast heiteren Ausdruck im Gesicht. »Den Fall Steinhorst werden Sie nicht neu aufrollen. Dass Sven sagt, er sei es nicht gewesen, beweist gar nichts. Es gibt ein rechtskräftiges und vollstrecktes Urteil, und ich kann mir nicht vorstellen, dass mein Sohn sein damaliges Geständnis zurücknimmt. Karsten kann nichts passieren, denn er hat nichts mit dem allen zu tun. Und was jetzt kommt, Herr Kriminaldirektor, ist kein falsches Geständnis. Ich werde Ihnen den Hergang genau erzählen. Und bitte glauben Sie nicht, dass ich Karsten schützen will. Er ist nicht mein Sohn, und ich habe mich in keiner Minute meines Lebens als sein Vater empfunden.«

»Du warst ihm gegenüber immer gut und aufmerksam«, warf Anneliese ein.

»Nun ja, dazu hatte ich mich ja verpflichtet.« Gregor sah zu seinem Vater hinüber, aber der erwiderte den Blick seines Sohnes nicht.

Peter Heiland hatte sein Notizbuch aufgeschlagen. Unvermittelt las er vor: »*Wissen Sie, wenn es in dieser Familie einen Mord hätte geben müssen, dann wäre es der von Gregor an seinem Vater gewesen. Manchmal habe ich mir das vorgestellt, Manchmal habe ich tatsächlich Träume gehabt, in denen genau das passiert ist. Aber wenn Gregor sich einmal gegen seinen Vater gestellt hat, hat der Alte nur gelacht, sich abgewendet, und Gregor stand da mit hängenden Armen.*«

»Ja«, sagte Anneliese, »das habe ich Ihnen gesagt. Und ich stehe dazu.«

»Und ich stehe dazu, dass ich Sylvia erschossen habe«, meldete sich nun wieder Gregor. »Das Gewehr lag noch in meinem Kofferraum. Wir waren mit ein paar Freunden zur Hochwildjagd in der Hohen Tatra gewesen. Ich hatte die Waffe fast vergessen. Und dann kam der Tag, an dem Sven entlassen wurde. Als er noch einmal wegging, hat Vater versucht, ihn aufzuhalten. »Mach jetzt keinen Fehler!«, hat er ihm nachgerufen. Aber Sven hat das wahrscheinlich gar nicht mehr gehört. Ich kam von der Toilette, und Karsten kam aus dem Zimmer. Mein Vater sagte zu Karsten: ›Er will in die Oper. Du weißt, was das bedeutet. Wenn er Sylvia trifft und ihr sagt, wie alles war ...‹ Aber da hat er sich selbst unterbrochen, weil er mich bemerkt hatte. ›Ich geh auch noch mal weg‹, hat dann Karsten gesagt. ›Vielleicht hole ich Sylvia ab‹! Mein Vater hat ihn angeraunzt: ›Mir musst du doch nichts erzählen‹, und ist ins Zimmer zurück. Ich hab dann noch zu Karsten gesagt: ›Jeder weiß doch, wo du hingehst!‹«

»Als ich ins Zimmer kam, hörte ich, wie mein Vater sagte: ›Bis jetzt ist alles gut gegangen, aber morgen kann alles kaputt sein.‹ Und da habe ich den Entschluss gefasst: Ich würde ihm zeigen, dass ich die Katastrophe verhindern konnte. Das Gewehr lag ja noch in meinem Auto. Ich bin zur Oper gefahren, hab meinen Wagen in der Tiefgarage abgestellt und gewartet. Ehrlich, ich wusste nicht, was ich tun sollte. Ich konnte ja nicht mit der Waffe auf Sven zugehen und sagen, du verrätst ihr kein Wort. Aber als ich sie dann alleine hereinkommen sah, habe ich das Gewehr genommen und ... – Komisch, es war wie auf der Jagd. Ich hab ganz kühl gezielt, Druckpunkt genommen und abgedrückt. Dann bin ich aus der Garage gefahren, als ob nichts gewesen wäre. Direkt nach Templin und in unsere Hütte. Da habe ich das Gewehr wieder an seinen Platz gehängt und bin zurückgefahren. Niemand hat mitgekriegt, wie ich nach Hause gekommen bin. Ich hab mich ins Bett gelegt, und als ich den Lärm hörte, bin ich aufgestanden, habe mich angezogen und bin hinuntergegangen. Eigentlich ganz cool. Die ganze Zeit bin ich mir vorgekommen wie in einem Theaterstück. Ja, ich habe eine Rolle gespielt. Die Rolle eines Mörders und des Retters der Familie.«

»Und als der Brief von Guido Markert kam, haben Sie diese Rolle einfach weitergespielt?«, fragte Hanna Iglau.

»Könnte man so sagen. Es war spannend, sich auszudenken, wie man so etwas inszeniert. Konnert hat Karstens Wagen gestohlen, wir haben ein anderes Nummernschild montiert, das Konnert an einem fremden Wagen abgeschraubt hatte, und sind nach Ebingen gefahren. Dort haben wir uns getrennt und auf der Fähre verabredet. Ich bin zu Markert gegangen und habe gesagt, die Familie sei bereit, das Geld bereitzustellen, und habe ihm vorgegaukelt, in Zürich sei alles vorbereitet. Mann, hab ich da eine Story erfunden!« Gregor schien von seiner eigenen Geschichte immer begeisterter zu sein. »Es ging ganz glatt. Markert ist zu mir ins Auto gestiegen, und wir sind dann auch gemeinsam auf die Fähre gegangen. Als ich den Wagen einfach so stehen ließ, habe ich gesagt, er werde von einer Servicefirma abgeholt. Das hat er mir genauso geglaubt wie alles andere. Wir haben auf der Fähre noch ein Glas Champagner getrunken, und als Markert aufs Klo ging, ist Kevin ihm gefolgt. Wir sind dann gemeinsam von Bord gegangen, Kevin und ich. Er hat gesagt, ›alles gebongt‹ und ist mit der nächsten Fähre zurück. Ich bin mit einem Taxi weiter nach Zürich und dort in den Flieger gestiegen … total begeistert, wie easy das alles gegangen war. Kevin hat gesagt, die Pistole habe er auf halbem Weg zwischen Romanshorn und Friedrichshafen in den Bodensee geworfen.«

Als Gregor seinen Bericht beendet hatte, war es ganz still um den Tisch. Der alte Hartung zündete seine Zigarre wieder an. Heidelinde stand auf. »Mir ist schlecht. Irgendwer muss mich nach Hause bringen.«

»Ich übernehme das«, sagte Hanna und ging mit der alten Dame hinaus. Als sie ins Auto stiegen, sagte Heidelinde Hartung: »Und er war immer so ein lieber Junge!«

58. KAPITEL

Zurück wolle er lieber mit dem Zug, hatte Opa Henry gesagt. Peter hatte einen direkten Zug nach Ulm gefunden. Von dort bekam Heinrich Heiland einen Anschluss nach Riedlingen, wo er sich für die restlichen vier Kilometer bis zu seinem Häuschen ein Taxi leisten würde. Hanna und Peter hatten ihn zum Bahnhof Spandau gebracht und saßen nun auf einer Bank auf Bahnsteig 4. Opa Henry hatte darauf bestanden, sehr früh da zu sein.

Natürlich hatte ihm sein Enkel alles haarklein erzählen müssen. Ein bisschen verschnupft war er nach wie vor gewesen, der Opa, weil er beim Showdown (er verwendete tatsächlich diesen Begriff) nicht hatte dabei sein können, und er konnte das auch jetzt noch nicht wirklich einsehen. »Ich hätt euch doch net g'stört«, sagte er. Und dann wollte er noch wissen, ob denn der Karsten ganz straffrei aus der Geschichte rauskäme. »Glaub schon«, sagte Peter Heiland. »Niemand hat Lust, die alte Geschichte noch mal aufzumachen, und Sven Hartung besteht hartnäckig auf seinem falschen Geständnis. »Was willscht do mache, Opa?«

»I? I scho gar nix. Aber ihr!«

»Wir haben morgen schon wieder einen neuen Fall«, sagte Hanna.

»Du auch?« Heinrich Heiland duzte Hanna, seitdem klar war, dass sie demnächst ein Familienmitglied sein würde. »Und wann kümmerst du dich um dein Kind?«

Hanna musste lachen. »Sobald es nach mir ruft!«

Als der Zug endlich angekündigt wurde, sagte Peter: »Weißt was, Opa, mir heiratet in Pflummern bei ons dahoim.«

Da ging ein gewaltiges Strahlen über das Gesicht des Alten.

ENDE

Weitere Krimis finden Sie auf den folgenden Seiten und im Internet:

WWW.GMEINER-SPANNUNG.DE

BOSETZKY / HUBY (HRSG.)
Nichts ist so fein gesponnen
....
978-3-8392-1190-8 (Paperback)

»Ausgewählt und bearbeitet von den Vätern des modernen Krimis.«

Der deutschsprachige Kriminalroman hat eine lange Tradition, nur leider kennt sie keiner. Die Herausgeber Horst Bosetzky (-ky) und Felix Huby haben in dieser Anthologie zwölf spannende Kriminalgeschichten ausgesucht und bearbeitet, um zu beweisen, dass auch in deutschsprachigen Ländern immer schon Krimis geschrieben wurden, und dies von namhaften Autoren wie E.T.A. Hoffmann, Gerhart Hauptmann, Heinrich von Kleist und Franz Grillparzer bis hin zu Theodor Fontane. Hier wurde ein wahrer Schatz an Kriminalgeschichten zusammengetragen, der Liebhabern des Genres eine aufregende und höchst vergnügliche Lektüre bescheren wird.

GMEINER SPANNUNG

WWW.GMEINER-VERLAG.DE
Wir machen's spannend

PETER BROCK
Blutsand
....
978-3-8392-1942-3 (Paperback)
978-3-8392-5141-6 (pdf)
978-3-8392-5140-9 (epub)

TOD IM SANDKASTEN Die Bewohner des Stadtteils Prenzlauer Berg sind entsetzt. Ein Junge wurde mitten am Tag beim Rutschen auf einem Spielplatz erschossen – mit einem Scharfschützengewehr aus der Ferne. Kommissar Reiber führt die Ermittlungen, folgt einer Spur in die linksradikale Szene. Wenige Tage später fallen weitere Schüsse, sterben weitere Kinder. Der Verdacht richtet sich schließlich gegen einen aktenkundigen Kinderhasser. Aber dann meldet sich jemand, der sich als Täter ausgibt und der das Land Berlin erpresst.

CHRISTIANE GREF
Ludwig Tessnow –
Die Blutlüge
....
978-3-8392-1940-9 (Paperback)
978-3-8392-5137-9 (pdf)
978-3-8392-5136-2 (epub)

VOM INDIZ ZUM BEWEIS »Es ist Beize«, erklärt der Tischlergeselle Ludwig Tessnow im Jahre 1898 die dunklen Flecken auf seinem Sonntagsanzug und wird von der Polizei auf freien Fuß gesetzt. Die Anklage lautet auf zweifachen Kindsmord, eine grausige Tat, die niemanden unberührt lässt. Ludwig Tessnow zieht um, mordet abermals und wird verhaftet. Doch dieses Mal ist alles anders. Der Wissenschaftler Paul Uhlenhuth tritt überraschend auf den Plan und stellt der Polizei seine neue Methode zur Bluterkennung, den Präzipitin-Test, vor.

WWW.GMEINER-VERLAG.DE
Wir machen's spannend

Das Neueste aus der Gmeiner-Bibliothek

Unser Lesermagazin

Bestellen Sie das
kostenlose Krimi-
Journal in Ihrer
Buchhandlung
oder unter
www.gmeiner-verlag.de

Informieren Sie sich ...

www ... auf unserer Homepage:
www.gmeiner-verlag.de

@ ... über unseren Newsletter:
Melden Sie sich für unseren Newsletter an
unter www.gmeiner-verlag.de/newsletter

f ... werden Sie Fan auf Facebook:
www.facebook.com/gmeiner.verlag

Mitmachen und gewinnen!

Schicken Sie uns Ihre Meinung zu unseren Büchern
per Mail an gewinnspiel@gmeiner-verlag.de
und nehmen Sie automatisch an unserem
Jahresgewinnspiel mit »mörderisch guten« Preisen teil!

WWW.GMEINER-VERLAG.DE
Wir machen's spannend